seven rue

# Desejo
## ARDENTE

Traduzido por Mariel Westphal

1ª Edição

2024

**Direção Editorial:** Anastacia Cabo
**Tradução:** Mariel Westphal
**Revisão Final:** Equipe The Gift Box
**Arte de capa:** Bianca Santana
**Preparação de texto e diagramação:** Carol Dias

---

Copyright © Seven Rue, 2021
Copyright © The Gift Box, 2024

Todos os direitos reservados.
Nenhuma parte do conteúdo desse livro poderá ser reproduzida em qualquer meio ou forma – impresso, digital, áudio ou visual – sem a expressa autorização da editora sob penas criminais e ações civis.

Esta é uma obra de ficção. Nomes, personagens, lugares e acontecimentos descritos são produtos da imaginação da autora. Qualquer semelhança com nomes, datas ou acontecimentos reais é mera coincidência.

Este livro segue as regras da Nova Ortografia da Língua Portuguesa.

CIP-BRASIL. CATALOGAÇÃO NA PUBLICAÇÃO
SINDICATO NACIONAL DOS EDITORES DE LIVROS, RJ
Gabriela Faray Ferreira Lopes - Bibliotecária - CRB-7/6643

---

R862d

Rue, Seven
　　Desejo ardente / Seven Rue ; tradução Mariel Westphal. - 1. ed. - Rio de Janeiro : The Gift Box, 2023.
　　252 p.　　　　(Desejos ; 2)

Tradução de: Burning desire
ISBN 978-65-5636-308-0

　　1. Romance americano. I. Westphal, Mariel. II. Título. III. Série.

23-86455　　　CDD: 813
　　　　　　　CDU: 82-31(73)

---

## GRANT

Havia um monte de coisas com as quais eu lidava bem.

Ir além dos meus limites mentais e físicos era algo que eu fazia diariamente, e Deus me livre de alguém me impedir de alcançar as metas que estabeleci para mim mesmo. Se eu não atingisse essas metas, não ficaria satisfeito.

Esforcei-me para ser melhor como pessoa, como pai, e não fiz tudo isso por ninguém além de mim. Eu era um bom homem, embora às vezes as pessoas me dissessem que eu não era.

Minha ex, por exemplo. Ela nunca teve nada de bom para dizer sobre mim, e com cada palavra que cuspia em mim sempre que eu tinha que encará-la, tentava me arrastar para o fundo do inferno de onde veio.

Claro, eu a amei uma vez, mas, logo após o nascimento de nosso filho, as coisas mudaram drasticamente.

A parte mais triste de tudo isso? Ao tentar o seu melhor para arruinar minha vida, ela arruinou a dela, fazendo com que suas características outrora alegres se transformassem em horríveis.

Tentei ajudar, fazê-la ver que as coisas não precisavam ser tão ruins, mas nada adiantou. De novo, eu era um bom homem, mesmo que algumas pessoas nunca usassem essas palavras e meu nome na mesma frase.

Especialmente as mulheres.

Mas não era nisso que eu deveria estar pensando.

Eu tinha muito mais com que me preocupar do que minha ex e outras mulheres.

Um grunhido baixo fez meu peito vibrar quando senti o calor em volta das minhas pernas.

Como bombeiro, eu estava acostumado ao fogo, ficar na frente dele e apagá-lo, mas, com meu equipamento de proteção, o fogo não era tão quente.

— Porra — murmurei, lentamente abrindo os olhos. Minha consciência ia e voltava na última meia hora.

Eu estava no hospital e, quando finalmente consegui manter os olhos abertos para olhar ao redor do quarto, duas enfermeiras entraram com pilhas de panos nos braços.

— Ah, você está acordado. Isso é bom — uma delas comentou, sorrindo, como se não houvesse nada de errado.

— Não consigo mover minhas pernas — falei, querendo me apoiar nos cotovelos para encará-las.

— Bom, você não deveria. É melhor se ficar quieto. Vai doer se movê-las — a outra decretou, colocando sua pilha de panos no pé da minha cama.

Ela pegou um e cuidadosamente colocou em uma das minhas pernas. Imediatamente, o calor em torno diminuiu e, enquanto ela continuava a colocar aqueles panos frios em minhas pernas, relaxei e descansei minha cabeça no travesseiro.

— Quão ruim está? — perguntei, olhando para o teto.

— Quanto você se lembra? — a primeira enfermeira perguntou, me ignorando. Então ignorei a dela.

— Quão ruins estão minhas pernas?

— Você tem queimaduras de terceiro grau por toda parte. Colocamos panos frios em sua pele, para que a dor seja um pouco menos intensa. Os médicos virão checar você daqui a pouco para ver o que mais podemos fazer — a segunda enfermeira respondeu, e movi meu olhar para ela.

— Danos nos nervos? — perguntei, sabendo o quanto as queimaduras de terceiro grau poderiam ser ruins.

— Provavelmente, mas os médicos terão respostas mais claras. Há alguém para quem você gostaria que eu ligasse? Sua esposa? Seus pais?

— Se você puder me passar um telefone, eu mesmo ligo para eles — respondi, não querendo que ninguém próximo a mim ouvisse o que aconteceu de uma maldita enfermeira. Eles precisavam saber que eu estava bem.

— Uhm, claro. Ok — ela disse, então saiu do quarto por apenas um segundo antes de retornar com um telefone na mão.

— Obrigado. — Eu o peguei e disquei o número do meu melhor amigo.

— *Alô?* — Sua voz era rouca e parecia que eu tinha acabado de acordá-lo.

— Oi, cara, sou eu.

— *Grant? Caramba, de onde você está ligando?* — A voz preocupada de Wells era uma que eu ouvia com frequência.

Ele sabia como meu trabalho era perigoso, e todas as outras vezes que liguei para ele, usei meu próprio telefone.

— Do hospital. Não quero que se preocupe, ok? — disse, colocando a mão esquerda na testa, mantendo os olhos no teto.

Enquanto me lembrava do que havia acontecido apenas algumas horas atrás, eu me amaldiçoei pelo que fiz. Havia muitas boas razões pelas quais eu não deveria ter ido para aquele inferno ardente, mas apenas uma razão boa o suficiente para que eu o fizesse.

No entanto, ele não tinha que saber sobre isso.

Não agora.

— Um celeiro estava pegando fogo. Fui lá para controlar o fogo com meus homens quando uma maldita viga caiu sobre mim. Tive queimaduras de terceiro grau. Pelo menos é o que diz a enfermeira. Tenho que esperar os médicos examinarem minhas pernas.

— *Merda* — murmurou, sua voz ainda mais preocupada agora. — *Estou indo aí.*

— *O que aconteceu?* — Ouvi sua garota, Rooney, perguntar baixinho ao fundo, porém, antes que Wells pudesse responder, eu falei:

— Diga a ela que estou bem.

Wells suspirou, e eu sabia que ele não guardaria isso para si mesmo antes de sair.

— *É Grant. Ele tem queimaduras de terceiro grau nas pernas. Eu tenho que vê-lo.*

— *Ah, meu Deus, ele está bem?* — Rooney questionou, sua voz ainda mais preocupada do que a de Wells.

— *Ele diz que sim, mas eu vou lá. Você fica aqui com Ira, certo?*

— Diga a ela para não se preocupar — pedi, querendo que Rooney relaxasse. — Estou vivo — acrescentei, me fazendo rir.

— *É melhor você estar* — Wells respondeu, não se divertindo com a minha piada. — *Estarei aí em dez minutos.*

Desliguei e olhei para o telefone por um momento, tentando descobrir se deveria ligar para a minha ex. Não que ela se importasse, mas meu filho estava com ela esta noite, e vê-lo facilitaria muito mais as coisas.

Mas ele ver minhas pernas queimadas e destruídas não era algo que eu queria fazê-lo passar. Benny tinha apenas quatro anos e, embora fosse o garoto mais durão de todos, não era assim que eu queria que ele me visse.

Devolvi o telefone à enfermeira e, enquanto esperávamos que os médicos viessem verificar minhas pernas, esperava que ainda pudesse andar quando saísse daqui.

Desejo ARDENTE

— Você deveria estar em casa, dormindo. Não há necessidade de ficar aqui. O sol já nasceu — falei, olhando para Wells com uma sobrancelha arqueada.

— Você teve queimaduras de terceiro grau e está em uma unidade especial de queimados no maldito hospital e os médicos ainda estão tentando descobrir o que vão fazer sobre o dano do nervo em sua perna — respondeu, como se suas palavras fossem razão suficiente para ele ainda estar sentado aqui.

— Já sou grandinho. Posso cuidar de mim mesmo.

— Você está ferido.

— Estou bem — suspirei, esperando que ele finalmente se levantasse e voltasse para sua família. — É uma manhã de domingo, cara. Você deveria estar fazendo panquecas antes que seu filho e sua mulher acordem.

— Rooney vai estar aqui em alguns minutos — Wells afirmou, fazendo-me suspirar mais uma vez.

— Eu disse a você que não havia necessidade de ela vir. Estou bem.

— Ela está preocupada, ok? De jeito nenhum eu posso dizer a ela para ficar em casa e não vir vê-lo depois que uma maldita viga em chamas caiu sobre você. Que coisa idiota de se fazer de qualquer maneira, correr para um celeiro de madeira em chamas — murmurou, soando como meu pai sempre que eu fazia algo estúpido quando era um garotinho.

Não respondi à sua declaração. Ele estava certo, mas de repente não tive vontade de explicar por que corri para lá em primeiro lugar.

— Vou sair daqui em pouco tempo. Nem dói — comentei.

— Não me diga. Você tem danos nos nervos — ele me lembrou.

Wells era um cara razoável. Sempre sabia as coisas certas a dizer e só seguia com seus planos depois de repassá-los cuidadosamente centenas de vezes, certificando-se de que dariam certo.

— Qual das enfermeiras você acha que eu deveria chamar para sair? — indaguei, esperando mudar seu humor.

— Elas são muito jovens — respondeu, um sorriso malicioso aparecendo em seus lábios.

Porra, finalmente.

— Muito jovens? Preciso lembrá-lo quantos anos há entre você e sua garota?

— Certo, eu me expressei incorretamente. Você é muito velho. E um babaca. E essas enfermeiras são um amor.

— Combo perfeito, não acha? Que tal aquela de cabelo escuro e encaracolado? — insisti, mas antes que ele pudesse responder, sua garota entrou na sala, segurando a mão de Ira.

— Oi — Rooney falou, sorrindo para mim como se eu estivesse deitado em meu leito de morte. — Como você está? Fiquei preocupada.

— Não precisa se preocupar comigo — assegurei a ela, sabendo que isso não aconteceria.

Eu a observei se aproximar enquanto Wells se levantava de sua cadeira, dando passos em sua direção e então pegando seu filho que tinha o cabelo loiro e cacheado mais bagunçado de todos os tempos. Eu não estava preocupado que ele visse minhas pernas, já que elas estavam envoltas em panos frios depois que as enfermeiras retiraram toda a pele morta.

— Tenho um presente para Grant — Ira anunciou ao pai, segurando um boneco na mão.

O garoto era obcecado por super-heróis. Não posso dizer o mesmo sobre o meu filho, que tinha interesses diferentes.

— Você tem? Quer mostrar para ele? — Wells perguntou, sorrindo para o menino como se ele fosse a coisa mais preciosa do mundo. Não o culpava.

Quando eles se viraram para mim, Wells deixou Ira ficar em pé na cadeira ao lado da minha cama, segurando o boneco em minha direção.

— É a Viúva Negra! — revelou, com orgulho. — Você pode ficar com ela, para se sentir melhor logo. Eu tenho outra Viúva Negra em casa.

Estendi a mão para agarrar o boneco e coloquei a outra na parte de trás de sua cabeça para agarrá-la.

— Obrigado, amigo. Tenho certeza que ela vai cuidar bem de mim — garanti.

— Como você está se sentindo? — Rooney perguntou e, como não consegui me controlar, sorri para ela.

— Tenho a Viúva Negra comigo agora. Não posso reclamar. Ela é gostosa.

— Cuidado, cara — Wells murmurou, não querendo que seu filho ouvisse.

— Sério, Grant, como você está se sentindo? — Rooney perguntou mais uma vez, e eu sabia que se não respondesse com sinceridade, ela não pararia de perguntar.

— Não consigo sentir nada e sei que vai ser difícil me recuperar, mas vou andar de novo. Estou bem — respondi.

— Isso é bom. Você já contou à Amy?

Claro que ela perguntaria.

— Não, mas vou ligar para ela mais tarde. Quero falar com Benny.

— Benny vem também? — Ira perguntou ao ouvir o nome de seu melhor amigo.

— Hoje não, amigo. Ele está com a mãe — falei, sorrindo para ele.

Ira se virou para olhar para Rooney.

— Mamãe, posso brincar com Benny em breve?

— Grant tem que se recuperar primeiro, ok? Assim que ele voltar para casa, você e Benny podem brincar juntos — Rooney prometeu, com um sorriso.

Ela não era a mãe biológica de Ira, mas não demorou muito depois de estar com Wells para que ela o acolhesse como seu, amando-o como uma mãe ama o filho.

— A Viúva Negra vai te ajudar a melhorar — Ira me garantiu, suas palavras seguras e confiantes.

— Se ao menos ela fosse real — murmurei, olhando para o boneco em minhas mãos.

Peitos grandes e uma bela bunda. Tudo o que eu precisava para melhorar rapidamente.

— Tenho certeza que as enfermeiras vão cuidar bem de você — Wells disse sarcasticamente, e eu sorri para ele.

— Certamente. Agora, deem o fora daqui. Estou bem. Vou atualizá-lo assim que souber mais.

Sendo o cara legal que era, Wells não queria ir embora, mas eu precisava me recuperar, e eles me encarando com olhos cheios de preocupação não me ajudaria.

— Tudo bem. Ligue assim que tiver notícias — Wells pediu, ajudando Ira a descer da cadeira. — Diga tchau para o Grant — encorajou o filho.

— Tchau, tchau!

— Tchau, garotinho.

— Ligue para Amy. Tenho certeza que ela gostaria de saber o que aconteceu — Rooney disse baixinho para mim, com a mão no meu ombro.

Olhei para ela e sorri.

— Farei isso. Não se preocupe.

Ligar para Amy poderia terminar em muitos cenários diferentes, mas, se eu tivesse sorte, ela sentiria algum tipo de simpatia por mim.

Porém, por enquanto, tudo o que eu queria era ficar sozinho e descansar, esperando que os danos nos nervos da minha perna não fossem tão graves quanto os médicos disseram.

# Capítulo 1

## RIGBY

— Ninguém está respondendo ao meu anúncio — murmurei, principalmente para mim mesma, mas sabia que minha colega de trabalho escutaria de qualquer maneira.

— Faz quanto tempo que você publicou? — Madison perguntou.

— Uhm, um dia agora — respondi, me afastando do computador para olhar para ela. — Eu deveria ter usado uma fonte diferente. Parece muito... profissional para um anúncio de babá.

Maddie olhou para mim com uma sobrancelha arqueada, segurando uma fatia de pão em uma das mãos e uma faca na outra.

— Eu não acho que os pais se importam com a fonte usada para se anunciar uma vaga de babá. Por que você fez isso, de qualquer maneira? Você trabalha aqui. Por que iria querer passar ainda mais tempo com crianças?

Uma das razões pelas quais eu adorava trabalhar em uma creche eram as crianças. Eu as amava, queria pelo menos cinco filhos meus um dia, e assumir trabalhos de babá preenchia o vazio dentro de mim de ter meus próprios bebês.

Não poderia dizer o mesmo sobre Maddie. Não sei por que ela trabalhava aqui e, embora fosse ótima com crianças, não queria ter nada a ver com elas fora do trabalho.

— Tenho tempo para ser babá, então por que não usá-lo para ganhar mais dinheiro?

Maddie deu uma risada.

— Você não faz isso por dinheiro, Rigby. Você quer ser babá para não engravidar de um doador de esperma. Apenas arrume um namorado que esteja disposto a ter quantos filhos você quiser — sugeriu.

Franzindo a testa, desejei que fosse tão fácil.

Nunca namorei ninguém por mais de seis meses e, embora tivesse alguns planos com alguns desses homens, planos reais e seguros, todos acabaram mudando de ideia sobre casamento e filhos.

— Eu não tenho caras alinhados para namorar comigo como você — respondi, voltando para o computador e atualizando minha caixa de entrada. — Além disso, ser solteira é meio... divertido. E eu tenho Woodstock.

— Ele é um cachorro. Não posso compará-lo a um namorado.

— Não estou comparando meu cachorro com um namorado. Estou apenas dizendo que, com meu trabalho, Woodstock, e um segundo emprego, terei muito o que fazer. Um namorado não vai caber na minha agenda.

Maddie suspirou.

— O que quer que você diga... contanto que ainda tenha tempo para mim. Você vem à minha festa na semana que vem, certo?

Pensei sobre isso por um segundo.

— Uhm, claro. Se eu não tiver que ser babá naquela noite.

— Você acabou de dizer que ninguém está respondendo ao seu anúncio.

— Sim, mas faz só um dia — apontei, aumentando minhas esperanças.

— Tanto faz. Vou dar uma olhada nas crianças. Você vem?

Eu me virei para olhar para ela novamente e assenti.

— Já vou.

Quando ela saiu da cozinha da nossa creche, minha outra colega de trabalho entrou com um sorriso brilhante no rosto.

— Temos uma criança nova chegando hoje — Martha anunciou.

— Temos? Eu não sabia — falei, saindo da minha conta de e-mail e desligando o computador.

Martha era mais velha que Maddie e eu, e trabalhava nessa creche há vinte anos. Ela tinha quarenta e cinco e parecia que, quanto mais velha ficava, mais feliz ela era.

Eu esperava que minha felicidade também só aumentasse ao envelhecer, mas também não estava reclamando. Eu tinha apenas vinte anos, mas não poderia estar mais feliz com minha vida.

— Eu também não sabia até esta manhã, quando cheguei aqui. Uma mãe ligou e perguntou se poderia vir espontaneamente e trazer seu filho porque ela tem coisas para fazer, mas não tem ninguém para cuidar dele.

— Então... ele só vai ficar aqui por um dia?

— Não, ela disse que o pai do menino mora nesta cidade e já quis inscrevê-lo uma vez, mas algo atrapalhou, então eles tiveram que adiar a inscrição. Terei uma conversa com a mãe quando ela o deixar.

Sorri. Eu sempre ficava animada quando uma nova criança chegava, vendo-a fazer novos amigos e florescer depois de serem tímidas no início.

12  *seven rue*

É sempre assim, mas uma vez que conhecessem nosso ambiente e as outras crianças, elas sempre teriam o melhor momento de suas vidas em nossa creche.

— Martha, eles estão aqui! — Ouvimos Maddie chamar do outro quarto e rapidamente saímos da cozinha para chegar à entrada.

A creche ficava em uma casa antiga de dois andares. Antes de Martha chegar, os proprietários anteriores o transformaram em um playground divertido e seguro para as crianças. Eles queriam que as crianças se sentissem em casa e fizeram um ótimo trabalho.

— Sinto muito por ser tão em cima da hora, mas tive que vir à cidade e não encontrei ninguém para cuidar dele. — A mulher era impressionante. Por um rápido segundo, me senti insegura de mim mesma.

Eu era confiante, não apenas em minha personalidade, mas também em minha aparência. Amava meu cabelo ruivo e minha pele clara, e minhas características faciais também me orgulhavam. Ainda assim, ver uma mulher tão bonita quanto ela fazia com que todas questionassem sua sexualidade.

Seu cabelo longo, naturalmente ondulado e loiro estava perfeitamente penteado, sua maquiagem era sutil, mas feita com esmero para mostrar seus olhos azuis gelados.

— Não tem problema. Sou Martha, conversamos ao telefone esta manhã.

— Ah, sim. Prazer em conhecê-la. Sou Amy, e este é Benny — ela disse, acariciando o cabelo escuro e encaracolado de seu filho. Para contrastar com sua tez mais escura, seus olhos eram tão brilhantes quanto os de sua mãe.

— Olá, Benny. Você está animado para conhecer novos amigos? — Martha perguntou, querendo que ele se sentisse confortável e bem-vindo.

Para nossa surpresa, Benny era o oposto de qualquer criança que já tivemos aqui e começou a falar como se não houvesse amanhã.

— Eu tenho um melhor amigo e ele mora aqui na cidade. O nome dele é Ira e ele adora super-heróis. Eu também gosto deles, só que gosto mais de Legos. Você tem Legos?

Amy riu baixinho e olhou para nós.

— Ele é um falador. Herdou isso do pai — explicou, não parecendo tão feliz com isso.

Eu sorri para Benny.

— Nós temos Legos. Temos uma sala inteira cheia deles — garanti, observando seus olhos se arregalarem.

— Posso ir ver, mamãe? — perguntou, olhando para Amy.

*Desejo* ARDENTE

— Claro. — Ela se agachou na frente dele e beijou sua testa. — Seja educado e gentil, ok? Mamãe vai voltar mais tarde hoje.

— Ok — foi a resposta de Benny, pronto para correr e encontrar todos os Legos.

Quando Amy se levantou, estendi a mão e sorri.

— A propósito, meu nome é Rigby. Posso dizer que Benny vai se divertir muito aqui conosco.

Ela pegou minha mão e acenou com a cabeça, inclinando-a para o lado.

— Prazer em conhecê-la, Rigby. Você tem um nome diferente — comentou.

Assenti com a cabeça, desejando saber de quem foi a ideia de me nomear assim.

— Sim, ouço muito isso. Mas eu gosto — respondi, honestamente.

— É fofo — Amy acrescentou com um sorriso, e quando se virou para Martha, eu sabia que era minha hora de mostrar a nossa creche para Benny.

— Então, Benny, quer vir ver a sala de Legos? — perguntei, estendendo a mão para ele segurar.

Ele não hesitou em deslizar sua mão na minha e, com um último aceno para sua mãe, saímos para procurar seus brinquedos favoritos.

# Capítulo 2

## RIGBY

— Ele parece gostar daqui — Maddie disse, entrando na cozinha onde eu estava lavando a louça depois do almoço com todas as crianças.

— Benny? Sim, ele é extremamente independente. Perguntou se eu poderia deixá-lo brincar sozinho depois de apenas trinta minutos, e tem brincado desde então. E pediu a Mikey para brincar com ele.

— Gostaria que todas as crianças fossem como Benny. Menos carentes e irritantes.

Eu ri e balancei a cabeça, negativamente, com a sua declaração.

— Eu realmente não sei como você ainda está trabalhando aqui.

— Tanto faz... Você já recebeu algum e-mail sobre a vaga de babá? — perguntou.

— Ainda não verifiquei. Farei isso esta noite. Estou na esperança de que alguém tenha visto meu anúncio e respondido.

— Maddie? Pode me ajudar? — uma vozinha chamou e, quando virei minha cabeça para olhar para a porta, vi Bailey parada ali com um vestido de princesa nas mãos.

— Quer colocar isso? — Maddie perguntou, e Bailey assentiu.

— Eu quero brincar de princesa — a menina explicou.

— Tem certeza que não quer tirar uma soneca?

Eu ri e revirei os olhos. Pobre criança.

— Não, eu quero brincar de princesa.

— Tudo bem então — Maddie suspirou, tirando o vestido das mãos de Bailey e apontando de volta para a sala de brinquedos principal. — Vamos brincar de princesa ali.

Observei-as sair e, quando estava prestes a voltar para a pia, vi a porta da frente se abrir e Amy entrar.

Abaixei o prato e sequei as mãos antes de caminhar até ela, surpresa ao ver um homem alto, bonito, mas de aparência muito mal-humorada parado atrás dela.

— Você já voltou — comentei, com um sorriso.

— Sim, também não pensei que voltaria tão cedo. Como Benny está? — indagou, olhando em volta para ver se conseguia localizar o filho.

— Benny é ótimo. Ele brincou a manhã toda e acabou de almoçar. Nos manteve muito entretidas — contei.

Amy sorriu de volta para mim e então apontou para o homem parado atrás dela.

— Este é o pai de Benny, Grant. Eu ia mandá-lo buscar Benny, mas imaginei que você não o deixaria levá-lo para casa sem meu consentimento, já que você só me conhece.

É verdade, porque qualquer um poderia entrar aqui e agir como o pai de alguém, e isso provavelmente não terminaria bem.

Assenti com a cabeça e olhei para Grant, me perguntando se ele olharia para mim. O cara estava mantendo o olhar direto para a sala de brinquedos, provavelmente procurando por seu filho.

— Prazer em conhecê-lo. Eu sou Rigby — apresentei-me, estendendo a mão e esperando que ele não me ignorasse e me envergonhasse.

Felizmente, ele virou a cabeça com os olhos se movendo para a minha mão, e quando eles encontraram os meus, vi o aborrecimento profundo dentro dele.

*Caramba, o que diabos eu fiz para você, senhor?*

— Grant — respondeu, com sua voz baixa, e apertou minha mão por um rápido segundo.

Decidi não me incomodar com seu humor estranho, e Amy parecia ignorá-lo também, então olhei para ela novamente com um sorriso gentil.

— Podem entrar. Benny está brincando na parte de trás com Mikey — expliquei.

Quando caminhamos para a sala de brinquedos, paramos na porta e esperamos que Benny notasse seus pais, o que não levou mais de dez segundos.

— Papai! — gritou, quando se levantou e correu em nossa direção.

— Oi, amiguinho. — Grant pegou Benny e beijou sua bochecha antes de sorrir para o filho, mostrando que ele tinha um lado diferente, afinal. — Você se divertiu esta manhã? — perguntou, afastando-se ligeiramente de nós para ter um momento privado com o menino.

— Ele é um pouco... superprotetor com Benny — Amy sussurrou para mim, parecendo infeliz com isso, embora fosse uma coisa fofa. Sem saber o que dizer, deixei que ela continuasse a falar. — Há algumas coisas

seven rue

que gostaríamos de falar antes de irmos. Existe um lugar mais silencioso onde podemos sentar para conversar?

— Uhm, claro. Gostaria de falar com Martha? Posso ficar no lugar dela nas brincadeiras com as crianças.

— Ah, não, as crianças parecem estar se divertindo com ela. Não quero perturbá-la. Você se importa?

Neguei com a cabeça e levantei a mão para mostrar a ela o caminho para nossa cozinha, que muitas vezes funcionava como nosso escritório, já que crianças não eram permitidas a menos que ajudassem.

— Podemos conversar na cozinha — indiquei, e sem se virar para reconhecer minha oferta, Grant começou a caminhar em direção à cozinha com Benny ainda em seus braços.

Só agora percebi que ele mancava.

Quando todos nos sentamos ao redor da mesa, Amy imediatamente começou a falar.

— Grant sofreu um acidente de trabalho há pouco mais de um mês. Normalmente, Benny passa um fim de semana alternado com ele porque trabalho nesses fins de semana, mas como ele teve que fazer muita fisioterapia para a perna e descansar, tive que parar de trabalhar nos fins de semana que normalmente trabalharia. E agora quero fazer turnos extras e trabalhar todo fim de semana pelos próximos dois meses — explicou, depois riu baixinho. — Estou tornando isso mais complicado do que deveria.

— Como sempre — Grant murmurou, e enquanto Amy o ignorava, eu não podia.

*Qual era o problema dele?*

— De qualquer forma, isso significa que Grant vai trazer e pegar Benny todas as sextas-feiras a partir de agora — explicou.

Eu assenti.

— Isso é ótimo. Vou deixar um aviso por escrito para que todos saibam. Há mais alguma coisa que eu precise saber?

Amy balançou a cabeça, negando, e soltou um suspiro pesado.

— Não, isso é tudo, eu acho.

Abri a gaveta à minha esquerda para tirar os documentos que Martha já havia lido com Amy esta manhã e, com uma caneta, deslizei para Grant.

— Vou precisar do seu nome, número e assinatura ao lado da de Amy, por favor.

Ele fez isso sem olhar para mim e, quando terminou, voltou a falar com o filho.

— Ótimo, vou ter que sair agora. Obrigada mais uma vez por recebê-lo em tão pouco tempo.

Acenei com a mão e sorri.

— Benny passou uma ótima manhã. Tenho certeza de que ficará animado para voltar na próxima sexta — falei.

Sorrindo, ela se virou para Benny e acariciou sua bochecha.

— Tenha um fim de semana divertido com o papai, ok? Vejo você no domingo à noite.

Observei enquanto Benny levantava a mão, contando com os dedos e listando os dias da semana para descobrir quanto tempo até ver sua mãe novamente.

— Isso é em dois dias — afirmou, com orgulho.

— Sim, dois dias e o verei novamente. Agora, divirta-se. — Ela beijou sua testa antes de se levantar e se despedir de mim; sem olhar na direção de Grant, me deixou lá com o Sr. Rabugento.

# Capítulo 3

## GRANT

Eu não era um idiota e nunca tive a intenção de ser. Especialmente não com pessoas que eu mal conhecia.

Mas passar a manhã conversando com Amy sobre todas as coisas com as quais ela estava infeliz quando se tratava de minhas escolhas como pai me deixou de mau humor. Ela não parava de me dizer que Benny era uma criança saudável e não precisava de nenhum especialista, porque, aos olhos dela, nosso filho não era hiperativo.

Não tenho certeza de qual criança ela estava cuidando, mas a que descrevia para mim sempre que eu perguntava sobre Benny não era a criança que eu estava criando. E, a menos que meu filho tivesse um distúrbio de personalidade extremo, eu não acreditava que Benny agisse de maneira diferente com ela do que comigo.

— Ele tem sido bonzinho? — perguntei a garota sentada na minha frente.

Não conseguia lembrar o nome dela; era diferente, mas vou lembrar de novo em algum momento, já que trarei Benny aqui toda sexta-feira.

— Benny foi a alma da festa hoje. Ele é muito engraçado e falador, mas tenho certeza que você já sabe disso — afirmou, com um sorriso gentil no rosto.

— Sim, meu filho sempre foi o centro das atenções. E sempre será — falei, querendo dizer isso de uma forma positiva. — Amy deixou uma lista de suas comidas favoritas e alergias?

— Sim, deixou.

— Se importa se eu der uma olhada?

Ela arqueou uma sobrancelha, silenciosamente me julgando por não confiar em minha ex. Mas ela não disse nada, então deixei escapar e esperei que me entregasse os papéis.

Não acho que ela fez isso intencionalmente. A garota é jovem, muito jovem, e eu deveria ter guardado minhas próximas palavras para mim enquanto ela me entregava os papéis que Amy preenchia.

— Você não deveria ter alguém cuidando de você em vez de cuidar das crianças? Quantos anos você tem? Dezesseis?

Suas sobrancelhas franziram e, por um momento, pensei que a havia magoado. Mas logo depois, ela endireitou as costas e ergueu o queixo, a confiança brilhando em seus olhos.

— Tenho vinte anos, mas obrigada pelo elogio, eu acho. Se houver algo que você gostaria que eu adicionasse à lista, é só me avisar.

Não pude deixar de sorrir por causa de como ela lidou com o meu temperamento, e embora eu não pretendesse saber seu nome, perguntei de qualquer maneira.

— Qual é mesmo o seu nome, meu bem?

Nada de flerte.

Apenas tentando deixar meu comportamento alfa de lado e tratá-la do jeito que ela merecia ser tratada. A garota não tinha feito nada de errado e irritá-la claramente não era o caminho certo.

— Rigby — respondeu, mantendo sua postura reta.

— Como aquele guaxinim do *Apenas um show*?

— O quê?

Arqueei uma sobrancelha.

— Você não conhece *Apenas um show*? — Enquanto esperava por sua resposta, deixei meus olhos passearem por seu rosto.

Suas sobrancelhas combinavam com seu cabelo acobreado natural, e o tom azul-escuro de seus olhos parecia ter sido feito para ela. Seu nariz tinha uma leve protuberância na ponte, e a ponta arrebitada apenas o suficiente para torná-lo único, com pequenas sardas se somando a tudo. Seus lábios eram o que eu queria observar a seguir, porém, durante sua fala, movi meus olhos de volta para encontrar os dela.

— Não sei que programa é esse — respondeu.

— Bem, seus pais provavelmente sim, ou então eles não teriam lhe dado o nome de um maldito guaxinim.

Ela franziu os lábios, o que agora observei mais de perto, imaginando se uma garota poderia ser mais bonita. Pensei o mesmo quando conheci Amy pela primeira vez, com seus marcantes olhos azuis gelados e cabelo loiro, mas assim que vi além de sua beleza, soube que cometi um erro ao me envolver com ela.

Minhas palavras deveriam tê-la ofendido, feito-a se sentir menosprezada porque um cara mais velho acabou de lhe dizer que um guaxinim de um desenho animado foi o que me veio à mente quando ouvi seu nome. Mas se mostrando madura e elegante, ela ignorou com um *"provavelmente"*.

— Papai, posso brincar com o Ira? — Benny perguntou, batendo com as mãos no meu peito, incapaz de ficar parado nem por trinta segundos.

— Com certeza podemos providenciar isso, amiguinho. Papai precisa terminar de falar com Rigby e depois vamos jantar, ok?

Assim que ele assentiu, olhei para Rigby antes de voltar minha atenção para a lista.

— Vocês levam as crianças para fora às vezes? — questionei, olhando para ela com uma sobrancelha arqueada.

— Costumamos brincar lá fora no jardim quando está quente e ensolarado, e muito raramente os levamos ao parque que fica a cinco minutos a pé daqui. Isso seria um problema?

— Não, não é um problema, mas, nesse caso, preciso que coloque protetor solar na lista de alergias dele. Não tenho certeza qual você usa para as crianças, mas vou trazer o dele da próxima vez — falei, e quando lhe entreguei os papéis novamente, ela imediatamente adicionou protetor solar à lista.

— Algo mais?

— Não, seria apenas isso.

— Perfeito. Vejo vocês dois na próxima sexta então? — perguntou, com um sorriso para Benny. — Você teve um dia divertido?

— Sim, mas eu gostaria que meu melhor amigo estivesse aqui para brincar comigo também — contou a Rigby.

— Você pode brincar com Ira durante todo o fim de semana se os pais dele concordarem. Vamos para casa?

Levantei da cadeira com Benny ainda em meus braços e, enquanto caminhávamos para a saída, Rigby nos seguiu.

— Meus sapatos! — Benny gritou, apontando para o vestiário onde as roupas infantis estavam penduradas por toda parte, e eu o abaixei para que pudesse calçá-los.

— Você tem o número da creche? No caso de não chegar a tempo de pegar Benny ou algo acontecer — indagou, soando como uma maldita profissional.

— Há quanto tempo você está trabalhando aqui? — devolvi, ignorando sua pergunta porque, aparentemente, eu era bom nisso.

— Uhm, dois anos.

— Nada de faculdade?

— Esse era o meu plano, porém, depois de começar a trabalhar aqui, eu sabia que era o que queria fazer pelo resto da minha vida — explicou, parecendo bastante razoável sem revelar muito.

— Entendo. Eu tenho o número — declarei.

— Ótimo! Então, se houver alguma coisa, é só nos avisar. Vejo você na sexta-feira — ela disse, sorrindo brilhantemente quando Benny acenou para ela.

— Vejo você na sexta-feira! — ele exclamou, alegre.

— Tenha um fim de semana divertido, Benny.

— Obrigado — respondi, e depois de dar mais uma olhada em seu rosto, peguei a mão do meu filho e saí em direção ao meu carro.

Mas essa interação não foi a última que tive com ela hoje.

— Grant? — Rigby chamou, enquanto eu ajudava Benny a subir no banco de trás e, quando me virei, observei-a caminhar em minha direção com um panfleto na mão. — Caso você conheça alguém que esteja interessado ou precise de uma babá — disse, entregando o panfleto. Se era assim que ela procurava um emprego de babá, eu não iria julgá-la. Era uma jogada inteligente entregar um panfleto aos pais.

Olhei para o papel e o estudei por um tempo, então assenti com a cabeça e olhei para ela novamente.

— Talvez eu conheça alguém que esteja interessado — respondi, guardando-o no bolso de trás.

— Obrigada. Tenha um ótimo fim de semana — ela me disse com o mesmo sorriso genuíno nos lábios.

— Você também.

Ela se afastou e me virei para afivelar o cinto de segurança de Benny.

— Você brincou com Rigby hoje?

— Ela me mostrou os Legos — meu filho afirmou, sendo esta a única resposta que recebi, porque é claro que Rigby não era tão interessante para ele quanto os Legos.

— Falando em Lego, tenho uma surpresinha para você.

— É um dragão de Lego? — perguntou animadamente, me fazendo sorrir.

— Quase.

— Um carro?

— Carros e dragões são duas coisas muito diferentes, amiguinho.

22 seven rue

— Uma nave espacial?

Teríamos que trabalhar nisso.

— Você verá quando estivermos em casa — garanti, antes de beijar sua cabeça e fechar a porta.

Dando uma última olhada na creche, senti uma sensação estranha dentro de mim.

Excitação, talvez. Porque, da próxima vez que viesse aqui, veria aqueles olhos azul-escuros novamente.

# Capítulo 4

## GRANT

— Me desculpe, cara. Ele não parava de perguntar sobre Ira — falei para Wells, quando parei na frente de sua porta.

Benny já havia corrido para dentro para seguir seu melhor amigo até o quarto.

— Sem problemas. Nós não planejamos ir a lugar nenhum esta noite de qualquer maneira — garantiu, então deu um passo para o lado para me deixar entrar.

— Quem é? — Ouvi Rooney chamar da cozinha.

— Grant e Benny — Wells respondeu, e antes de chegarmos à cozinha, verificamos nossos filhos, que já estavam brincando com o dinossauro de Lego que ajudei Benny a montar esta tarde.

— Oi, Grant — Rooney me cumprimentou quando entrei na cozinha. Coloquei a mão em sua cintura e me inclinei para beijar sua bochecha, então dei um passo para trás e olhei para ela.

— Você está bem, Rooney?

— Ah, está tudo maravilhoso. Como vai você? Como vai a fisioterapia?

— Bem. Acho que voltarei a andar normalmente em algumas semanas. Esse mancar tem mexido com meus quadris ultimamente.

— Isso não é por causa do mancar. Você está ficando velho — Wells afirmou, com um sorriso presunçoso no rosto.

— Eu não estou velho — murmurei, ultimamente achando essa afirmação irritante.

— Cinquenta este ano, certo? — Rooney provocou.

— Vocês são irritantes pra caralho — resmunguei, deixando escapar uma risada. Eu faria quarenta e sete no final do ano, porém, além das pernas queimadas, eu me sentia em forma e saudável.

Além disso, eu estava envelhecendo como um bom vinho.

— Quer algo para beber? — Rooney então perguntou.

Assenti, e enquanto ela pegava duas cervejas da geladeira, Wells e eu fomos até o sofá para ficarmos confortáveis.

— Falou com Amy esta manhã? — Ele sabia que ela viria falar comigo enquanto Benny passava seu primeiro dia na creche.

— Sim, ela me deixou de mau humor. E, assim que não estamos mais sozinhos, age como uma santa. Ainda não sei como você não viu a verdade nela — murmurei, pegando a cerveja que Rooney estava me entregando. — Obrigado — acrescentei, tomando um gole.

— Eu sei que ela age diferente na frente de certas pessoas, mas não acho que você deva usar isso contra ela. Ou levar para o lado pessoal — Wells apontou.

— Como posso não levar para o lado pessoal quando ela diz as coisas mais loucas sobre mim e minhas escolhas como pai? Inferno, ela até ataca meu modo de vida.

— O que ela disse desta vez?— Rooney perguntou, soando um pouco mais compreensiva.

— Disse que eu deveria encontrar um emprego diferente assim que melhorar. Um que não seja tão fatal quanto ser bombeiro. Mas o que mais me incomodou foi ela ter ficado julgando cada coisa no quarto de Benny. Disse que precisava de um colchão melhor e de mais atividades. Merda, meu filho tem um quarto cheio de brinquedos, livros e lápis.

Ambos ouviram com atenção, querendo me ajudar a descobrir como lidar com minha ex e, felizmente, eles estavam do meu lado.

— Benny tem tudo o que precisa em seu quarto. E você é um ótimo pai — Rooney me disse. — Talvez ela esteja apenas… tentando chegar até você. A última vez que a vimos, ela foi muito doce e gentil.

— Ela provavelmente ainda não superou o rompimento. É a maneira dela de lidar com isso — Wells sugeriu.

— Se for esse o caso, é infantil pra caralho. Eu não vou até a casa dela e digo como criar nosso filho. Não lhe digo para parar de dar a ele aquela porcaria vegana quando ela sabe muito bem que ele gosta de carne. Benny deveria ter permissão para tomar essa decisão quando tiver idade suficiente e, se um dia decidir que quer comer apenas comida vegana, eu o apoiarei cem por cento. Mas ele tem quatro anos, pelo amor de Deus!

— Entendo o que você está dizendo. Já tentou falar com ela sobre isso? — Wells perguntou.

— Esta manhã, não. Não tive coragem e tudo que eu queria era que ela fosse embora para eu finalmente ver meu filho.

Sendo a mulher atenciosa e doce que era, Rooney imediatamente

25

mudou de assunto, porque percebeu que falar sobre Amy não estava melhorando meu humor.

— Benny teve um dia divertido na creche?

— Sim, teve. Acho que ele está animado para ir novamente na próxima semana. Também está pedindo para Ira ir junto, mas acho que ele ainda vai para a casa da avó nas sextas-feiras, não é?

Rooney era uma artista e tinha sua própria galeria de arte, onde trabalhava com sua melhor amiga, Evie, e Wells estava ocupado com o trabalho, então sua mãe geralmente cuidava de Ira.

— Sim, ele passa as sextas-feiras com Elsa — Rooney disse.

— Falando em minha mãe, ainda temos que encontrar alguém para cuidar de Ira na próxima sexta à noite, quando você fizer seu leilão — Wells comentou, olhando para Rooney.

— Que tipo de leilão? — perguntei.

— Ah, Evie e eu trabalhamos com artistas de todo o estado para nos reunirmos na próxima semana e leiloar peças de edição especial que criamos. Não mandei um convite porque você ainda estava no hospital. Não sabia quanto tempo levaria para se recuperar, mas você está convidado, é claro.

— Mas não vamos levar Ira. Vai ficar tarde. Então acho que agora nós dois estamos procurando alguém para cuidar de Ira e Benny — Wells falou, o que imediatamente me fez me lembrar do panfleto que recebi hoje.

— Olha que coincidência — murmurei para mim mesmo com uma risada baixa, estendendo a mão atrás de mim para tirar o panfleto do bolso. — Tem uma garota que trabalha na creche que está procurando um emprego de babá e me deu este panfleto — comentei, olhando para o panfleto antes de entregá-lo.

— Ora, isso é perfeito — Rooney falou, com um sorriso, ao estudar o papel. — E ela mora perto. Apenas alguns quarteirões de distância.

Eu não tinha olhado o endereço e o número de telefone no folheto, mas ainda me lembrava do nome dela.

— O nome dela é Rigby.

— Nome interessante — Wells comentou.

— Acho que a ofendi quando perguntei se ela recebeu o nome daquele guaxinim do *Apenas um show* — eu disse, com um sorriso.

— Você não tem filtro na frente dessa boca, tem? — Rooney suspirou, pegou o telefone e começou a digitar alguma coisa.

— O que você está fazendo? — Wells perguntou.

— Perguntando se ela tem tempo na próxima sexta-feira. As babás estão muito populares ultimamente.

— Popular de que maneira? — perguntei, divertido, e mesmo Wells não conseguia parar de sorrir.

— Vocês dois são inacreditáveis. Popular porque os pais gostam de sair e se divertir ocasionalmente, e as babás são bastante flexíveis com seu tempo.

— E partes do corpo — acrescentei, querendo provocá-la.

Rooney revirou os olhos para mim e continuou a digitar; depois de tomar outro gole da minha cerveja, perguntei:

— Você vai dizer a ela que é para cuidar de duas crianças?

— Sim, eu mencionei isso. Também mencionei que recebi o panfleto de você, talvez assim ela nos dê prioridade.

Se ela fizer isso, definitivamente não seria por minha causa.

Parecia que eu a tinha irritado várias vezes enquanto estava lá para pegar Benny, e embora gostasse do jeito que ela agia como se nada do que eu dissesse a afetasse pessoalmente, sabia que tinha que dar um passo para trás antes de me tornar indesejável.

Rigby era uma garota doce, e eu era um idiota notoriamente conhecido por partir corações.

Talvez pela primeira vez eu pudesse me esforçar para ficar longe.

Talvez.

Provavelmente não.

# Capítulo 5

## GRANT

— Posso dormir com Ira, por favor?

Eu sabia que essa pergunta viria mais cedo ou mais tarde. Sempre que Benny brincava com Ira, era só o que eles queriam depois de muito tempo brincando um com o outro.

Benny estava parado na minha frente com as mãos nos meus joelhos, empurrando-se para cima e levantando as pernas do chão enquanto esperava minha resposta.

Ele não conseguia ficar parado um segundo.

— Não esta noite, amiguinho. Eu não trouxe sua escova de dentes e pijama — justifiquei, esperando que fosse desculpa suficiente.

Não me importava que ele dormisse na casa de Wells e Rooney, mas só passava os fins de semana com meu filho e queria tê-lo comigo o máximo possível.

— Vocês dois terão uma festinha do pijama em uma semana — Rooney disse a ele com um sorriso.

— Aqui? — Benny perguntou a ela, com os olhos arregalados.

— Aqui — ela respondeu, mas, em vez de obter uma resposta que tivesse a ver, Benny mudou de assunto como sempre fazia quando se distraía.

— Donny está dormindo? — indagou, olhando para o impressionante recinto que eles construíram para a nova tartaruga de Ira, que ele batizou como uma de suas Tartarugas Ninja favoritas.

— Quer checar? — Wells perguntou, já se levantando, e Ira esticou a mão para pegar seu animal de estimação.

Acariciei o cabelo encaracolado de Benny antes que ele corresse até eles para olhar a tartaruga e, quando me inclinei para trás novamente, Rooney sorriu com gentileza para mim.

— Ele já pediu um animal de estimação?

— Não, nunca. Mas não acho que os animais o interessem tanto quanto parece. Ele vai olhar para aquela tartaruga por dez segundos e depois voltar a brincar com os brinquedos — previ.

seven rue

Muitas vezes conversei com Rooney sobre meus pensamentos em relação a Benny e sua hiperatividade, que claramente só acontecia quando ele estava comigo.

— Duvido que Benny nunca fique assim quando está com Amy. A criança não consegue ficar parada e se distrai com as menores coisas. Não consigo nem ler um livro para ele sem que mexa em algum brinquedo ou se levante para correr. Ele não tem foco.

— Você falou com Amy sobre isso, certo?

Assenti com a cabeça.

— Disse a ela várias vezes antes do acidente. Não consegui lidar com sua ignorância depois disso.

— Talvez você devesse falar com ela de novo. Sei que não sou a mãe de Benny, ou... uma mãe de verdade, mas, se Ira fosse assim, eu procuraria alguém para me ajudar a entender por que ele age dessa maneira.

Rooney sempre foi prestativa e só tinha boas intenções, então ouvir isso dela me fez sentir muito melhor. Eu não estava apenas inventando coisas ou percebendo o comportamento de Benny como exagerado sem motivo; ter outras pessoas notando isso também era um bom sinal. Para mim, pelo menos.

Tudo o que eu queria era que meu filho ficasse bem; e se houvesse alguém que pudesse me ajudar como pai a entender por que ele agia daquela maneira, com certeza aceitaria qualquer ajuda que me oferecessem. Mas, sem eu dar o primeiro passo e levá-lo a um terapeuta infantil ou algo assim, nada aconteceria.

— Eu poderia levá-lo sozinho sem Amy saber. Ela está claramente ignorando e, se não quiser aceitar, terei que tomar as rédeas da situação.

— Parece uma boa ideia. Embora eu não ache que Amy concordaria com isso — Rooney apontou, franzindo os lábios e deixando seus pensamentos correrem. — Não quero que ela fique ainda mais brava com você.

Como eu disse, carinhosa e doce.

Wells era um sortudo por tê-la; mesmo que não fosse a verdadeira mãe de Ira e não tivesse filhos, ela com certeza era uma grande figura materna.

— Vou ver se tenho coragem de fazer tudo pelas costas dela — soltei, com uma risada.

— Papai, olha!

Nós dois nos viramos para olhar para Benny, que estava segurando Donny no ar com as duas mãos nas laterais.

— Não deixe ele cair, ok, Benny? Ele vai se machucar se cair — Ira explicou, com sua voz gentil de sempre, porém, por mais preocupado que estivesse, ele não precisava.

Wells estava ali dando suporte à tartaruga, garantindo que ela não caísse.

— Eu não vou deixá-lo cair. Estou segurando muito bem, — Benny respondeu a Ira, olhando orgulhosamente para Donny.

— Você está fazendo direitinho, cara — elogiei, e quando ele caminhou lentamente até mim, estendi as mãos para tirar Donny dele antes que realmente o deixasse cair.

— Olhe para ele, papai! É tão fofo!

— Sim, ele é, né?

— Ele ainda é pequeno — Benny me disse, e concordei com um aceno de cabeça. — Mas ele vai ficar um pouco maior também.

— E mais velho! — Ira entrou na conversa, encarando Benny com os olhos arregalados. — As tartarugas podem envelhecer muito. Li em um livro sobre tartarugas.

Para um menino de quase cinco anos, Ira estava fazendo um grande progresso aprendendo a ler, tudo porque Wells começou a ensiná-lo bem cedo. Tentei fazer o mesmo com o Benny, mas com a falta de foco não foi possível.

— Ele está se escondendo! — Benny anunciou quando a cabeça de Donny desapareceu em sua concha.

— É hora de ele ir para a cama. E vocês dois também — Wells comentou.

— Vamos colocá-lo na cama — Ira sugeriu e, juntos, levaram Donny de volta ao seu cercado.

— Hora de ir para casa — informei, levantando do sofá e pegando as garrafas vazias na mesa de centro.

— Ah, pode deixar aí. Vou descartá-las mais tarde — Rooney falou, mas eu já estava caminhando em direção à cozinha.

— Não se preocupe com isso, Rooney — disse a ela, e assim que coloquei as garrafas no balcão da cozinha, virei-me para ouvir o que me dizia outra vez.

— Você teve notícias de Evie ultimamente?

— Evie? Não, por quê?

— Porque ela está perguntando sobre você. Bem, ela perguntou sobre você quando estava bêbada, então talvez não estivesse falando sério. Mas eu sei que ela tem o seu número, então ela pode ter ligado ou enviado uma mensagem — explicou.

— Ah, não. Ela não ligou.

Mas talvez eu devesse.

Evie era uma grande trepada e uma maneira fácil de aliviar um pouco do estresse, mas, desde o acidente, eu não podia fazer nada em que tivesse que mover meu corpo além da fisioterapia.

Eu estava melhor agora.

— Bom. Isso é bom.

Eu ri.

— Você não quer que eu foda a sua melhor amiga?

Rooney franziu a testa.

— Eu não me importo com o que você faz. Só sei que ela está passando por uma fase e não quero que você tenha que lidar com ela tendo seus próprios problemas pessoais.

— Você está preocupada comigo — apontei, divertido, sabendo o quão fácil era provocá-la por quão altruísta ela era.

O que era uma coisa boa, claro, mas ainda era divertido mexer com a garota.

— Quer saber? Não. Não estou preocupada com você. Faça o que quiser — rebateu, em um tom sério, mas não conseguiu conter uma risada.

— Continue mexendo com a minha garota e você não voltará mais aqui — Wells falou ao entrar na cozinha com Benny e Ira logo atrás dele.

— Vamos ver isso aí — respondi, com um sorriso, colocando a mão na parte inferior das costas, sabendo que ela não levava nada a sério. — Tudo bem, amiguinho. Vamos para casa. Diga tchau ao Ira — eu o encorajei e, como sempre, eles se abraçaram e se cumprimentaram depois.

Era adorável, e todos nós sabíamos que eles continuariam amigos por muito tempo enquanto cresciam.

— Tchau, Rooney. Tchau, Wells — despediu-se, acenando para eles.

— Vejo você em breve, Benny. Durma bem — Rooney disse, com um sorriso, e depois que todos nos despedimos, saí com Benny.

# Capítulo 6

## RIGBY

— Recebi um e-mail! — chamei Maddie, que estava de pé na minha cozinha, pegando os pratos para nossa comida.

— Sério? Uau, não pensei que alguém responderia ao seu anúncio tão rápido — ela respondeu, surpresa.

— Nem eu. — Eu estava sentado no meu sofá com Woodstock deitado ao meu lado, ocupando metade do sofá.

Adotei Woody apenas alguns meses atrás de um abrigo e, embora não tivesse imaginado adotar um cachorro grande, fiquei feliz com meu melhor amigo São Bernardo. Ele era um garoto preguiçoso, mas adorava um carinho, até mesmo quando eu precisava. E isso era frequente.

— O que diz o e-mail? — Maddie perguntou, caminhando de volta para a sala de estar.

Eu estava olhando para a mensagem fechada por um minuto, mas agora que ela estava sentada comigo, cliquei e comecei a ler.

— Então? — Ela me cutucou, e como eu queria contar o que tinha acabado de ler no e-mail, tive que reler a frase que me chamou a atenção.

— Ah.

— O que é? É alguém famoso?

— Não, ninguém famoso. Lembra do pai de Benny, Grant? — perguntei, olhando para ela com o coração começando a bater mais rápido no peito por algum motivo estranho.

— Sim, lembro.

— Bem, eu lhe dei um panfleto e ele deve ter passado para uma mãe que conhece. O nome dela é Rooney e está perguntando se tenho tempo para cuidar de seu filho Ira e também de Benny. Eles devem ser amigos.

— Devem ser. E quanto ela vai te pagar?

— Não sei. Não acrescentei nada sobre isso no folheto, mas falarei com ela sobre isso quando a conhecer.

— Certifique-se de conseguir o dobro. Afinal, você cuidará de duas crianças de pais diferentes.

Eu não tinha certeza se isso era uma coisa legal de se fazer, considerando que Rooney mencionou que Benny teria uma festinha do pijama naquela noite de sexta-feira. Tecnicamente... ainda era um trabalho e não dois separados, certo?

— Eu respondo mais tarde. O e-mail chegou há uma hora e não quero parecer desesperada.

— Mas você está desesperada — Maddie afirmou, com uma sobrancelha arqueada.

Franzi os lábios e me virei para olhar para Woodstock.

— Acha que estou desesperada, Woody?

Ele ergueu as sobrancelhas e olhou para mim; como se entendesse o que eu havia perguntado, rosnou.

— Viu? Woody diz que não estou desesperada.

— Não posso confiar em um cachorro que solta mais baba do que xixi — ela murmurou, me fazendo rir de sua declaração.

— Ei, ele não pode fazer muito sobre a baba. Além disso, não é como se você tivesse que lidar com isso.

Antes de começar a comer, liguei a televisão para que tivéssemos algo para assistir e, quando começou o primeiro episódio de uma série que nenhuma de nós acompanhava, virei-me para olhá-la com a testa franzida.

— Você conhece *Apenas um show*?

— Nunca ouvi falar — respondeu, com um encolher de ombros. — Por quê?

— Grant zombou do meu nome. Dizendo que meus pais devem ter me dado o nome de um maldito guaxinim desse programa. Ele se divertiu bastante com isso. Eu não.

Maddie não conseguiu conter um sorriso.

— Guaxinins são fofos. Além disso, notei que ele estava sendo arrogante. Então, um comentário como esse era esperado.

Arrogante não parecia ser a palavra certa para descrever um homem como Grant. Claro, ele não tinha sem filtro, mas foi sua confiança quase arrogante que me incomodou depois de apenas algumas palavras trocadas. No entanto, eu sabia que ele tinha um lado diferente. Eu podia dizer isso pelo jeito como era com o filho.

— Falando sobre pais... Alguma notícia?

— Não, tudo leva a um beco sem saída.

Eu não conhecia meus pais. Não sabia seus nomes, quem eram, onde estavam ou se ainda estavam vivos.

Cresci em um orfanato e fui criada por meus pais adotivos, de quem mal podia esperar para finalmente escapar aos dezoito anos. Tentei o meu melhor para me dar bem com eles, ajudei com tudo o que precisavam de ajuda, fui uma boa aluna, porém, depois de adotarem dois bebês quando eu tinha quatorze anos, as coisas simplesmente pioraram. Eles se tornaram o centro das atenções, e os próximos quatro anos foram uma grande antecipação do meu aniversário de dezoito.

Mesmo assim, adorava pensar nos tempos de criança, feliz, alegre e sem preocupações.

— Aqui, encontrei essas fotos na semana passada quando limpei meu armário — comentei, me abaixando para pegar a caixa de sapatos debaixo da mesa de centro.

Dentro da caixa havia uma pequena camiseta com um elefante bebê e meu nome escrito acima, e a entreguei a Maddie para que ela visse.

— Ai, meu Deus. Isso é adorável!

— Né? Tenho uma foto minha usando isso quando era bebê. Aqui está — expliquei, entregando a ela a fotografia.

— Você era a coisinha mais fofa de todas. Puxa vida, olhe para você!

— Eu ainda sou fofa.

— Não, você está linda agora. Tipo, realmente linda. Talvez seja por isso que os homens ficam longe de você. Eles não conseguem lidar com tanta beleza — opinou.

— Não tenho certeza de como me sentir sobre isso. Eu quero ser acessível. Eu *sou* acessível. Sou gentil e doce.

E isso não era eu sendo arrogante. Eu dizia essas coisas com confiança, e isso não foi nada ruim.

— Talvez seja por isso que o papai Grant agiu como um idiota com você. Ele não sabia como lidar com uma beleza como a sua e, por medo de ser rejeitado, foi um idiota.

Já ouvi falar dessa teoria antes, mas não achei que fosse esse o caso. Grant era um pai taciturno e protetor que só via o filho nos fins de semana, e eu estava atrapalhando que ele ficasse sozinho com Benny.

Eu não tinha filhos, mas entendia.

— Aqui está outra — eu disse, pegando uma foto minha quando criança, brincando com bichinhos de pelúcia.

— Quem é esse? — Maddie perguntou, apontando para um homem sentado no chão ao meu lado, mas sua cabeça foi cortada da foto.

— Não tenho certeza... — Dei uma olhada mais de perto no homem de terno preto e gravata azul-bebê que combinava com as meias. — Quem quer que fosse, tinha um grande senso de estilo — comentei.

Entregando a ela a foto para continuar olhando, peguei a próxima fotografia e notei o mesmo homem nela, desta vez parado mais longe no quintal dos meus pais adotivos no que parecia ser minha festa de aniversário.

— Ali está ele de novo — comentei, apontando para ele e tentando ver seu rosto com mais clareza.

— Lindo — Maddie afirmou.

Torci o nariz e tentei lembrar se tinha visto aquele homem em algum outro lugar, ou se alguma lembrança reapareceu na minha cabeça.

— Talvez ele fosse apenas um amigo da família — sugeri.

— Eu não sei... não parece um amigo aleatório da família para mim. Ele está em quase todas as fotos — ela apontou, e só agora percebi que aquelas meias azuis e gravata apareciam na maioria das fotos.

— Ah, eu não tinha notado — falei baixinho, minha mente começando a trabalhar ainda mais para lembrar quem era aquele homem. Meus pais adotivos nunca falaram sobre meus pais verdadeiros. Sempre me disseram que não moravam por aqui e nunca quiseram nada comigo.

— Bem, quem quer que seja, ele é gostoso e espero que tenha o que merece.

— Como o quê?

— Sexo, boquetes gostosos e tudo isso. Porque eu com certeza teria dado tudo isso a ele se o conhecesse.

Eu ri e neguei com a cabeça, não tendo nada a acrescentar às suas estranhas respostas.

— Você é maluca. Quer uma cerveja? — perguntei, já me levantando e pegando nossos pratos vazios.

— Claro.

Quem quer que fosse aquele homem, não importava agora.

Se ele fosse alguém importante, certamente teria ficado comigo até agora, mas não era o caso, e eu não precisava mais me preocupar com isso.

# Capítulo 7

## GRANT

Finalmente, passar um fim de semana com Benny novamente fez com que as preocupações que eu tinha sobre minha perna desaparecessem, mas essas preocupações voltaram no segundo em que o deixei na casa de Amy no domingo.

Meu filho estava em uma fase em que crescia muito rápido bem na frente dos meus olhos, e eu gostaria de passar mais tempo com ele do que apenas nos fins de semana.

A fisioterapia estava indo muito bem, e eu sentia minha perna ficando mais forte a cada consulta, fazendo com que eu me sentisse bem comigo mesmo.

Estava criando esperanças de um dia voltar a trabalhar e fazer o que fazia de melhor. Salvar pessoas.

Hoje cedo, Wells me mandou uma mensagem e perguntou se eu queria uma cerveja na casa dele, já que Rooney saiu com Evie, mas quando cheguei lá, pude ouvir a voz alta de Evie vindo de seu apartamento.

Suspirei, esperando que elas fossem embora mais cedo ou mais tarde; sem tocar a campainha, porque sabia que Ira já estaria dormindo, abri a porta da frente e entrei.

— Olá — Rooney me cumprimentou quando me viu, colocando a cabeça para fora do quarto.

— Oi, você está bem? — perguntei, me preparando para enfrentar Evie novamente depois de meses sem notícias dela.

— Estou bem. Você está ótimo — ela me disse, com um sorriso, antes de desaparecer em seu quarto novamente. — Só estou me trocando. Wells está na sala de estar.

*Então elas ainda vão sair?*

— Tudo bem. — Tirei minha jaqueta e pendurei em um dos ganchos na parede, então caminhei pelo corredor para chegar à sala onde encontrei Wells sentado em um sofá, enquanto Evie estava sentada no outro.

— Oi — saudei, encarando Wells sem lançar um olhar para Evie. Ela estava me observando atentamente, mas tive que me recompor antes de me virar em sua direção.

— Oi — ele respondeu, acenando para as cervejas na mesa de centro, e eu rapidamente peguei uma.

— Pensei que estaríamos sozinhos esta noite — falei, dando uma olhada em Evie, cujos lábios estavam franzidos de uma forma divertida.

— O que, você não está feliz em me ver, bonitão?

Sua voz era desnecessariamente aguda, mas, ei... nada poderia ser feito quanto a isso.

Sentei ao lado dela para deixar o espaço ao lado de Wells aberto para Rooney e, depois de tomar um longo gole da minha cerveja, olhei para Evie novamente.

— Sempre feliz em ver você, querida.

— Mentiroso. — Riu, colocando a mão no meu braço e apertando-o suavemente com seus longos dedos. — Como vai você? Eu ouvi sobre o acidente. Parece que você pode andar muito bem.

— Ele está mancando, Evie — Wells comentou, com uma sobrancelha arqueada.

— Ele ainda parece bem — afirmou, e tomei isso como um elogio, porque ultimamente tenho me sentido uma merda quando se trata do meu corpo.

— Vocês ainda vão sair, certo? — perguntei, esperando por uma resposta positiva.

— Não, nós mudamos de ideia. Está chovendo e queríamos ficar à beira do lago. Abriu um bar perto da costa, mas o tempo não está do nosso lado esta noite — explicou.

— Existem outros bares na cidade — apontei, esperando fazê-las mudar de ideia mais uma vez.

— Rooney já está se trocando. — Evie acenou com a mão.

— E não vou me trocar de novo. Coloquei quinze roupas antes de Evie chegar e odiei cada uma delas. Preciso de roupas novas — Rooney suspirou ao entrar na sala, deixando-se cair no sofá ao lado de Wells.

— Você ficou linda em cada uma delas, amor — assegurou-lhe, não apenas dizendo isso para fazê-la se sentir melhor. Ele realmente achava que ela era a garota mais bonita do mundo, o que eu não iria negar, porque Rooney era uma verdadeira beleza.

— Aposto que sim — acrescentei, arrancando outro sorriso dela.

— Obrigada, mas esta noite me sinto muito mais confortável de pijama — falou, inclinando-se contra Wells, que colocou o braço em volta dela.

— Eu acho que ela está grávida — Evie sussurrou em voz alta ao meu lado, e arqueei minhas sobrancelhas e a fitei.

— Não estou grávida — Rooney murmurou.

— Por que ela disse isso então? — insisti, focado nela.

Evie gostava de falar merda sempre que podia, falava mal das pessoas que faziam parte do clube de campo de seus pais e espalhava boatos a torto e a direito. Razão pela qual ela nunca seria mais do que uma transa fácil para mim. Mas todos nós tínhamos nossos problemas, certo?

— Porque parei de beber vinho há algum tempo — Rooney explicou.

— E porque você sempre reclama de se sentir inchada. Você não come de maneira diferente e também não parece que ganhou peso — Evie afirmou.

— Por que você está incomodando ela sobre isso? — rebati, tentando descobrir por que ela era do jeito que era.

— Porque eu quero saber se ela está grávida.

— E se ela não quiser que você saiba? Já pensou nisso?

Minhas perguntas a fizeram pensar, surpreendentemente, e então esperei que me desse uma resposta clara e razoável.

— Tudo bem — ela murmurou, olhando para Rooney. — De qualquer maneira, vai acontecer em breve.

— Isso é ótimo, mas deixe que eles nos digam quando estiverem prontos. E quando Rooney estiver realmente grávida — eu disse a ela.

Eu saberia se Rooney estivesse grávida. Não por causa da mudança de seu corpo, mas por causa de Wells, que já teria me contado.

— Tanto faz — Evie murmurou, me fazendo rir.

— Você não vai ter filhos tão cedo, hein?

— Ela nunca terá filhos — Rooney respondeu. — Antes de entrar, ela perguntou se Ira já estava dormindo, porque, se não estivesse, ela esperaria do lado de fora.

E essa é outra razão pela qual as coisas entre Evie e eu nunca ficariam sérias. Ela odiava crianças, e tendo um filho, eu nunca permitiria que alguém assim se tornasse parte de mim se não o aceitasse.

— Você é brutal.

— Mas da melhor maneira possível. Os homens me amam — declarou, com um sorriso presunçoso. — E você não pode negar que aquelas noites que passamos juntos foram extremamente prazerozas.

E foram, mas ela não precisava de um reforço de ego.

Tomei outro gole da cerveja, mantendo meus olhos nos dela, observando como a luxúria familiar brilhou na mulher. Eu era bom em autocontrole, mas deixar passar uma boa foda não era algo em que eu era bom. Nós dois sabíamos que acabaríamos fodendo mais tarde, e Rooney e Wells também.

— Todo esse jogo de gato e rato que vocês estão jogando era divertido no começo, mas agora está ficando irritante — Rooney reclamou.

— Não podemos mudá-los, amor — Wells acrescentou, parecendo derrotado.

— Ele tem razão. É melhor você ficar confortável e aproveitar o showzinho — eu disse a ela, com um sorriso malicioso.

Quando olhei para Evie, ela parecia orgulhosa do que eu havia dito, pensando que o que quer que tivéssemos duraria para sempre.

Não duraria, considerando que ela era um pouco mais de vinte anos mais nova que eu, e ainda tinha toda uma vida pela frente.

Embora a minha vida ainda não tivesse acabado, minha paciência estava lentamente se esgotando e eu nem sempre seria capaz de lidar com garotas jovens e selvagens como Evie para sempre.

Apenas uma hora depois, Evie estava sentada perto de mim com as pernas para cima no sofá e seu corpo virado para mim, sua mão direita subindo e descendo pela minha barriga e peito.

Eu já estava na minha terceira cerveja, mas definitivamente seria a última se eu quisesse voltar para casa em segurança mais tarde.

Colocando a garrafa na mesa de centro, me inclinei para trás e coloquei as duas mãos em sua perna direita, puxando-a para mais perto até que sua coxa pressionasse contra a protuberância em minha calça jeans.

Ela ainda não conseguiu me excitar, mas também não queria que isso acontecesse na frente de Wells e Rooney. Felizmente, os dois estavam no quarto de Ira no momento, tentando fazê-lo dormir depois que ele entrou na sala, segurando seu Hulk favorito em uma das mãos e pedindo a seus pais que o ajudassem a voltar a dormir.

Benny dormia a noite toda, felizmente, mas muitas vezes eu espiava em seu quarto para vê-lo dormir pacificamente.

— Quer que eu a acompanhe lá em cima mais tarde? — ofereci, querendo ser legal.

Evie franziu os lábios e pensou sobre a minha pergunta, movendo a mão para o lado do meu pescoço; enquanto seus dedos roçavam minha mandíbula, eu a observava cuidadosamente.

Ela era bonita de se olhar, com certeza, mas me lembrava muito Amy. Não apenas por sua aparência, mas por suas características. Ainda assim, Evie era uma grande distração, e ela queria ser, então por que eu iria afastá-la se ela me fazia sentir bem?

— Você pode me levar para casa e ficar lá comigo. Faça-me companhia esta noite — Evie sugeriu.

Eu sabia que ela diria algo assim e, no fundo, esperava que o fizesse.

Em vez de responder com palavras, levantei a mão esquerda e segurei o lado de seu rosto, torcendo meus dedos em seu cabelo e, em seguida, puxando-a para mim. Sem hesitar, ela começou a me beijar e, sabendo que isso acabaria assim que os outros voltassem, aprofundei o beijo empurrando minha língua em sua boca.

Um gemido escapou dela quando pressionou seu corpo contra o meu lado e, com a mão segurando a parte de trás de sua cabeça, a puxei ainda mais para perto. Sua língua girou em torno da minha, me mostrando o quanto ela me queria, porém, antes de transformar isso em um verdadeiro showzinho, quebrei o beijo e olhei para ela intensamente, o que quase a fez gritar em protesto.

— Você pode me mostrar o quanto me quer chupando meu pau quando estivermos na sua casa — ofereci, mantendo minha voz baixa.

Ela mordeu o lábio inferior, parecendo uma maldita atriz pornô, e passei meu polegar ao longo de seu lábio inferior para impedi-la de me provocar.

— Você já chamou minha atenção, querida. Não há necessidade de se esforçar tanto.

# Capítulo 3

## RIGBY

Maddie dar uma festa em uma noite de quinta-feira não era novidade, mas tive que aprender a ir para casa mais cedo e não beber muito, porque ficaria um caco na manhã seguinte.

Embora eu fosse a primeira a chegar na creche, mal conseguia manter os olhos abertos ao andar pelas salas para ter certeza de que tudo estava preparado para quando as primeiras crianças chegassem e, às sete e meia, os pequenos já estavam correndo como loucos.

Pela primeira vez, eu queria agir como Maddie sempre fazia. Esconder-me das crianças e ficar sozinha para que minha dor de cabeça desaparecesse, mas eu não era ela.

— Vá brincar com os outros até tomarmos café da manhã, ok? — pedi a Rocco, depois de ajudá-lo a tirar o casaco e os sapatos; assim que ele calçou os chinelos, saiu correndo para brincar com os amigos.

E logo que pensei que teria um segundo para mim, a porta nas minhas costas se abriu, me fazendo virar e ver Grant se elevando sobre mim e olhando para baixo com as sobrancelhas franzidas.

*Puxa, é muito cedo para ser bonito assim.*

— Bom dia! — falei alegremente, deixando meu olhar cair dele para Benny, que já estava tirando os sapatos.

— Bom dia — Grant respondeu, esperando que seu filho me cumprimentasse também.

Demorou um pouco, mas Benny olhou para mim e acenou.

— Olá.

— Você teve uma semana divertida, Benny? — perguntei, agachando-me na frente dele para ajudá-lo a se concentrar em mim, já que as outras crianças o estavam distraindo.

— Benny. — Grant cutucou o garoto, não parecendo muito feliz esta manhã.

— Eu quero ir brincar.

— Responda a Rigby primeiro — exigiu, em um tom calmo, mas severo, e os olhos de Benny finalmente pousaram nos meus.

— Hm?

— Eu perguntei se você teve uma semana divertida — repeti, com um sorriso, e sem me irritar com a forma como ele falou comigo.

Teríamos tempo para trabalhar nisso.

— Sim — simplesmente respondeu, se distraindo mais uma vez e dando um passo para o lado para poder ver as crianças na sala de brinquedos.

— É bom ouvir isso. Que tal ir brincar um pouco? Vamos tomar café da manhã em breve — expliquei.

Ele assentiu e, embora estivesse pronto para correr, virou-se para olhar para Grant com os braços estendidos.

Quando me levantei, Grant pegou Benny e beijou sua bochecha.

— Seja bonzinho, está bem? Venho buscar você mais tarde.

— E então eu posso brincar com Ira! — Benny anunciou.

Por mais cansada que eu estivesse, não tinha me esquecido de cuidar de Benny e seu amigo Ira esta noite.

— Isso mesmo. Agora, divirta-se. Amo você, amiguinho — Grant disse ao filho, com uma voz repentinamente mais calma.

— Eu também amo você, papai.

No segundo em que os pés de Benny tocaram o chão, ele correu para a sala de brinquedos onde encontrou seus amigos e imediatamente começou a brincar.

— Tem certeza que pode lidar com duas crianças ao mesmo tempo?

Arqueei uma sobrancelha para ele por sua pergunta bastante idiota.

— Eu trabalho com crianças — afirmei.

— Isso não significa que você pode lidar com elas. Especialmente quando estão cansadas e com fome e não querem ir para a cama.

— Você está tentando me assustar?

Seus olhos queimaram nos meus e sua boca se curvou em um sorriso presunçoso, zombando de mim.

— Você está assustada?

Fiz uma careta.

— Não. Estou animada para esta noite. Falei com Rooney ao telefone ontem à noite e ela me explicou tudo sobre a diabetes de Ira. Ela preparou uma refeição para os dois, então não vou ter que me preocupar em dar a ele algo que não devo. E ela também me contou o quanto os meninos adoram músicas e caminhões, então acho que estou bem preparada.

seven rue

Eu estava confiante em minhas palavras, mas a maneira como ele me encarava fez essa confiança sumir em segundos.

— Ela embelezou tudo então, como costuma fazer...

— Ela pareceu sincera para mim. Estou animada para esta noite — repeti, não o deixando me provocar dessa maneira.

— Tudo bem — ele disse, encolhendo os ombros como se não se importasse com quem era a pessoa que estava cuidando de seu filho hoje.

— Os meninos vão se divertir muito esta noite e vou cuidar bem deles — garanti, fazendo beicinho, porque homens como ele me frustravam. — Mas se você está preocupado comigo cuidando de Benny, acho que deveria começar a procurar outra babá. Embora... você não vá encontrar ninguém em tão pouco tempo.

Realmente considerei deixá-lo mudar de ideia sobre eu ser a babá de seu filho esta noite sem ficar ofendida. No final das contas, era ele quem queria ir ao leilão de arte dos amigos.

Seu sorriso divertido se intensificou.

— Não tenho nenhuma preocupação. Mas você parece um pouco cansada. Nós não voltaremos até tarde da noite, e eu odiaria te encontrar dormindo enquanto meu filho corre pelo apartamento sem supervisão.

— Isso não vai acontecer — respondi.

— Você não parece confiante sobre isso.

*É sério?*

— Talvez porque o pai da criança que vou tomar conta esta noite não tenha muita confiança em mim.

Ele era incrivelmente provocador, e eu não gostava disso. Nem um pouco.

— Confio em você. Não teria trazido meu filho aqui novamente se não confiasse em você, gatinha.

*Gatinha.*

— *Guaxinim* não seria mais adequado para mim? — rebati, começando a ficar irritada com este homem.

Este belo pedaço de mal caminho em forma de homem.

Minha pergunta deve ter sido engraçada, porque a próxima coisa que ele fez foi rir. Alto.

— Que bom que sou divertida para você — murmurei, virando-me para colocar os sapatos de Benny debaixo do banco para que não atrapalhassem.

— Você realmente é. E sem esforço — admitiu.

Quando me virei para ele, peguei seus olhos vagando pelas minhas pernas e por cima da minha bunda, e embora eu não quisesse, senti meu corpo inteiro formigando.

— Obrigada — murmurei, cruzando os braços sobre o peito. — Você não tem algum lugar para estar?

Grant arqueou uma sobrancelha, rindo.

— Tentando se livrar de mim?

— Honestamente? Sim. Tenho que preparar o café da manhã para as crianças e depois começar a planejar o dia. Tendo que me certificar de que elas tenham atividades suficientes para não ficarem entediadas.

Ele assentiu e seu rosto finalmente ficou sério de novo, o que por algum motivo me deixou menos tensa. O que esse homem estava me fazendo sentir não era nada do que eu havia sentido antes, e não tinha certeza se era algo positivo ou negativo.

— Tudo bem. Não vou mais distraí-la então. — Ele deu alguns passos em direção à sala de brinquedos e acenou com a mão quando Benny o notou; assim que voltou a brincar, Grant se virou para olhar para mim novamente. — Você tem carro?

— Por quê?

— Você tem carro? — repetiu, parecendo irritado.

— Eu tenho carro — respondi.

— Onde você mora?

— Por quê? — Eu queria saber, mas, assim que fiz a pergunta, sabia que ele não me responderia. Então acrescentei: — Randall Drive, 1837.

— Vou buscá-la às seis e meia. Esteja pronta — exigiu.

Eu não tinha forças para responder, então assenti.

— Obrigada. Você vai me levar de volta para casa depois também? Só pra ter certeza.

— Não, vou chamar um táxi para você. Estarei muito cansado para levá-la para casa eu mesmo — falou, indiferente, caminhando em direção à porta da frente.

Meu queixo caiu e, embora algo dentro de mim me dissesse para não levar sua resposta a sério, não pude deixar de fazer exatamente isso.

— Então prefiro ir até a casa de Rooney eu mesma — afirmei, sentindo-me mais confortável assim, em vez de pegar um táxi.

— É muito fácil. — Eu o ouvi sussurrar baixinho.

— O quê?

— Mexer com você. — Grant se virou para olhar para mim depois de abrir a porta; quando vi seu sorriso, percebi que o deixei me provocar mais uma vez. — É claro que depois vou levar você para casa, Rigby. E vou aproveitar para lhe ensinar uma ou duas lições sobre sarcasmo.

*Ótimo.*

O riso borbulhou em meu peito, suas palavras genuinamente me divertindo.

— Eu definitivamente vou aceitar essa oferta.

— Que bom. Até mais tarde então.

Assenti com a cabeça e parei na porta logo que Grant saiu, e quando se virou novamente, eu sorri para ele.

— Você vem pegar Benny às quatro, certo?

— Sim, talvez até mais cedo, dependendo de como eu estiver depois da fisioterapia.

Eu não queria entrar muito no lado pessoal com ele, porque, além das crianças, não deveria haver nenhum tipo de conversa particular entre nós, funcionários da creche e os pais. Não era da minha conta, mas não me contive.

— Como está indo? — perguntei, apontando para a perna dele.

— Melhor do que antes — foi sua única resposta, então, ele encerrou nossa conversa. — Até mais.

— Até mais — devolvi, sorrindo mais uma vez antes de fechar a porta e ter a chance de vê-lo ir embora.

Eu me peguei fazendo isso na semana passada e, embora não quisesse admitir que a maneira como ele andava me afetava, não podia negar. Grant era um homem interessante, não importava o quanto me provocasse e mexesse comigo, eu gostava mais do que deveria.

# RIGBY

> Ai, meu Deus, Rigby! Ele fica tão bonito de terno!

Concordei com a mensagem de Maddie ao lê-la depois que ela apareceu na minha tela.

Ela havia deixado meu apartamento comigo quando Grant chegou e, antes de entrar em seu próprio carro, não pôde deixar de analisá-lo de cima a baixo. Ele estava bonito de terno e, para minha sorte, não o veria a noite toda, porque ele já era extremamente perturbador apenas sentado no banco do motorista.

Eu estava animada para esta noite, e preparada para o meu primeiro trabalho de babá. Não havia nada que me deixasse nervosa, já que trabalhava com crianças todos os dias da semana e sabia como reagiam quando me conheciam.

Rooney me contou como Ira podia ser calmo e às vezes tímido no começo, mas eu tinha certeza de que nos tornaríamos amigos rapidamente. Especialmente com Benny lá também, que já ficava bastante confortável perto de mim.

— Olhe para o meu *monster truck*! — Benny gritou do banco de trás, e me virei para olhar para ele e seu brinquedo.

— Que grande! Eu gosto das chamas nas laterais — comentei.

— Sim, eu também gosto delas. Mas o meu não cospe fogo. Eu vi um que faz isso! — contou, de olhos arregalados.

— Sério? Onde você viu isso?

— Na televisão. No programa do *monster trucks* — explicou. — Papai também viu!

Olhei para Grant para ver se ele se juntaria à nossa conversa sobre carros cuspidores de fogo e, quando ele começou a falar, me peguei olhando para o seu perfil por muito tempo. Ele era bonito demais para ser um pai solteiro, mas, ao mesmo tempo, seu caráter era algo com o qual muitas mulheres não conseguiam lidar.

— Foi um show e tanto, hein, amiguinho?

— Sim! Foi uma loucura — Benny respondeu, me fazendo rir do jeito que disse isso.

— Ira também tem um *monster truck*?

— Não, mas ele tem super-heróis e o Hulk. Hulk é tão forte quanto meu *monster truck* — ele me assegurou, antes de voltar sua atenção para o brinquedo.

Olhei para Grant novamente e sorri quando vi o sorriso orgulhoso em seu rosto.

— Então você gostava de *monster trucks* quando era pequeno, hein?

— Sim. Sempre quis dirigir um. Acho que um caminhão de bombeiros é o mais próximo que consigo chegar disso — revelou, olhando para mim por um segundo antes de voltar a atenção para a estrada.

— Este carro também não é tão pequeno — falei, me referindo ao Dodge Ram em que estávamos sentados.

— Essa coisa velha? Meu pai o deixou parado na garagem por quase dez anos. Tive que tirá-lo de lá e fazer um bom uso — explicou. — Além disso, é seguro. Especialmente quando você tem um filho.

Não poderia dizer a mesma coisa sobre o meu carro. Um, porque eu não tinha filhos, obviamente, e dois, porque meu carro tinha menos da metade do tamanho desta caminhonete.

— Entendo. — Eu gostava de falar com ele quando não estava sendo sarcástico ou aborrecido com a vida, então mudei de assunto para continuar a conversa. — Então... Rooney é uma artista?

— Sim, ela e sua melhor amiga têm uma galeria de arte onde ocasionalmente realizam leilões e exposições. Ambas são muito talentosas e fizeram nome neste estado. Você já deve ter visto a arte delas por aí.

Eu não gostava muito de arte, não entendia nada sobre isso.

— Provavelmente.

— Rooney tem alguns de seus projetos em casa, então você verá o trabalho dela esta noite. Eu mesmo tenho um pendurado na minha sala de estar.

— Você gosta de arte, então? — perguntei, querendo saber se ele iria ao leilão desta noite apenas para apoiar seus amigos, ou porque também estava pensando em comprar outra pintura.

— Mais ou menos.

Grant manteve sua resposta curta e, enquanto eu pensava em outra pergunta para lhe fazer, já havíamos chegado ao complexo de apartamentos onde Rooney morava. Era um belo local de apartamentos e parecia haver apenas cerca de cinco andares.

Quando saímos do carro e Grant desafivelou Benny de seu assento, dei a volta na frente e olhei para cima para ver uma mulher parada perto das grandes janelas no último andar; depois de um tempo nos observando aqui no escuro, ela se afastou e as luzes se apagaram.

Segundos depois, a luz apareceu no corredor, e a mesma mulher que estava perto da janela estava descendo as escadas antes de desaparecer no apartamento embaixo.

— Aquela é a Evie. — Ouvi Grant dizer e, quando me virei para olhar para ele, percebi que estava olhando para mim.

— Ela é sua amiga?

— Ela é a melhor amiga de Rooney. Sócia da galeria de arte com ela.

Ah, tudo bem.

— Entendo. Ela é bonita — comentei. Ela parecia uma deusa parada ali com seu longo cabelo loiro e vestido branco.

Grant riu e murmurou algo baixinho que eu não entendi, mas, para minha sorte, Benny sim.

— Isso é um palavrão, papai.

— Eu sei, cara. Desculpe. Não vou repetir — assegurou ao filho, antes de tirá-lo da caminhonete. Grant parecia tenso, e me perguntei se havia uma história entre ele e Evie. — Vamos lá para cima. Ira já está esperando por você — Grant disse a Benny e, segurando sua mãozinha, eles começaram a caminhar em direção à entrada.

Eu os segui e juntos subimos as escadas até chegarmos à porta pela qual Evie havia entrado minutos antes.

Sem tocar a campainha, Grant abriu a porta e deixou Benny entrar.

— Cheguei, Ira! — gritou e, em seguida, um menino fofo de cabelo bagunçado saiu correndo de um quarto e abraçou Benny.

Adorável.

O apartamento era grande e havia pinturas em todas as paredes que eram de Rooney, pois o nome dela estava assinado na parte inferior de cada tela. Elas eram incríveis, mas me concentrei no casal caminhando em nossa direção, em vez de me perder no belo trabalho de arte.

— É tão bom finalmente te conhecer, Rigby. E obrigada por ficar de babá esta noite. Nós realmente agradecemos. — Rooney era ainda mais bonita do que eu imaginava e, enquanto me abraçava, eu sabia que tinha um bom coração.

— Estou feliz, de verdade — falei, dando um passo para trás, então sorri para o homem parado ao seu lado.

— Sou o Wells — apresentou-se, sorrindo e estendendo a mão.

— Rigby. Prazer em conhecê-lo.

— Você trabalha na creche? — perguntou, enfiando uma das mãos no bolso do terno e colocando a outra na parte inferior das costas de Rooney. Havia uma clara diferença de idade entre os dois, pelo menos vinte anos, mas algo neles gritava que foram feitos um para o outro.

— Sim, trabalho. Conheci Benny na semana passada e ele tem sido muito gentil com as outras crianças. Ele também é muito divertido — eu disse a eles, mas todos já sabiam.

— Ele contrasta perfeitamente com nosso filho — Wells afirmou, sorrindo para Grant e depois se virando para olhar para um quarto. — Ira, amigão, venha dizer oi para Rigby.

Eu não esperava muito, porque os meninos já estavam brincando um com o outro, mas, para minha surpresa, Ira saiu do quarto e foi direto para seus pais, parando na frente deles e olhando timidamente para mim.

— Olá, Ira — falei, agachando-me para ficar ao nível dos olhos dele. — Eu sou a Rigby. Ouvi dizer que você gosta de super-heróis.

Isso eliminou um pouco de sua insegurança e, depois de erguer os olhos para o pai para silenciosamente pedir aprovação, ele me fitou e assentiu com a cabeça.

— Super-heróis são meus favoritos. Mas eu gosto mais do Hulk.

Eu sorri.

— Você pode me contar tudo sobre Hulk esta noite, hein? Eu também gosto de super-heróis.

Ira assentiu com a cabeça, sorrindo alegremente, e depois olhou de volta para Wells.

— Você tem uma grande coleção para mostrar a ela então, amigão. Está animado?

— Mamãe também gosta de super-heróis — Ira anunciou, olhando para mim e apontando para Rooney.

— Isso mesmo. Tenho certeza que você vai se divertir muito com Rigby e Benny esta noite — ela disse ao menino.

Quando me levantei, ouvi um gemido vindo de algum lugar do apartamento, e quando Grant suspirou atrás de mim, eu sabia que estava certo sobre ele ter uma história com Evie. Caso contrário, ele não teria reagido da maneira que fez quando ela apareceu no corredor.

— Nós temos que ir — chamou, sem tentar esconder seu aborrecimento.

Para ser educada, dei um passo à frente e estendi a mão para cumprimentá-la.

— Prazer em conhecê-la. Eu sou Rigby.

Ela não queria apertar minha mão, eu podia ver isso em seus olhos, mas, quando olhou para trás e arqueou uma sobrancelha, se esforçou o suficiente para me cumprimentar de volta.

— Evie. Mas tenho certeza de que Grant já lhe contou. — Ela soltou minha mão e passou por mim para ficar ao lado dele; quando me virei, observei-a pressionar seu corpo contra o lado dele, com as mãos em cima de Grant.

— Deixe-me mostrar a casa a você antes de sairmos para que saiba onde está tudo — Rooney sugeriu, fazendo-me virar e tirar os olhos do showzinho que Evie estava fazendo.

Grant não pareceu se divertir com isso, mas também não parecia aborrecido.

— Ah, claro.

Segui Rooney até a cozinha, onde ela me mostrou a geladeira e a comida que havia preparado para os meninos, e também me mostrou a sala de estar, onde estávamos longe o suficiente de Evie para que ela pudesse falar sobre a amiga.

— Não ligue para Evie. Ela... não é boa com outras mulheres, especialmente quando essas mulheres gostam de crianças.

— Ela não gosta de crianças?

— Na verdade não, é por isso que ela está pronta para ir embora — Rooney explicou e, quando Wells entrou na sala, ela sorriu. — Se precisar de alguma coisa ou tiver alguma dúvida, pode me ligar. Você tem meu número.

Concordei com a cabeça e olhei para Wells, que disse:

— Ira tem uma bomba de insulina. Ele tem que dormir com ela e, antes de dormir, a gente tem que trocar. Seria pedir demais para você trocá-la, então, assim que ele tiver jantado e escovado os dentes, me ligue que eu volto para trocar a bomba. Meu número está no balcão da cozinha.

— Ah, sim, claro.

— A galeria de arte fica a apenas dez minutos de carro daqui, então isso não será um problema. E, mais uma vez, obrigado por ficar de babá em tão pouco tempo.

Eu sorri.

— Não há necessidade de me agradecer. Realmente espero que se divirtam esta noite.

seven rue

— Com certeza. Farei questão de convidá-la para uma de nossas exposições, que geralmente acontecem nos fins de semana durante o dia — Rooney falou.

Voltamos para o corredor e, enquanto Rooney e Wells se despediam de Ira, observei Grant caminhar até Benny, com quem ele conversou baixinho.

— Você conhecia Grant antes de ele levar o filho para a creche? — Evie perguntou, parecendo interessada no relacionamento que eu tinha com o homem.

— Não, foi onde o encontrei pela primeira vez — respondi, sentindo a tensão entre nós crescer.

Ela não falou mais nada, então também fiquei quieta e esperei pelos outros.

— Sejam bonzinhos, meninos. Quando acordarem amanhã, tomaremos café da manhã juntos — Rooney informou, deixando Benny e Ira empolgados.

— Você vai ficar bem? — Grant me perguntou, quando parou na minha frente, e assenti com confiança.

— Claro. As crianças e eu vamos ter uma noite divertida — assegurei-lhe.

— Que bom. Se precisar de mim, ligue ou mande mensagem. — Grant me entregou um bilhete que guardava no bolso da frente e, quando olhei para baixo, vi seu número escrito.

— Ok, tenham uma ótima noite — falei para eles, olhando todos nos olhos, menos Evie, que já estava esperando impacientemente do lado de fora do apartamento.

Não faço ideia de por que ela se sentiria ameaçada por mim, mas, se sentia, aquilo por algum motivo me fez sentir bem comigo mesma. Ela era muito mais bonita do que eu, mas me via como uma concorrente em potencial.

No entanto, não havia nada com que ela tivesse que se preocupar. Grant era todo dela, e tudo que eu queria era me concentrar em fazer um ótimo trabalho de babá esta noite.

## GRANT

Eu estava curtindo a noite, de verdade. Mas só quando Evie se afastava para falar com clientes em potencial. Ela estava sendo pegajosa de novo, mas eu lidei bem com isso, considerando a falta de álcool em meu corpo.

Havia pessoas ricas onde quer que eu olhasse, mas é claro que fiquei feliz por Evie e Rooney por terem tantas pessoas interessadas em sua arte.

Para ser franco, elas eram artistas extremamente talentosas.

Este não era o meu mundo. Ficar parado olhando as pinturas, conversando sobre isso com outras pessoas e descobrindo o significado por trás delas. Prefiro assistir ao mesmo filme várias vezes, mas prometi a Rooney que viria e teria que lidar com esse ambiente por mais algum tempo.

— Você gostaria de um pouco de champanhe? — uma das garçonetes perguntou, se aproximando de mim.

— Não, obrigado. Vou ficar com a minha água — eu disse a ela, tentando soar o mais educado possível.

— Se você mudar de ideia, é só me chamar. — Ela sorriu maliciosamente e, se eu não estivesse sendo observado por Wells e Rooney como se eles fossem meus pais e eu seu filho adolescente, teria levado aquela mulher para o banheiro e transado com ela. Mas não estava aqui para uma rapidinha e queria ser um bom amigo que apoiava a namorada de seu melhor amigo.

Quando a mulher se afastou, tomei um gole da minha água e coloquei o copo na mesa ao meu lado antes de ir até Wells.

— Rigby já ligou?

Ele se virou e olhou para mim, negando com a cabeça e depois olhando para o telefone.

— Ainda não, mas acho que ainda não comeram. Por quê?

Eu tinha uma razão, mas se dissesse a Wells agora, ele iria franzir a testa para mim.

— Por nada. Rooney já vendeu alguma coisa?

— Na verdade, sim. Duas pinturas, e também recebeu uma encomenda de alguém — contou, sorrindo com orgulho.

— Isso é ótimo. Ela deve estar animada.

— Muito. Rooney trabalhou duro nessas peças e merece cada uma dessas vendas. E Evie? Vi vocês dois conversando ali.

— Não sei se ela já vendeu alguma coisa. — E eu honestamente não me importava.

— Isso significa que não vendeu. Ela teria feito com que todos soubessem se isso tivesse acontecido — Wells explicou.

*Claro.*

— Certo. Se importa se eu sair por um minuto? Preciso tomar um pouco de ar fresco.

Wells negou com a cabeça e, sem dizer mais nada, me dirigi às portas duplas para sair da galeria.

No caminho para lá, fui parado por Evie, que agarrou minha mão e me puxou para si com um beicinho.

— Você não está indo embora, está?

Pigarreei e respirei fundo para não deixar escapar um comentário sarcástico.

— Apenas tomando um pouco de ar fresco. Estarei de volta em cinco minutos — garanti.

— Gostaria que eu fosse com você?

— É melhor você ficar aqui e falar com seus clientes. É a sua grande noite — ressaltei, esperando afastá-la.

— Para ser honesta, eu já cansei de tudo isso. — Ela colocou as mãos em volta do meu braço e pressionou seus seios contra ele. — Poderíamos nos esconder lá em cima por um tempo. Apenas nós dois.

Evie sussurrou essas palavras perto do meu ouvido, certificando-se de que ninguém ao nosso redor a ouvisse. Mas, tão reservada quanto era com suas palavras, ela não era com as mãos quando se moviam do meu braço até meus ombros, depois desciam para meu peito e sobre minha barriga.

Olhei para baixo e a observei atentamente enquanto continuava a esfregar as mãos por todo o meu corpo, com a cabeça inclinada para o lado e os cílios piscando para mim.

— Nós poderíamos nos divertir um pouco — sugeriu, mas me mantive em silêncio. Evie suspirou pesadamente e se inclinou para beijar minha bochecha.

— Você tem convidados — respondi, olhando para cima e vendo alguns deles nos observando.

— Não ligo. Quero me divertir um pouco — declarou, deixando uma trilha de beijos ao longo do meu queixo e ao lado do meu pescoço.

Se não houvesse tantas pessoas por perto, e se esta noite não significasse tanto para Rooney, eu teria aceitado a oferta de Evie sem nem pensar duas vezes. E embora eu não estivesse aqui para garantir que Evie mostrasse o melhor lado de si mesma, impedi que ela se tornasse *aquela artista com tesão*.

Quando ela virou a cabeça para me encarar, agarrei seus dois pulsos e dei um passo para trás para impedi-la de me tocar.

— Este é o seu leilão. Sua responsabilidade. Seja profissional.

Com isso, deixei Evie ali parada e saí do prédio.

O ar fresco era exatamente o que eu precisava e clareou minha cabeça em segundos. Bem antes de perder a cabeça por causa de Evie. Ela era intensa, mas nada que eu não pudesse lidar. Já tive o suficiente dela por esta noite.

— Ei, cara. — Ouvi Wells dizer quando saiu também. — Estou voltando para casa para trocar a bomba de Ira. Rigby me mandou uma mensagem.

— Você vai agora?

Ele assentiu.

— Vou com você.

— Por quê? Você já chegou no limite? — perguntou divertido, sabendo o quanto eu odiava eventos como esses.

— Sim, mais do que no limite.

Sem me questionar mais, fomos até o seu carro, entramos e voltamos direto para o apartamento dele, onde eu veria a única garota que, de alguma forma, conseguia me acalmar simplesmente ficando no mesmo cômodo que eu.

# Capítulo 11

## RIGBY

Quando Wells entrou no apartamento, não esperava ver Grant vindo logo atrás dele. Foi uma surpresa agradável, mas também me fez pensar.

*Ele não confiava em mim?*

*Ele disse que sim, mas por que então estava aqui?*

— Oi, Rigby. Tudo bem até agora? — Wells me perguntou, caminhando em minha direção, e eu assenti com um sorriso.

— Tudo perfeito. Os meninos estão brincando na sala — respondi.

Afastando-me, deixei-o passar por mim para chegar à sala de estar e, enquanto o seguia, Grant estava logo atrás de mim.

— Papai! — Ira gritou ao notar Wells, que, quando se agachou ao lado deles, estendeu a mão para acariciar o cabelo do filho.

— Oi, amigão. Só vim trocar sua bomba.

Ira não se importou em deixar Benny sozinho por um tempo e se levantou, pegando a mão de Wells para segui-lo de volta à cozinha.

Grant estava observando Benny, que continuava a brincar com os super-heróis espalhados pelo chão da sala; quando seu olhar se moveu para mim, eu sorri para ele.

— Como está o evento?

— Bom, mas não vou voltar — respondeu, alto o suficiente para Wells ouvir.

— Você vai ficar? — Wells perguntou, levantando a camisa de Ira e expondo um pequeno dispositivo preso em sua calça. Eu não tinha notado, mas vi Ira ajustar algo em sua barriga algumas vezes esta noite. Ele não parecia muito incomodado com aquilo, e também não teve problemas com Wells tocando e manuseando.

— Sim, eu já cansei. Vou ficar aqui até vocês voltarem — Grant respondeu.

Embora eu não quisesse me sentir assim, tive a sensação de que Grant não confiava em mim, não importava o que me dissesse. A maioria dos pais ficaria feliz em estar longe de seus filhos sempre que tivesse a chance, mas Grant obviamente não era um desses pais.

— Quer que eu avise Evie? — Wells perguntou.

Grant não respondeu a princípio, mas quando Wells virou a cabeça para olhar para ele, disse:

— Ela não precisa saber de tudo.

Lá estava de novo.

Seu aborrecimento.

— Papai, tivemos uma festa de dança! — Ira anunciou, entusiasmado, notando a atmosfera negativa vinda de Grant em segundos.

— Sério? Foi divertido? — Wells perguntou a ele.

— Muito!

Sorri para Ira. Diverti-me tanto quanto os meninos, que me fizeram prometer outra dança antes de irem para a cama. Porém eles estavam ficando cansados, e eu sabia que isso não aconteceria.

— Benny se comportou? — Grant perguntou, ao meu lado, com os braços cruzados sobre o peito.

Olhei para ele e assenti.

— Sim. Ele jantou e nos contou tudo sobre *monster trucks*.

Grant riu e olhou para o filho, que ainda estava sentado no chão, brincando quietinho.

— Faz tempo que não o vejo sentado assim — Grant admitiu. — Acho que ele nem percebeu que estou aqui.

Eu tinha certeza que Benny havia notado seu pai, mas ele estava focado em brincar, algo que Grant com certeza não esperava.

— Acho que ele só está cansado de tanto dançar — sugeri.

— Tudo bem, amigão. Tudo pronto. Mamãe e eu estaremos de volta quando você acordar de manhã — Wells disse a Ira.

— E então vamos tomar café da manhã todos juntos — afirmou, não esquecendo a promessa que sua mãe havia feito antes de sair.

— Isso mesmo. Vamos tomar café da manhã com Benny e Grant amanhã. Agora, divirta-se brincando um pouco mais antes de ir para a cama.

Ira abraçou o pai antes de correr de volta para a sala de estar e, assim que Wells se desfez dos pacotes vazios da nova bomba, olhou para mim com um sorriso e disse:

— Você está indo muito bem. Vou ligar sempre que Rooney e eu precisarmos de uma babá novamente.

— Claro! Eles são crianças adoráveis — elogiei. — Espero que esteja se divertindo esta noite.

— Estou, obrigado. Não posso dizer o mesmo sobre esse cara — Wells comentou, apontando para Grant e depois olhando para ele. — Tem certeza que você não quer voltar?

— Estou bem — foi sua única resposta.

— Certo. Vejo vocês mais tarde então. Tchau, meninos! — Wells gritou para Ira e Benny, mas eles estavam muito concentrados em seus brinquedos.

Assim que Wells saiu, virei para Grant e suspirei.

— Você não confia em mim, não é?

Grant arqueou as sobrancelhas e riu ao tirar o paletó.

— Como?

— Bem, se confiasse em mim, você não ficaria aqui para me supervisionar como babá.

Grant negou com a cabeça e colocou o paletó sobre uma das cadeiras, então abriu a geladeira e pegou uma cerveja.

— Vou ficar aqui porque já cansei de Evie esfregando os peitos em mim. Isso é o suficiente para você acreditar que confio em você?

Suas palavras me surpreenderam. Por que um homem ficaria irritado com uma mulher bonita como Evie esfregando os seios em cima dele?

— Pensei que vocês dois estavam namorando.

— Meu Deus, não. Evie não é o tipo de garota para namorar — justificou, e deixou por isso mesmo antes de mudar de assunto. — Os meninos assistiram televisão hoje à noite?

Balancei a cabeça, negando.

— Não, mas eles não pareciam muito interessados nisso de qualquer maneira.

— Eles estarão em breve. É a melhor maneira de cansá-los — explicou.

— É um truque preguiçoso para conseguir algum tempo de silêncio — afirmei.

— Pode ser, mas, se eles ainda não assistiram televisão, não me importo se assistirem. E, quando estiverem dormindo, podemos bater um papo.

— Bater um papo?

— Sim. Conversar e nos conhecer. Não sei muito sobre a mulher que está cuidando do meu filho.

— Uhm, parece bem para mim.

— Que bom. Vamos preparar esses meninos para dormir então.

Era a visão mais fofa de todas.

Grant estava sentado no sofá com os braços em volta de Benny e Ira, que estavam inclinados para a esquerda e para a direita contra seus lados, cochilando na Terra dos Sonhos.

Levou apenas alguns minutos depois que liguei a televisão para eles adormecerem, embora, por mais doce que fosse aquela visão, teríamos que levá-los ao quarto de Ira sem acordá-los.

Olhei para Grant, que estava observando Benny, e quando ele ergueu o olhar para encontrar o meu, acenou para Ira.

— Você pode pegá-lo?

Assenti, me levantei do sofá e com cuidado peguei Ira, segurando seu corpo contra o meu com um braço debaixo dele e minha outra mão em concha na parte de trás de sua cabeça.

— Tudo bem, amiguinho. Hora de dormir — Grant sussurrou, puxando Benny para seu peito e então levantando-se também para carregá-lo até o quarto de Ira.

Eu o segui e esperei que colocasse Benny na cama de Ira, onde eles dormiriam juntos, já que a cama de Ira era grande o suficiente para duas crianças.

Assim que Benny estava aconchegado, deitei Ira com cuidado para não acordá-lo.

— Ele provavelmente vai acordar mais tarde. Nunca consegue dormir a noite toda — Grant disse baixinho, sua voz profunda me fazendo tremer.

Ele se referia a Ira, mas eu já sabia, porque Rooney havia me contado. Eu não me importava. Era para isso que eu estava aqui, certo?

Sorri e assenti com a cabeça, então segui Grant para fora do quarto, deixando a porta entreaberta.

— Quer uma cerveja? — perguntou, quando chegamos à cozinha, e depois de pensar sobre isso por muito tempo, neguei com a cabeça.

— Não, obrigada.

— Você não gosta de cerveja?

— Sim, mas costumo ter dores de cabeça se bebo álcool tão tarde da noite.

— Alguma outra coisa, então?

— Água está ótimo — afirmei.

— Relaxe.

Eu não me sentia tão relaxada quanto ele neste apartamento, então deixei que pegasse sua cerveja e um copo d'água para mim enquanto me sentava no sofá.

Observei Grant abrir sua cerveja e, quando se aproximou de mim, não pude deixar de olhá-lo de cima a baixo.

Ele estava me fazendo sentir todos os tipos de coisas e me confundindo profundamente com cada pequena atitude sua. Ele não deveria ter um efeito tão intenso sobre mim simplesmente por existir, mas tinha.

E desde que nosso *bate-papo* fosse limpo e simples, eu não tinha com o que me preocupar.

Ainda assim, esse homem tinha o potencial de fazer qualquer um que estivesse sentado ao seu lado se apaixonar por ele, e amor não era algo que eu estava procurando.

Definitivamente não.

# Capítulo 12

## GRANT

— Estou deixando você nervosa?

Suas sobrancelhas franziram quando fiz essa pergunta, e isso só a fez se mexer ainda mais em seu lado do sofá. Nós nem tínhamos começado a conversar ainda, mas ela puxava nervosamente as mangas do suéter e evitava contato visual.

— Por que você me deixaria nervosa?

— Por que não deixaria?

Eu sabia que meus comentários eram muitas vezes vistos como arrogantes, mas, desde o acidente, eu não conseguia mudar isso sobre mim. Ainda estava amargurado por ser tão idiota e correr para um celeiro em chamas, mas aconteceu e não havia como voltar atrás. Para minha sorte, eu ainda estava vivo, e era nisso que eu deveria estar me concentrando, em vez do que poderia ter feito diferente.

Depois de uma longa pausa, ela respirou fundo e deu de ombros.

— Às vezes não sei como agir perto de você.

— Por quê?

— Talvez por causa do seu jeito de deixar as pessoas desconfortáveis. Tenho certeza de que você não faz isso conscientemente, mas muitas vezes é algo bem... forte.

Deixei que suas palavras fossem absorvidas e estudei seu rosto enquanto ela desviava o olhar e evitava o meu.

— Eu aprecio sua honestidade — falei, mantendo meus olhos nela e esperando que seus olhos azuis se voltassem para cima novamente.

Embora não olhasse para mim, ela sorriu.

— E eu aprecio você reconhecer que está me deixando nervosa.

Eu ri, tomei outro gole da minha cerveja e coloquei a garrafa na mesa de centro.

— Então eu estava certo. Não tenho certeza de como me sinto sobre isso. Nunca quis deixar você desconfortável.

Seus olhos finalmente encontraram os meus.

— Desconfortável não é a palavra certa. Não estou acostumada com homens... flertando comigo.

— Flertando?

— Sim, flertando. Sei o que você está tentando fazer, sabe? Me deixar nervosa para fazer você se sentir bem consigo mesmo, enquanto eu sinto todos os tipos de coisas que não consigo entender.

Continuei observando seu rosto e tentando entender como ela surgiu com essa teoria, e estava realmente tentando descobrir se era isso que eu tinha feito desde que a conheci.

O que não faz muito tempo.

Nós dois usamos meu silêncio para refletir sobre suas palavras e, quando comecei a ficar frustrado internamente, ela caiu na gargalhada.

— O que foi? — perguntei, deixando escapar uma risada porque a dela era contagiante.

E então eu percebi...

— Você está brincando comigo?

Um sorriso se espalhou em seu lindo rosto, e neguei com a cabeça percebendo o que ela achava tão divertido.

*Merda*. A garota acabou de usar meu humor contra mim.

E fez isso bem.

— É muito fácil — afirmou, agora zombando de mim.

— Caramba, como eu não percebi que você ia fazer isso? — questionei, rindo.

— Achei que não funcionaria — admitiu. Rigby estava orgulhosa de si mesma por me fazer me sentir um idiota, e eu com certeza merecia isso.

— Sim. Na verdade, me fez pensar sobre o meu comportamento pela primeira vez. Muito bem, gatinha.

Desta vez, ela ficou em silêncio e, sem tentar mexer comigo novamente, seu rosto sério. Eu poderia dizer que o que ela estava pensando era sério, mas algo que eu não deveria saber.

Então observei pacientemente seus pensamentos correrem soltos, e quando ela saiu de seu transe segundos depois, sorriu para mim novamente.

— Como vai a fisioterapia?

Não era o que eu pensei que ela iria perguntar, mas não me importava em falar sobre isso.

— Está indo muito bem. Andar está ficando bem mais fácil, e a dor sumiu um tempinho atrás — expliquei.

— Você ainda vai fazer fisioterapia? — perguntou, soando genuinamente interessada.

Evie nunca se interessou pelos meus problemas pessoais, mas, honestamente, eu não seria tão aberto com ela quanto fui com Rigby. Rigby tinha uma calma que eu começava a gostar cada vez mais.

— Claro que sim. Meu médico disse que parar quando sinto que minha perna está melhor seria um grande erro. Eu poderia perder todo o progresso e ter complicações. Melhor prevenir do que remediar.

Ela assentiu com a cabeça e moveu seu olhar para minha perna com os lábios franzidos; quando olhou para mim, perguntou:

— Quão ruim foi a queimadura?

— Terceiro grau. Além dos danos nos nervos, tive que fazer uma cirurgia de enxerto de pele ou minha pele não teria cicatrizado — expliquei, depois acrescentei: — Quer ver?

Seus olhos se arregalaram de emoção, como uma criança pegando um saco de doces.

— Posso?

Assenti com a cabeça e me inclinei para estender a mão e agarrar a bainha da calça, puxando-a para cima para revelar minha perna esquerda. Rigby se aproximou e se inclinou o suficiente para vê-la, e observei-a analisar minha perna com cuidado.

— Parece incrível — sussurrou, com admiração. — Seus médicos fizeram um trabalho incrível.

— Concordo. Fiquei cético quando me disseram que usariam a pele de outro homem. Coincidentemente, havia um doador cuja pele combinava com a minha. Bem, não exatamente, mas eu teria deixado eles usarem a pele de um homem branco se essa fosse a única possibilidade de curar minha perna.

A cicatriz ao redor da pele enxertada era visível, porém, com o tempo e bons cuidados, ela desapareceria lentamente.

— O que Benny pensa sobre sua perna? — indagou, olhando para mim através de seus cílios longos e escuros.

— A primeira vez que ele viu, disse que eu parecia durão — respondi, rindo da lembrança.

— Bem, ele não está errado. Posso tocar?

Não achei que ela fosse perguntar.

— Vá em frente — encorajei.

Observei-a passar cuidadosamente as pontas dos dedos ao longo da lateral da minha perna e, ao fazer isso, observei cada centímetro de seu rosto.

Havia algo nela que enviava choques pelo meu corpo, encontrando o caminho para o meu coração, mas também para o meu pau. Ela era uma jovem interessante e, com pouco esforço, me fez querer saber mais sobre ela.

— Você sente alguma coisa? — Rigby perguntou baixinho, a palma de sua mão agora espalmada contra minha canela.

— Não, mas, se eu tiver sorte, isso vai mudar com o tempo.

— De qualquer forma, realmente parece foda — afirmou, sorrindo para mim.

Quando se afastou, baixei a calça para cobrir minha perna, então me virei para olhar para ela novamente.

— Você já fez uma cirurgia de grande porte?

— Não, nunca. Felizmente. Tive uma infância e uma adolescência muito tranquilas. Nunca houve muito que pudesse me colocar em perigo — contou, com uma pequena risada.

— É mesmo possível? E incidentes na cozinha? Ou cair do balanço?

— Não, nunca. Meus pais adotivos sempre garantiram que eu nunca me machucasse.

Isso chamou minha atenção.

— Pais adotivos?

— Hm, sim. — Ela não parecia satisfeita consigo mesma por me contar esse segredo, mas continuou a falar sobre isso de qualquer maneira. — Eu estive em lares adotivos toda a minha vida. Bem, até eu ter dezoito anos e ter permissão para me mudar.

Odiava a ideia de crianças crescendo sem os pais, a menos que tivessem boas razões para não criar os filhos.

Eu queria saber por que ela foi criada por pais adotivos, mas não pressionaria demais, arriscando que ela me afastasse. Só agora estávamos nos conhecendo, e sempre que ela se sentisse confortável o suficiente para compartilhar mais sobre seu passado, eu estaria aqui para ouvir.

# Capítulo 13

## RIGBY

Assim que nossa conversa estava ficando interessante, com Grant me contando exatamente como o acidente aconteceu, Rooney e Wells entraram no apartamento.

Já passava da meia-noite e o cansaço estava tomando conta de mim. E embora eu estivesse triste por esta noite ter acabado, me sentia pronta para dormir.

— Oi, pessoal. Os meninos estão dormindo? — Rooney perguntou, entrando na sala de estar, seguida por Wells e Evie.

Uma carranca profunda apareceu entre suas sobrancelhas quando ela me viu no sofá ao lado de Grant, mas ignorei seu olhar e respondi a Rooney.

— Sim, eles adormeceram rapidamente depois que Wells saiu — falei, com um sorriso.

— Perfeito. Muito obrigada, Rigby. Nós realmente agradecemos por você cuidar deles esta noite.

— Claro! Sempre que precisarem, é só me avisar que estarei à disposição. Ira é um amor. Benny também — eu disse, me levantando do sofá e pegando meu copo vazio.

— Com certeza ligaremos novamente em breve. Você precisa de uma carona para casa? — Wells perguntou.

— Eu vou levá-la — Grant afirmou, também se levantando, e eu podia ver o rosto de Evie ficar ainda mais irritado.

— Pensei que você quisesse subir — ela disse, com os olhos fixos em Grant.

— Eu prometi levá-la para casa — ele respondeu, então se virou para olhar para mim. — Está pronta?

Assenti com a cabeça, levei o copo para a cozinha e coloquei na máquina de lavar que já tinha os pratos das crianças do jantar.

— Não conversamos sobre quanto você cobra por hora — Wells comentou, e se ele não tivesse mencionado isso, eu teria esquecido totalmente de receber o pagamento.

— Ah, uhm... — Lembrei-me da conversa que tive com Maddie sobre quanto as babás deveriam cobrar; depois de verificar on-line, vimos todos os tipos de taxas.

De quinze a vinte e três dólares, tudo era possível. Mas eu não queria cobrar muito deles na minha primeira noite como babá, porque esperava que me chamassem de volta outras vezes. Então fui com uma taxa bastante baixa.

— Dezessete dólares.

Wells já estava procurando em sua carteira, mas parou e olhou para mim com uma sobrancelha arqueada quando falei quanto cobrar.

*Merda... isso era demais?*

Fiquei aqui por mais de seis horas...

Eu não sabia o que dizer, porém, para minha sorte, Evie estava por perto para tornar isso ainda mais estranho.

— Se você gosta tanto de crianças, por que não faz isso de graça?

Ela tinha um argumento muito bom. Um argumento para o qual eu tinha uma resposta razoável.

Olhei para ela e sorri com força antes de responder.

— Eu tenho um trabalho que paga bem o suficiente para pagar meu aluguel e comida. Também tenho um cachorro que também precisa de comida, e ganhar algum dinheiro extra me ajuda a bancar a comida dele também.

— Viu, Evie? Há pessoas que trabalham pelo seu dinheiro e não recebem tudo de mão beijada dos pais — Grant cuspiu.

Lá estava de novo. Seu lado irritado.

Mas, desta vez, não era comigo que ele estava irritado.

— Evie trabalha — Rooney disse, embora não sentisse necessidade de acrescentar nada. Talvez porque ela soubesse que Grant estava certo?

Porém, como artista, ela deve estar ganhando dinheiro suficiente sem receber nenhuma ajuda de seus pais, certo?

— Tanto faz — Evie murmurou.

— Aqui — Wells chamou, estendendo o dinheiro que havia tirado da carteira depois que Rooney sussurrou algo para ele baixinho.

— Obrigada. Ficarei feliz em tomar conta de Ira novamente algum dia. E de Benny também, é claro — garanti.

— Avisaremos você — Rooney disse, sorrindo para mim. — Está tarde... Tenho certeza de que você está cansada.

— Um pouco. Obrigada novamente.

Eles me acompanharam até a porta, onde coloquei minha jaqueta e sapatos; quando me virei para me despedir de Rooney e Wells, vi Evie agarrada a Grant.

Ele não parecia satisfeito e estava tentando tirá-la de cima de si mesmo.

— Vai voltar depois de deixá-la? Você vai ter que voltar de manhã de qualquer maneira.

Ela tinha um argumento muito bom, já que ele tinha que pegar Benny pela manhã, mas Grant tinha outros planos.

— Estou bem. Vá dormir, Evie — ele disse, empurrando-a gentilmente para o lado e caminhando em minha direção. — Pronta?

Assenti e olhei para Rooney e Wells, agradecendo-os mais uma vez antes de sair pela porta da frente.

Não nos falamos até estarmos do lado de fora, e foi Grant quem começou:

— Desculpe por ela.

— Ah, não se preocupe. Ela é, uhm...

— Uma mimada. Uma pessoa horrível de se conviver, especialmente quando você é alguém que ela vê como uma ameaça em potencial.

Fiz uma careta, porque tive esse pensamento antes.

— Por que ela me veria como uma ameaça?

Grant soltou uma risada áspera ao abrir a porta do carro para mim.

— Porque você é exatamente o oposto do que ela é, e Evie percebeu a conexão entre nós.

Eu não podia negar isso. Nossa conversa foi boa e eu esperava continuá-la algum dia.

— Não vamos falar sobre Evie. Entre — pediu; assim que entrei, ele deu a volta no carro. — Quanto Wells lhe deu?

Eu nem tinha verificado.

Olhei para minha mochila onde havia colocado o dinheiro que Wells me deu e abri.

*Ai, meu Deus.*

— Duzentos. Isso é demais.

— Demais? Você pediu muito pouco.

Observei-o enfiar a mão no bolso do terno e tirar a carteira.

— O que você está fazendo?

— Dando a minha parte. Você cuidou do meu filho também, lembra?

— Sim, eu sei, mas...

— Então você receberá o dobro. Pegue — exigiu, estendendo a nota de duzentos dólares.

— Isso é demais.

— Rigby, pegue o dinheiro.

— Não. — Cruzei os braços e me virei.

— Pegue o maldito dinheiro, gatinha! Não me deixe com raiva.

Olhei para ele novamente e vi o quão sério estava, porém, por mais que ele quisesse que eu pegasse seu dinheiro, eu não podia aceitar tanto. Não para ser babá.

— Não posso. Não vou me sentir bem com isso, Grant.

— É a quantia certa para cuidar de duas crianças.

Neguei com a cabeça de novo.

— Não posso aceitar.

Grant suspirou e se virou em seu banco para me encarar, então se inclinou para segurar meu queixo com sua mão grande.

— Não vou mais discutir com você. Pegue o dinheiro, compre um pouco de comida para o seu cachorro e deixe-me sentir bem por ter você cuidando do meu filho esta noite.

Suas palavras eram diretas e sua voz severa, e seus olhos ardiam nos meus.

De jeito nenhum eu poderia sair disso agora, então assenti com a cabeça lentamente.

— Ok. Você ganhou. Obrigada.

— Que bom. — Colocou o dinheiro na minha mão, mantendo os olhos fixos nos meus. — E não me agradeça por isso. Você fez todo o trabalho esta noite.

Ele passou o polegar ao longo da minha mandíbula antes de afastar a mão e se virar para colocar o cinto de segurança.

Quatrocentos dólares era demais para um trabalho de babá, mas para não irritá-lo; fiquei quieta e deixei que me levasse de volta para casa.

E espero que amanhã de manhã esse frio na barriga desapareça.

# Capítulo 14

## GRANT

— Rigby é uma garota muito doce — Rooney falou, ao se sentar ao lado de Ira.

Estávamos tomando café da manhã como havíamos prometido às crianças na noite passada e, enquanto Ira comia suas frutas saudáveis, Benny devorava sua segunda tigela de cereal que eu trouxera de casa. Eu sabia que ele não comeria mais nada, mas faria questão de dar uma fruta a ele antes de sairmos.

— Realmente, uma garota muito doce — Wells concordou. — Posso ver vocês duas se tornando amigas.

— Pensei a mesma coisa — Rooney comentou, sorrindo e depois olhando para mim. — Você não se importaria se eu fizesse amizade com a nossa babá, certo?

Arqueando uma sobrancelha, me perguntei por que ela me pediu permissão.

— Contanto que você não use essa amizade para fazer com que ela cuide do seu filho de graça.

— Ah, claro que não, Grant. Mas ela fez um ótimo trabalho ontem à noite, e sei que gosta dela, então por que não fazer nos tornarmos amigas?

— Grant já está a fim dela — Wells declarou, sorrindo como um idiota.

Eu não disse nada porque, se dissesse, me delataria.

Rigby era realmente um amor e, como eu havia notado antes, me fazia sentir diferente. Ainda assim, chegar perto de ficar sério com uma garota vinte e seis anos mais nova do que eu não parecia uma boa ideia.

— Ele está quieto. Significa que você está certo — Rooney zombou. — Um relacionamento sério não faria mal a ninguém.

— Não tenho tempo para relacionamentos. Ainda estou me recuperando — apontei.

— Todos nós sabemos que isso é você sendo cagão — Wells falou, recebendo um olhar de lado de Ira ao ouvir essa palavra. — Foi mal, amigão. Não vou dizer isso de novo.

— Você está se recuperando muito bem e não faria mal a você se abrir com alguém novamente. Já faz tanto tempo — Rooney sugeriu, com sua voz gentil de sempre.

— Mas isso não significa que deva ser com Rigby — devolvi.

— Claro que não. Mas você gosta dela. E está claro que há uma conexão entre vocês dois ou então não teria sido tão protetor com Rigby quando Evie foi uma vadia com ela — Rooney sussurrou as últimas três palavras para que os meninos não ouvissem.

— Eu protegeria qualquer um de Evie.

— Certo. Ainda acho que você deveria convidá-la para sair. Veja onde as coisas podem ir. Rigby é um amor e posso dizer que também gosta de você.

Rooney era boa em ler as pessoas e, embora só tivesse encontrado Rigby uma vez, tinha muita certeza do que sentia por mim.

— Encontros não são a minha praia — suspirei.

— Claro que são. Na faculdade, você saía quase todas as semanas e as garotas te adoravam — Wells lembrou.

— Foi há muito tempo. — Nesse ponto, eu estava apenas tentando me convencer de que relacionamentos amorosos não eram a minha praia, quando no fundo eu sabia que era o candidato perfeito para levar mulheres a encontros.

Antes de Benny nascer, eu saía muito com Amy. Isso não apenas fortaleceu nosso relacionamento, mas também me deixava esperançoso em relação ao nosso futuro. Caramba, como eu estava errado, mas isso não tinha nada a ver com nossos encontros. Foi Amy quem mudou, e não havia nada que eu pudesse ter feito para evitar que nosso rompimento acontecesse.

— Você tem medo de rejeição? — Rooney perguntou.

Eu ri.

— Não, definitivamente *não*. Mas não quero começar a namorar alguém e depois perceber que não é o que quero.

— Então você tem medo de compromisso — Wells afirmou, com as sobrancelhas arqueadas.

*Olha só quem está falando.*

Não, também não era isso, e percebi que não tinha um motivo bom o suficiente para não convidar Rigby para sair.

— Talvez algo sério seja o que eu preciso.

Rooney pareceu surpresa, mas satisfeita ao mesmo tempo.

— Não precisa ficar sério de imediato, mas sou boa em ler as pessoas, e Rigby parecia muito confortável sentada ao seu lado no sofá ontem à noite.

— E Evie ficou irritada quando viu vocês dois juntos. Até ela percebeu a conexão entre você e Rigby — Wells acrescentou.

Eu não usaria Rigby para me livrar de Evie, porque havia outras maneiras de fazê-la ficar longe de mim. Mas convidá-la para sair estava começando a parecer uma boa ideia, afinal. Não havia como negar que tínhamos uma conexão. Especialmente depois da nossa conversa ontem à noite.

— Vou vê-la novamente na sexta-feira — comentei.

— O que significa que você vai convidá-la para sair? — Rooney insistiu, animada.

— O que significa que vou vê-la novamente na sexta-feira.

Ela suspirou.

— Ok. Mas, se não arriscar com ela, você que vai sair perdendo. Ela é especial.

*Se Rooney diz, deve ser verdade.*

Prometi a Benny ir ao parquinho à tarde, então, depois de tirar uma soneca, saímos e caminhamos alguns quarteirões para chegar ao parque.

— Não há crianças hoje, papai — Benny atestou, com uma carranca profunda entre as sobrancelhas, observando o parquinho vazio.

— Tudo bem. Eu vou brincar com você, ok?

Não estava ensolarado hoje, mas as nuvens cinzentas no céu não nos assustaram.

— Ok. Você pode me ver descer o escorregador?

Coloquei a mochila cheia de brinquedos na areia e peguei Benny para jogá-lo sobre meu ombro.

— Qual escorregador você quer descer?

Ele riu, tentando se empurrar contra as minhas costas.

— Não consigo ver, papai!

— Ah, certo. E agora? — perguntei, virando, mas mantendo-o de cabeça baixa sobre meu ombro.

— Não, papai, você tem que me descer! — Benny pediu, batendo seus pequenos punhos nas minhas costas.

Quando o puxei para trás para que pudesse se agarrar ao meu pescoço, ele apontou para um dos escorregadores.

— O vermelho!

Claro, ele queria descer o escorregador mais íngreme que nem mesmo as crianças mais velhas eram corajosas o suficiente.

— Certeza?

— Sim!

— Tudo bem. Vai subir lá sozinho? — indaguei, parando em frente à parede de escalada que era tão alta quanto eu.

— Sim, eu posso fazer isso.

Fiquei atrás dele enquanto escalava a parede sem esforço e, quando chegou ao topo, dei a volta para ficar na frente do brinquedo.

— Tem que sentar para escorregar, amiguinho — orientei, enquanto ele estava lá, tentando ficar de pé no escorregador como sempre fazia.

Um dia meu filho se tornaria um dublê ou apenas alguém fodão e imprudente que não se importava com segurança. Mas, antes que ele se transformasse em uma dessas coisas, eu precisava que ele estivesse seguro.

— Assim?

— Isso. Mantenha as pernas retas.

Esperando que ele descesse pelo escorregador, segui o dedo de Benny, que apontava para trás de mim.

— Olha, papai! Que cachorro grande!

Virei-me para trás por apenas um segundo, vendo, de fato, um cachorro grande caminhando em nossa direção; quando me lembrei de Rigby mencionando possuir um São Bernardo, virei-me novamente para vê-la segurando a coleira do cachorro.

— É Rigby! — Benny disse, reconhecendo-a também.

Certifiquei-me de que ele descesse do escorregador sem se machucar, então peguei sua mão para que não corresse em sua direção, assustando o cachorro caso ele não gostasse de crianças.

Rigby sorriu ao nos ver no parquinho, e quando estava perto o suficiente, ela parou e disse a seu cachorro para sentar.

Era baba para tudo quanto era lado.

— Oi — saudou, docemente, sorrindo para mim e para Benny. — Se divertindo um pouco?

— Eu desci do escorregador! — Benny anunciou, com orgulho, apontando para o brinquedo vermelho.

— Eu vi! É bem inclinado, hein?

— Não é tão inclinado — Benny garantiu, imperturbável com isso. — Esse é o seu cachorro?

— Sim, este é Woodstock — ela respondeu, acariciando cabeça do animal. Aquele cachorro tinha quase o mesmo tamanho de Benny, mas meu filho não tinha medo.

— Posso fazer carinho?

Rigby olhou para mim pedindo permissão para deixar Benny se aproximar, e dei de ombros.

— Desde que Woodstock não morda.

— Woody é muito amigável. Ele adora crianças — afirmou, com um sorriso, então se agachou ao lado de seu cachorro e estendeu a mão para Benny.

Soltei a mão dele e o observei caminhar sem medo na direção dela, pegando a mão de Rigby e observando Woodstock cuidadosamente.

— Por que ele é tão grande?

— Ele é um São Bernardo. Essa é uma das maiores raças de cães do mundo. Mas ele é um gigante gentil e adora brincar com crianças — assegurou.

— Verdade? Posso fazer carinho? — perguntou de novo.

— Claro — Rigby disse, com um sorriso; sem hesitar, Benny começou a acariciar Woodstock com as duas mãos.

Observei os dois conversando e acariciando o cachorro; quanto mais eles conversavam, mais forte se tornava o desejo de convidá-la para sair.

Mudei de ideia depois do café da manhã com Rooney e Wells, pensando que não estava pronto para isso, mas ver Rigby novamente hoje me lembrou quão profunda foi a nossa conversa na noite passada e o quanto gostei de falar com ela.

Porém, antes de convidar, observei Benny se transformar em uma criança totalmente diferente graças a Woodstock.

# Capítulo 15

## RIGBY

— Posso brincar com ele? — Benny perguntou, sem tirar os olhos e as mãos de Woodstock.

Ele estava maravilhado, e eu poderia dizer que Grant não via seu filho assim há algum tempo.

— Com certeza! Olha, eu trouxe a bola favorita dele. Você pode jogar e ele vai buscar — sugeri, pegando a bola de Woody e entregando a Benny.

No momento seguinte, Benny jogou a bola o mais longe que pôde e, quando Woody começou a correr, o menino o seguiu, rindo alegremente.

— Não pensei que você teria uma fera dessas — Grant comentou, enquanto eu me levantava para encará-lo. Nós dois ficamos de olho em Benny e Woody, mas eles estavam brincando tão bem juntos que ele não precisava se preocupar.

— Também nunca pensei que algum dia teria um cachorro tão grande, mas estou feliz. Ele é meu melhor amigo.

Grant assentiu e enfiou as mãos nos bolsos da frente, olhando para mim quando percebeu que nada aconteceria.

Muitos pais agarravam seus filhos e os seguravam com força sempre que eu caminhava por um parque com Woody, julgando-o por seu tamanho e vendo um cachorro violento. Claro, cachorros eram imprevisíveis, mas não quando você os criava direito. E eu gostava de pensar que fiz um ótimo trabalho garantindo que ele fosse um cachorro bom e calmo.

— Tiveram um bom-dia? — questionei, para continuar a conversa.

— Sim, o café da manhã foi ótimo — ele respondeu, então soltou uma risada. — Nós conversamos sobre você.

— Conversaram?

— Sim. Você deixou uma boa impressão em Rooney e Wells. Especialmente em Rooney. Ela disse que gostaria de ser sua amiga.

— Sério? É tão bom ouvir isso — declarei, sorrindo para ele.

— Ela também recomendou que eu convidasse você para sair. Num encontro.

A maneira como ele disse isso confirmava que realmente não foi sua ideia.

— Ah — foi tudo o que saiu de mim, vendo como ele não estava impressionado com a ideia de Rooney.

Grant ficou em silêncio de novo, e estava começando a me perguntar por que ele mencionou isso quando não me convidaria para sair.

Mudar de assunto foi minha saída para essa situação estranha.

— Você vem sempre aqui com Benny?

— Quando ele quer, sim.

Ele estava mantendo suas frases curtas, o que significava que não gostava de conversa fiada, então meu olhar foi dele para Benny e Woodstock. Ambos estavam deitados na grama, um de frente para o outro, e jogando cabo de guerra com a bola.

— Benny gosta de Woody — afirmei, sorrindo.

— Sim. Para ser honesto, não pensei que ele fosse gostar. Benny nunca teve muito interesse por animais, mas parece gostar do seu cachorro.

A maioria das pessoas gostava de Woodstock depois de conhecê-lo, mas ter crianças desfrutando de sua companhia sem temê-lo me fazia sentir bem por ser a humana de Woody.

— Papai, olha! — Benny gritou, com o nariz torcido e segurando a mão que tinha a baba de Woody por toda parte, mas ele não parecia se importar.

Grant riu.

— Cuide para não sujar toda a sua roupa, amiguinho.

— Vocês vão embora logo? — perguntei, já que Benny estava aproveitando seu tempo com Woodstock.

— Planejei ficar aqui até ele se cansar — Grant falou. — O que você vai fazer esta noite? — Dei de ombros, mas, antes que eu pudesse responder, ele disse: — Que tal um encontro?

Então ele *estava* interessado?

— Uhm, claro, sim — respondi, antes que ele mudasse de ideia.

— Eu levaria você para um restaurante, mas não vai funcionar com Benny por perto. Que tal passar na minha casa? — sugeriu, e eu sorri com sua oferta.

— Parece bom para mim.

— Que bom. Pego você às seis?

— Sim, perfeito — respondi, incapaz de controlar minha animação. Eu estava sorrindo de orelha a orelha e tinha certeza de que minhas bochechas estavam vermelhas.

Considerando seu sorriso, eu definitivamente tinha manchas vermelhas em todo o meu rosto.

— Ótimo, mal posso esperar — Grant disse e, embora parecesse que nossa conversa havia acabado, ele continuou: — Estou começando a acreditar que os animais mantêm Benny calmo. Ele estaria correndo como um louco se Woodstock não estivesse aqui.

— Animais podem ter esse efeito em crianças, mas também em adultos.
— É mesmo?
Assenti com a cabeça.
— Li alguns livros sobre terapia animal para crianças e como os bichinhos de estimação oferecem conforto e companhia a eles. Se quiser, posso levar esses livros comigo esta noite para que você possa ler também.

Ele pensou por um momento, então assentiu e olhou novamente para mim.
— Claro, é sempre bom aprender coisas novas.

Sua mente aberta mostrava quão maduro ele era. Eu conhecia pais que não aceitavam sugestões de ninguém. E Grant ser tão maduro foi a razão pela qual tivemos uma ótima conversa na noite passada e definitivamente teríamos mais esta noite.

Eu estava empolgada e, enquanto observávamos Benny brincar com Woody, pensei em todos os cenários possíveis do que poderia acontecer mais tarde.

— Um encontro com um pai. Que sexy — Maddie disse. Ela estava me observando tirar a roupa no meu quarto, sentada na cama com Woodstock ao seu lado.
— Há muito tempo não fico tão nervosa. O que eu devo vestir?
— Um vestido.
— Sério?
— Por que não? Você tem aquele lindo vestido pendurado no armário que nunca usou.
— Não acho que esse vestido seja apropriado para um primeiro encontro. É muito... sexy.

Dizer isso em voz alta tornou tudo muito oficial, mas não me deixou nervosa.

— Você é uma garota sexy, Rigby. Não acho que o vestido seria o motivo de uma ficada.

Franzi os lábios e estudei o vestido em questão; quando que o puxei do cabide, mudei de ideia sobre ele.

— Ok. Vou usá-lo.

— Você vai ver, ele vai adorar esse vestido. Não importa quais sejam suas intenções, você terá uma noite divertida.

Pensei sobre quais eram suas intenções antes, não chegando a uma conclusão razoável.

— Estou animada, não importa o que aconteça.

— Então você não vai afastá-lo se ele quiser transar contigo?

Eu não tinha certeza sobre isso, mas gostava de estar perto de Grant e esperava repetir a dose esta noite.

— Aconteça o que acontecer, tenho certeza de que vou aproveitar a noite com ele.

# Capítulo 16

### GRANT

Ela estava linda.

Tentei o meu melhor para não olhar para ela, mas era difícil não encarar com aquele vestido e todo aquele cabelo caindo pelas costas em cachos soltos.

Eu já havia mudado de ideia algumas vezes hoje, primeiro entusiasmado com a ideia de convidá-la para sair, depois pensando que era uma ideia idiota, e agora que Rigby estava aqui, eu esperava que ela passasse a noite. Claro, era muito cedo para isso, mas ela parecia confortável sentada no meu sofá ao meu lado. E de Benny.

Estávamos esperando nosso jantar, que havíamos pedido no restaurante mexicano logo ali na esquina, porém, por mais faminto que eu estivesse, não queria que a noite passasse tão rápido.

— Você já esteve em um avião antes? — Rigby perguntou a Benny, enquanto eles olhavam as fotos no livro sobre aviões.

— Não, mas tenho um avião de Lego no meu quarto. Quer ver? — perguntou, já deslizando pelo sofá.

— Eu adoraria — ela disse a Benny e o observou correr para seu quarto.

— Ele gosta de você. Mas não é assim na creche, é?

Rigby sorriu gentilmente.

— Não exatamente. Ele é muito mais falante e ativo. Mas tudo bem, não é?

— Sim, a questão é… antes de pegarmos você mais cedo, ele estava correndo como um louco de novo. Não conseguia se concentrar em nada, nem mesmo enquanto comia um lanche esta tarde, e meu filho adora comida. Mas sempre que está perto de você, ele se acalma.

Eu sabia que dizer isso a ela poderia deixá-la sobrecarregada, mas não incomodou Rigby.

— É bom ouvir isso — afirmou, mas, antes que pudesse acrescentar mais, Benny voltou com seu avião de Lego.

— Olha!

— Ah, uau! É um avião grande. Os passageiros podem entrar?
— Sim! — Benny assentiu.

Enquanto ele mostrava a ela todas as coisas que seu avião podia fazer, levantei do sofá quando a campainha tocou.

— A comida chegou! — Ouvi Benny gritar, porém, em vez de correr atrás de mim como normalmente fazia, ele ficou com Rigby e esperou pacientemente pelo jantar.

— Obrigado, tenha uma boa noite — desejei ao cara que trouxe nosso pedido e, depois de pegar três pratos e garfos, voltei para a sala.

— Quer largar o avião por enquanto, carinha? Você pode brincar com ele depois de jantar — prometi.

Benny colocou seu brinquedo na mesa de centro e sentou-se no sofá entre nós, pronto para comer.

— Onde está meu taco? — perguntou.

— Bem aqui, amiguinho. — Entreguei a ele o prato com o jantar e imediatamente começou a comer.

— Parece delicioso. Não sabia que havia um restaurante mexicano na cidade — Rigby comentou.

— Não? Mas você viveu aqui toda a sua vida.

— Eu sei, mas só comecei a comer em restaurantes ou pedir delivery quando fiz dezoito anos e finalmente me mudei. Não vi muito da cidade ainda — explicou.

— Nós podemos mudar isso. Posso mostrar todos os lugares legais da cidade — ofereci.

Suas bochechas ficaram vermelhas, o que acontecia frequentemente quando eu dizia algo que ela gostava. Era fofo, e assim ela me fazia saber que estava interessada em mim. Eu também estava, mas ainda tinha que ir devagar.

— Eu gostaria disso — Rigby falou, com um sorriso doce.

— É outro encontro então.

— O que é um encontro? — Benny perguntou.

— Você sabe como tem encontros para brincar com Ira? — perguntei, olhando para meu filho, que dava outra mordida em seu taco.

— Sim, é divertido.

— Uhmm. Os adultos também têm encontros.

— O que os adultos fazem nos encontros?

Boa pergunta, mas eu tinha que responder de uma maneira que não fosse proibida para menores.

— Eles jantam, fazem longas caminhadas, talvez assistem a um filme juntos — respondi.

— Estamos tendo um encontro? — Benny insistiu, olhando para mim com os olhos arregalados.

— Claro, carinha.

— Podemos assistir a um filme? Porque estamos em um encontro.

*Touché, homenzinho.*

Olhei para Rigby para ver o que ela pensava sobre isso. Nós não estaríamos sozinhos até que Benny fosse dormir de qualquer maneira, então por que não cansá-lo assistindo a um filme?

— Eu adoraria assistir a um filme com vocês — garantiu, sorrindo para mim e depois para Benny.

— Podemos, papai?

— Parece divertido para mim — falei, sorrindo para ele e afastando seu cabelo encaracolado da testa. Estava ficando comprido, e me perguntei se Amy pretendia levá-lo ao cabeleireiro para cortá-lo um pouco. — Qual filme você gostaria de assistir?

— *Valente* — ele disse.

Eu sorri, prevendo mentalmente sua resposta para minha próxima pergunta.

— Por que *Valente*, amiguinho?

— Porque Merida se parece com a Rigby e ela é bonita.

Nós dois rimos de sua doce resposta, e olhei para ela com um sorriso, dizendo:

— Meu filho vai ser um verdadeiro destruidor de corações quando for mais velho — afirmei.

— Eu me pergunto de onde ele herdou isso.

Eu ri e neguei com a cabeça.

— Coma, gatinha.

# Capítulo 17

## RIGBY

Depois do jantar, Grant me disse para ficar sentada enquanto ele ajudava Benny a vestir o pijama. Dessa forma, se ele adormecesse assistindo ao filme, Grant poderia levá-lo para a cama sem ter que acordá-lo novamente.

Acomodei-me no sofá com um cobertor sobre as pernas e, para não fazer Benny esperar muito, já liguei a televisão e coloquei o filme.

Já estava tudo pronto quando ele voltou correndo para a sala com seu pijama do Batman. *Puxa, ele é adorável.*

— Vamos assistir *Valente*! — Benny anunciou em voz alta, subindo no sofá ao meu lado, desta vez deixando espaço suficiente para que Grant pudesse ficar confortável entre nós.

— Vem, papai!

— Estou indo, estou indo — Grant disse, e assim que chegou até nós, entregou a Benny uma garrafa de água infantil do Batman. — Beba um pouco.

Grant sentou-se ao nosso lado e, assim que colocou os pés na mesa de centro, olhou para mim e acenou com a cabeça.

— Aperte o play. Vamos colocar esse menino para dormir para que possamos ter algum tempo para nós.

Eu gostava de saber que ele queria passar um tempo comigo e, embora a companhia de Benny não estivesse me incomodando, estava animada para conhecer Grant melhor.

Apertei o play e deixei o controle remoto de lado; enquanto Benny se aninhava no apoio de braço do outro lado do sofá, com as pernas esticadas no colo do pai, Grant colocou o braço no encosto do sofá, acariciando meu ombro.

Ele não estava se segurando em me mostrar afeto e, já que eu não estava com medo de dar um passo adiante, me aproximei e me inclinei para ele.

Por que não?

Grant era um bom homem. Era gentil, às vezes mandão e misteriosamente intenso. No bom sentido.

E eu gostava dessa combinação.
Muito.

— Quer um pouco de vinho ou uma cerveja? — Grant perguntou, caminhando para a cozinha depois de colocar Benny na cama.

Ele adormeceu quarenta minutos depois do início do filme, mas o tempo todo continuou nos fazendo perguntas. Principalmente sobre arco e flecha e como ele poderia fazer isso.

Grant não parecia confortável com a ideia, então prometeu a ele que, quando tivesse idade suficiente, faria algumas pesquisas sobre como colocar seu filho para praticar tiro com arco. Se ele ainda estivesse interessado, claro. Crianças mudavam de ideia com frequência e rapidez.

— Cerveja, por favor — respondi.

— Para ser honesto, achei que você era uma garota de vinho.

Eu ri baixinho e o observei voltar para a sala, segurando duas cervejas e depois me entregando uma e se sentando ao meu lado.

— Eu gosto de vinho, mas associo vinho a um jantar romântico e não quero ter muitas esperanças — falei, surpresa com minhas palavras.

— Eu teria levado você para um jantar romântico se Benny estivesse na casa da mãe.

Eu gostei da ideia.

— Este não tem que ser o nosso único encontro.

Grant sorriu antes de tomar um longo gole de sua cerveja.

— Eu estava esperando que você dissesse isso. Planejava sair com você de novo na semana que vem. Quando Benny não estiver por perto e eu tiver você só para mim.

O que quer que ele dissesse... Suas palavras fizeram meu coração bater mais rápido.

— Você me tem só para você agora.

Seu sorriso desapareceu e seu rosto ficou sério; depois de tomar mais um gole e colocar a cerveja na mesa de centro, ele colocou a mão direita na minha coxa e me puxou para mais perto de si.

Seu braço esquerdo estava no encosto do sofá novamente, desta vez com a mão em concha na parte de trás da minha cabeça e seus dedos mexendo no meu cabelo.

— Eu sei. Mas gosto da ideia de ficar sozinho com você do começo ao fim. Para conversarmos sem interrupção e me aproximar sem uma criança carente sentada do meu outro lado.

Grant amava Benny, embora, por mais protetor que fosse com ele, estava claro que sua necessidade de carinho e atenção de outra pessoa era forte.

Eu estava aberta para o que quer que fosse acontecer, não importava o que eu tivesse dito a Maddie. Estava nervosa antes de ele me buscar, mas, sentada aqui, mesmo com Benny por perto, eu não podia negar a tensão entre nós.

Sorri para Grant, coloquei uma das mãos em seu peito, segurando a cerveja com a outra, e ele acariciou minha coxa. Nossos olhos estavam fixos um no outro, e a tensão que eu sentia se aprofundou quando ele moveu a mão até meu quadril.

— O que está em sua mente, gatinha?

Não precisei pensar muito na minha resposta porque meus pensamentos eram claros.

— Como é bom estar aqui sentada com você — respondi, mantendo minha voz baixa. — Faz um tempo desde que um homem me fez sentir assim.

*Homem* era a palavra errada.

Os únicos caras por quem já me aproximei eram da minha idade e, embora eles me fizessem sentir bem, nada chegava tão perto do que eu estava sentindo agora. E pensar que Grant tinha esse efeito em mim apenas olhando em meus olhos e roçando seus dedos contra meu corpo significava algo.

Minhas palavras pareciam tê-lo deixado sem ter o que dizer e, em vez de me responder, ele agarrou meu cabelo e inclinou minha cabeça para trás, se inclinando para frente e pressionando seus lábios no lado do meu pescoço suavemente.

Fechei os olhos para absorver esse momento. Não era opressor e me deixou querendo mais no segundo em que sua língua roçou minha pele.

— Faz um tempo desde que uma mulher me fez sentir assim — Grant sussurrou perto do meu ouvido, sua voz profunda o suficiente para causar arrepios na minha espinha.

Ouvi-lo me chamar de mulher era outra razão pela qual eu sabia que isso não era apenas um jogo para ele. Eu era jovem, e ele ter vinte e seis anos a mais do que eu deveria ser motivo suficiente para que me visse como uma garota. Mas ele não me via assim e, além de me fazer sentir poderosa, me fez sentir esperançosa de que, onde quer que isso fosse, terminaria em algo bonito.

Grant pegou a cerveja que eu ainda segurava na mão e a colocou na mesinha de centro ao lado de sua garrafa para que eu não derramasse em seu sofá; assim que nossos olhos se encontraram novamente, sabíamos instantaneamente o que queríamos.

Embora conversar e nos conhecermos melhor parecesse uma boa ideia para um primeiro encontro, explorar foi o que silenciosamente concordamos em fazer.

# Capítulo 13

## GRANT

Se eu soubesse como Rigby me faria sentir bem apenas sentada ali e sorrindo para mim, não teria agido como um idiota com ela quando a conheci.

Para ser sincero, não achei que ela aceitaria um encontro, mas agora que estava aqui ao meu lado, com as mãos nos meus ombros e meus lábios em seu pescoço, fiquei feliz por ela não ter me rejeitado. Não foi uma jogada elegante não nos dar a chance de conversar antes de passarmos para a próxima fase, mas ela não parecia ter problemas com isso. Rigby disse que eu a fazia se sentir bem e, como ela não estava me impedindo, eu não iria parar.

Suas mãos se moveram de meus ombros para os lados do meu pescoço onde permaneceram e, quando seu corpo pressionou contra o meu, a puxei para o meu colo para assumir o controle. Agora minhas mãos estavam em sua bunda, segurando e apertando suavemente, seu olhar se levantando para encontrar o meu.

— Tudo bem? — perguntei, querendo ter certeza que ela não estava desconfortável.

As coisas podem mudar em segundos e, se eu não tomar cuidado, posso afastá-la sem ter intenção. Essa era a última coisa que eu queria, mas, quando Rigby assentiu para responder à minha pergunta, abaixou-se em cima de mim.

— É uma sensação boa — ela me assegurou, com um doce sorriso.

Reclinando contra o sofá para me sentir confortável, ela se moveu comigo e montou no meu colo, se segurando com uma das mãos ao lado da minha cabeça no sofá e a outra no meu peito.

— Tem que me avisar quando for longe demais — pedi.

— Ainda nem começamos — Rigby sussurrou, suas palavras me provocando.

Uma risada profunda me deixou.

— Você quer brincar, gatinha?

Minhas mãos estavam segurando sua bunda com mais força agora, e eu poderia dizer pelo olhar em seu olhar que ela gostou.

— Quero.

Essa palavrinha era tudo que eu precisava antes de puxá-la para mim e sentir seus lábios nos meus. Movi os meus suavemente contra os dela, dando-lhe tempo suficiente para se ajustar. Não demorou muito, e no segundo em que seus lábios se moveram com os meus, eu estava perdido.

Beijar nunca foi tão bom antes, contudo, a única garota que beijei no ano passado foi Evie. Nunca houve um momento romântico entre ela e eu, e Evie sempre me fez acreditar que o amor era algo que já tive, mas perdi depois de deixar Amy. Já fazia muito tempo, mas finalmente senti meu coração bater de novo, e foi tudo por causa de Rigby.

Seus gemidos suaves sempre que eu empurrava seus quadris contra os meus faziam meu pau estremecer, e eu sabia muito bem que ela sentia isso contra sua boceta. Seu vestido subiu por suas coxas, expondo a pele macia; movendo minha mão esquerda para sua perna, eu a acariciei suavemente.

Nunca esperei isso de Rigby. Não porque eu achasse que ela não era capaz de me deixar tão duro apenas me beijando, mas porque eu não tinha conhecido esse seu lado ainda. Ela era uma jovem doce e gentil, sempre educada, escolhendo cuidadosamente as palavras antes de falar. Porém, por mais que admirasse esse seu outro lado, gostei muito desse. E compará-la com qualquer outra pessoa não seria justo para com ela.

Aprofundei o beijo quando percebi que Rigby estava ficando mais confortável em cima de mim; com os dois braços em volta do meu pescoço, ela começou a rebolar os quadris em círculos, esfregando sua boceta contra o meu pau endurecido.

Um gemido escapou de mim quando ela parou de repente, quebrando nosso beijo e me deixando querendo mais. Quando abri meus olhos para encará-la, seus lábios estavam ligeiramente entreabertos e suas bochechas vermelhas, seus olhos brilhando de excitação.

— Estamos indo muito rápido?

Agora era ela que tinha dúvidas sobre isso?

Eu ri.

— Parece rápido para você? — perguntei, segurando sua bochecha e acariciando-a com meu polegar.

Ela se inclinou na minha mão e puxou o lábio inferior entre os dentes, baixando o olhar para o espaço muito estreito entre nossos corpos.

— Não, não parece nada rápido.

Então não havia nada com que ela tivesse que se preocupar. Ainda assim, eu não iria pressioná-la.

— Eu só... não esperava que nos beijássemos em nosso primeiro encontro.

— Eu também não. Mas estaria mentindo se dissesse que não gostei de beijar você.

Ela riu baixinho e deixou suas mãos caírem no meu peito, onde puxou o tecido da minha camisa, com a cabeça baixa, seus olhos encontrando os meus novamente.

*Puta merda... ela era linda.*

— Eu também gostei — Rigby sussurrou, mostrando agora seu lado tímido.

Se fosse Evie sentada no meu colo com sua boceta pressionada contra o comprimento do meu pau, eu a teria levado para o meu quarto em um segundo. Não porque eu não a respeitasse, mas porque não havia nada nos nossos amassos, e menos ainda nas nossas trepadas. Ironicamente, eu me sentia vazio mesmo antes de gozar por causa de Evie.

As coisas seriam diferentes com Rigby. Eu sentia isso dentro de mim.

— Podemos parar se você quiser — ofereci, mas Rigby tinha outros planos.

Ela se inclinou para frente e colocou as duas mãos no meu rosto, então seus lábios encontraram os meus novamente. Eu sorri durante o beijo e vi isso como um convite para conhecer mais de seu corpo e descobrir tudo sobre suas necessidades.

Ela não hesitou e começou a mover os quadris novamente, desta vez movendo-se para cima e para baixo para que seu calor deslizasse ao longo do meu comprimento. Meu pau precisava de espaço, mas a pressão era boa demais para fazê-la se afastar de mim. Então a deixei continuar, e se isso fosse o mais perto que chegássemos esta noite, seria o suficiente para mim.

# Capítulo 19

## RIGBY

Meu clitóris pulsava a cada fricção contra seu pau e desejei que o tecido da minha calcinha e a calça dele não estivessem no caminho. Meus sentimentos estavam uma bagunça, mas não havia nada dentro de mim que fosse negativo e pudesse me fazer parar com isso.

A princípio, fiquei preocupada com Benny, imaginando o que aconteceria se ele de repente acordasse e nos flagrasse, mas então me lembrei de Grant me contando como Benny dormia a noite toda sem acordar uma vez. Aliviou minha mente o suficiente para focar nas mãos de Grant movendo-se da minha bunda para meus quadris, então até minha cintura onde elas permaneceram; quando ele aprofundou o beijo mais uma vez, inclinei a cabeça para o lado, deixando-o empurrar sua língua em minha boca.

Grant tinha uma maneira de falar comigo usando apenas partes de seu corpo; embora sua língua estivesse me fazendo sentir um formigamento por toda parte, seu pau era a única coisa que eu queria sentir mais.

Com uma das mãos em seu peito e a outra descendo até sua barriga, senti seu corpo ficar tenso quando ele percebeu o que eu estava planejando fazer. Ele quebrou o beijo, mas, antes que pudesse dizer algo, encarei-o com os olhos semicerrados e disse:

— Me interrompa se precisar, mas espero que não.

Ele estava no controle nos últimos minutos, mas agora era a minha vez.

— Porra — murmurou, divertido. — Olha só, minha gatinha é safada.

*Minha gatinha.*

Eu com certeza era, mas esse lado de mim era um que muitos não conheciam. Especialmente não logo depois do primeiro encontro.

A tensão entre nós aumentou e, para não perdê-la, olhei de volta para onde minhas mãos começava a desabotoar sua calça. Afastei-me apenas o suficiente para abrir mais espaço e, quando desfiz o zíper, um grunhido vibrou em seu peito. Eu poderia dizer que estava apertado lá embaixo.

— Está melhor? — perguntei, querendo provocá-lo ainda mais.

— Muito melhor. Porra...

Eu estava gostando disso um pouco demais, o que me fez sentir poderosa por ter tanto controle sobre um homem como Grant.

Embora eu não quisesse pensar nela, me perguntava se Evie alguma vez conseguiria controlá-lo. Ela não parecia ser do tipo submissa, mas isso pode ser apenas uma forma de se proteger. Principalmente quando se sentia ameaçada.

Sorri para Grant, que inclinava minha cabeça para trás com a mão em volta do meu pescoço; enquanto eu segurava seu pau através da cueca boxer com uma das mãos, ele xingou mais uma vez antes de seus lábios encontrarem os meus.

Desta vez, fui eu empurrando minha língua em sua boca para prová-lo, enrolando-a em torno da dele, nossa saliva se misturando. Movi minha mão ao longo de seu comprimento, sentindo sua dureza crescer ainda mais; sem ver seu pênis, eu sabia que não seria capaz de envolvê-lo completamente com meus dedos.

Grande nem chegava perto de descrevê-lo, e isso me deixou animada, mas nervosa ao mesmo tempo.

— Puxe para fora — exigiu contra meus lábios, e fiz exatamente isso no segundo seguinte.

Eu queria mais dele, sem perguntas.

Quando empurrei sua cueca boxer para baixo o suficiente para expor seu pau, olhei para baixo para ver sua totalidade em pé, como um foguete pronto para ser lançado.

— Ah — suspirei, incapaz de evitar que um sorriso se espalhasse em meus lábios.

Grant riu.

— Gosta do que vê?

— É grande — afirmei, mas ele já sabia e estava orgulhoso disso.

Grant apertou meu pescoço com mais força e moveu o polegar ao longo do meu lábio inferior, olhando para ele com seus olhos escuros.

— Acha que pode caber na sua boca?

Formigamentos.

De.

Novo.

Por.

Todo.

Meu.

Corpo.

Eu queria responder, mas ele me tirou o fôlego. Ainda assim, queria que soubesse que eu estava disposta a qualquer coisa que tivesse em mente, então puxei seu polegar para dentro da minha boca e o chupei com os olhos fixos nos dele.

— Sexy pra caralho — murmurou, me observando atentamente.

Grant empurrou seu polegar mais fundo em minha boca, pressionando minha língua e molhando-o, então, quando ele o afastou, fios de minha saliva pendiam de meus lábios. Olhei para baixo e movi a mão ao longo de seu eixo novamente, mordendo meu lábio e depois me inclinando para trás.

— Quero tentar — sussurrei, gostando cada vez mais dessa versão de mim mesma.

E então saí do colo dele para me ajoelhar na sua frente, mas antes que eu fizesse isso, ele me parou.

— Vamos para a cama.

Não era uma má ideia, mas ir para cama muitas vezes significava sexo. Embora eu estivesse prestes a fazer um boquete nele, ainda não estava pronta para transar.

— Por quê?

Ele riu.

— Porque eu quero que você fique confortável. Minha cama é grande o suficiente e você vai dormir nela de qualquer maneira, não é?

Ele estava certo. Com Benny dormindo, não havia como me levar para casa esta noite e, para ser franca, eu não queria ir embora.

— Ok.

Observei-o puxar a calça de volta sobre os quadris e, quando se levantou, ele estava se elevando sobre mim novamente, fazendo-me sentir segura apenas por ficar ali.

Ele me olhou com um sorriso meigo, e foi agora que vi o cansaço em seus olhos. Benny deve tê-lo esgotado hoje, mas não o culpo.

— Se você só quer dormir, não precisamos...

— Você quer? — Grant perguntou, colocando as mãos na minha cintura e me puxando contra si.

Balancei a cabeça lentamente, negando.

— Mas posso dizer que você está cansado, e tenho certeza que Benny vai te acordar de manhã cedinho.

Ele riu, não discordando da minha declaração.

— De qualquer maneira, nós provavelmente já chegamos perto o suficiente para um primeiro encontro.

Por algum motivo, eu concordava, e culpei meu coração e minha mente por me fazer sentir tão confusa de repente. Não tinha nada a ver com o que eu sentia por Grant, porque, se dependesse solenemente da minha vagina, transaríamos a noite toda.

Mas isso entre nós era diferente.

Era novo e, em vez de ir rápido demais, achei que levar as coisas um pouco mais devagar não seria uma má ideia, afinal.

— Não quero apressar as coisas quando elas parecem tão boas.

Não esperava ouvir algo assim dele, mas gostei e me fez sorrir.

Tanto que minhas bochechas começaram a doer.

# Capítulo 20

## RIGBY

Seus braços estavam em volta do meu corpo com força; respirei profundamente e meu corpo formigou quando seu cheiro encheu meu nariz. Ainda era cedo e, embora não tenhamos dormido muito na noite passada, meus olhos se forçaram a se abrir.

Eu estava aconchegada em seu peito, com os braços ao redor de seu corpo e as pernas entrelaçadas com as dele. Não tínhamos ido mais longe do que na sala ontem à noite, mas estava claro que nós dois ainda estávamos excitados um pelo outro. Seu pau estava pressionado contra a minha barriga enquanto meu clitóris pulsava com o pensamento de como foi bom quando o toquei na noite passada.

Virando a cabeça, olhei para o rosto dele e sorri ao ver como parecia tranquilo, mas não que estava dormindo. Coloquei a mão ao lado de seu pescoço e acariciei sua pele suavemente.

— Oi — sussurrei.

Suas sobrancelhas franziram no início, porém, assim que seus olhos se abriram lentamente, um sorriso surgiu em seus lábios.

— Porque você está acordada tão cedo? — perguntou, com a voz rouca.

— Não consigo voltar a dormir — respondi baixinho, baixando meu olhar para seus lábios. A maneira como eles me fizeram sentir ontem à noite enquanto Grant me beijou foi mais do que intensa. Eu queria mais.

Grant levantou a cabeça para olhar atrás de mim, verificando o relógio antes de virar de costas e me puxar consigo.

— São seis e meia — murmurou, seus olhos encontrando os meus novamente. — Nós vamos ter que levantar logo de qualquer maneira.

Por causa de Benny.

— Acho que o ouvi andando pelo quarto mais cedo — comentei, lembrando do som de Legos caindo no chão.

Grant riu.

— Isso é possível. Ele brinca no quarto quando acorda e, algum tempo depois, entra no meu.

Ah.
— Eu deveria ir embora?
— Por quê? — Grant franziu a testa.
— Bem, não vai ser estranho se ele me ver aqui na sua cama?
— Ele é uma criança. Não vai nem saber o que isso significa.

Observei seu rosto por um tempo, então assenti. Benny era um bebê, e além de estar curioso sobre eu ainda estar aqui depois da noite passada, não pensaria muito sobre isso.

— A menos que você queira ir embora. Não quero mantê-la aqui se você se sentir desconfortável.

Seus braços já estavam soltos em volta do meu corpo, e eu rapidamente agarrei seu ombro para lhe mostrar que não queria ir embora.

— Eu quero ficar — assegurei a ele, sorrindo.

Seu sorriso voltou.

— Que bom. — Sua mão segurou a parte de trás da minha cabeça quando ele se inclinou para beijar minha testa e, logo que fechei os olhos, seus lábios tocaram minha bochecha e a ponta do meu nariz antes de cobrirem os meus.

Eu o beijei de volta sem hesitar, deixando-o passar a língua pelo meu lábio inferior antes de abrir a boca para deixá-lo entrar. O fato de que nós dois acabamos de acordar não nos incomodou, e nosso beijo se aprofundou quando me aproximei. Ele me puxou para cima de si e um gemido escapou de seu peito, fazendo-me montar em seus quadris e sentir seu pau contra minha boceta novamente. Com ambas as mãos segurando minha bunda, ele começou a me mover ao longo de seu comprimento, fazendo meu clitóris pulsar toda vez que se esfregava contra ele.

Era tão bom, mas o pensamento do que Grant tinha dito minutos antes ainda permanecia no fundo da minha mente. Benny poderia entrar aqui sem avisar a qualquer momento.

— Não — murmurou, quando eu estava prestes a me afastar. — Eu vou ouvi-lo quando ele vier até o meu quarto.

Isso me acalmou o suficiente para continuar a beijá-lo. Quando passei meus dedos por seu cabelo, Grant agarrou minha bunda com força antes de se inclinar para encostar-se na cabeceira da cama.

Quando ele quebrou o beijo novamente, eu o olhei nos olhos, onde a luxúria e o desejo se chocavam. Era bom saber que eu tinha esse efeito sobre ele apenas sentada em seu colo e, como ele tinha tanta certeza de que

Benny não invadiria aqui sem que tivéssemos uma chance de parar antes que ele nos flagrasse, me senti corajosa novamente.

— Estou gostando muito disso. Adormecer em seus braços e acordar ao seu lado — falei baixinho, passando meus dedos ao longo de sua mandíbula e pescoço.

— Não está indo muito rápido?

Neguei com a cabeça.

— Não, de jeito nenhum — assegurei-lhe, com um sorriso.

Grant me estudou por um tempo, então seu olhar caiu para a parte superior do meu corpo, onde seus olhos se moveram lentamente por toda parte.

— Faz um tempo desde que deixei alguém dormir na minha cama.

Deixei suas palavras pairarem na minha mente. E quanto ao sexo? Ele recebeu alguém recentemente para fazer sexo?

— Nem mesmo Evie — Grant acrescentou, olhando novamente nos meus olhos. — Ela nunca esteve no meu apartamento.

Embora estivesse claro que ele não estava interessado em Evie dessa forma, ele já havia transando com ela antes.

— Por que está me contando isso? — questionei, me perguntando por que ele sentiu a necessidade de mencionar a garota com quem teve várias noites. Claramente, havia algo que o fazia voltar para ela sempre que tinha a chance.

— Porque eu vi o jeito que ela olhou para você na sexta-feira. Ela pode ser um verdadeiro pé no saco, e sei como trata outras mulheres que não são suas amigas. As coisas podem ficar feias muito rápido. — Ele parou e jogou para trás uma mecha do meu cabelo, então enrolou os dedos na parte de trás da minha cabeça. — Não quero azarar o que quer que esteja acontecendo entre nós, mas quando eu vejo algo que quero, eu pego. Eu quero você e não preciso que Evie fique no nosso caminho. É por isso que eu te disse que ela nunca esteve na minha cama. Nem no meu apartamento, e menos ainda no meu quarto.

Tudo o que ele disse me fez sentir querida e, embora esperasse que Evie encontrasse paz algum dia, gostei de como Grant foi honesto comigo com seus pensamentos sobre Evie.

Sorrindo, me inclinei e beijei seus lábios.

— O que quer que seja ou venha a ser entre nós, estou pronta para explorar.

Grant sorriu para mim quando me inclinei para trás novamente, e com as mãos nos meus quadris, ele puxou os meus contra os dele para me fazer sentir sua dureza novamente.

— É bom ouvir isso. Mas teremos que continuar a explorar outro dia.

— Por quê? — Fiz beicinho.

Grant não respondeu. Em vez disso, ele gentilmente me empurrou de seu colo para que eu me sentasse ao lado dele e, quando virou a cabeça em direção à porta, ouvi pequenas batidas no chão de madeira ficando mais altas.

— Meu filho está vindo — avisou, e segundos depois a porta do quarto se abriu.

— Papai, você está acordado? — Foram as primeiras palavras de Benny quando ele espiou no quarto. O garoto parecia adorável com seu cabelo cacheado todo bagunçado.

— Sim, amiguinho, estou acordado. Venha aqui. — Grant estendeu a mão e observei Benny caminhar lentamente até a cama, me observando com atenção e tentando entender o que eu estava fazendo ali ao lado de seu pai.

— Papai, Rigby está na sua cama — declarou, fazendo-nos rir por causa da maneira como disse aquilo.

— Ela está, né?

Grant parecia ter ficado muito confortável comigo perto dele e de Benny, e isso só me fez sentir mais confortável também. Eu era bem-vinda aqui, mesmo que a situação fosse um pouco confusa no começo.

— Você teve uma festa do pijama com Rigby? — Benny insistiu, subindo na cama com a ajuda de Grant.

— Sim, tive uma festa do pijama com ela. Você dormiu bem, amiguinho? — Grant questionou e beijou sua testa antes de deixar Benny se aconchegar em seu peito.

Eu os observei, ambos ficando confortáveis, e sorri quando Grant colocou a mão esquerda na minha coxa que estava escondida sob as cobertas.

— Sim, eu sonhei com dragões — o menino revelou, com os olhos arregalados de emoção.

— Sério? Quer nos contar sobre isso?

Em vez de responder ao pai, Benny olhou para mim e perguntou:

— Está com fome?

Algo brilhou nos olhos de Grant, e eu sabia que o jeito que Benny não conseguia se concentrar em uma conversa o incomodava. Felizmente, ainda havia tempo para encontrar maneiras de fazer com que Benny focasse em um tópico no centro da conversa antes de passar para outro.

— Estou com um pouco de fome, sim. Quer nos contar sobre aquele sonho que teve com dragões primeiro? Eu amo dragões — falei para ele.

Benny pensou por um tempo, então se virou para Grant.

— Podemos tomar café da manhã?

Grant me deu uma olhada rápida, silenciosamente me dizendo que era inútil fazer Benny voltar a falar sobre seu sonho.

— O que você quer para o café da manhã?

Desta vez, ele não precisou de muito tempo para responder.

— Cereal.

— Tudo bem. E algumas frutas?

— Eu não gosto de frutas — Benny afirmou.

— Isso não é verdade. Você adora banana e kiwi. Que tal comermos um pouco de banana e kiwi? — Grant sugeriu.

— Você gosta de frutas? — Benny me perguntou.

— Eu amo frutas. Quer adivinhar qual é a minha favorita?

— Uhmmm... — Ele bateu o dedo contra o queixo, pensando genuinamente em sua resposta.

Enquanto ele ainda estava pensando, Grant se inclinou e sussurrou algo para o filho, e os olhos de Benny se arregalaram e um sorriso se espalhou em seu rosto.

— Talvez kiwi e banana?

Foi a tentativa de Grant de fazer Benny comer frutas esta manhã, e como eu comia qualquer fruta, assenti.

— Essas são as minhas favoritas!

Benny ficou de boca aberta.

— Temos bananas e kiwis na cozinha!

— Isso é uma surpresa. — Grant riu, sorrindo para mim.

— Vou procurar as frutas na geladeira — Benny anunciou e saiu do abraço de Grant para descer da cama e correr para fora do quarto novamente.

— Eu posso manter você aqui apenas para que ele coma suas frutas todas as manhãs que estiver comigo.

— Eu não me importaria. — Ri e me inclinei para beijar sua bochecha.

— Cuidado com suas palavras. Quando você notar, estarei prendendo você no meu quarto e não te deixarei sair.

Até isso parecia uma boa ideia, então repeti:

— Eu não me importaria.

O sorriso de Grant ficou mais safado quando sua mão apertou minha coxa.

— Calma, gatinha. — Ele manteve a voz baixa, me puxando para mais perto com a mão em concha na parte de trás da minha cabeça; com os lábios perto dos meus, sussurrou: — Vamos ter algum tempo para nós mesmos novamente em breve.
— Isso é uma promessa?
Ele deu um beijo em meus lábios.
— Sim.
Sua resposta foi clara, não me provocando como costumava fazer.
— Que bom, porque mal posso esperar para passar mais uma noite aqui com você e acordar ao seu lado.

# Capítulo 21

## RIGBY

Sentir falta de Grant havia se tornado um hábito.

Ao passar o fim de semana com ele, me permiti ver aonde as coisas iriam, e embora tivéssemos trocado apenas uma mensagem nos últimos dias, ele estava tão animado quanto eu esta manhã quando trouxe Benny para a creche.

Ele estava atrasado para a fisioterapia e teve que sair antes que pudéssemos iniciar uma conversa, mas, assim que deixou Benny e foi embora, recebi uma mensagem dele dizendo que voltaria em breve e estava animado para me ver novamente. Não consegui tirar o sorriso do rosto e passei a manhã pensando nele sem parar.

Depois do almoço, conseguimos fazer com que algumas crianças tirassem uma soneca ou pelo menos relaxassem um pouco antes que a loucura recomeçasse à tarde, dando a Maddie e a mim tempo suficiente para limpar a cozinha e para Martha cuidar da papelada.

— Estou surpresa que Benny não esteja falando sobre você passar o fim de semana com eles — Maddie disse.

— Ele não se intimidou ao ouvir sobre a *festa do pijama* que tive com seu pai — falei, com uma risada, me lembrando do rosto de Benny quando perguntou o que eu estava fazendo na cama de Grant.

— Talvez não seja nada novo. Talvez ele tenha visto outras mulheres na cama de seu pai antes.

— Grant nunca recebeu outras mulheres lá — declarei, com confiança em minha voz.

Maddie arqueou as sobrancelhas para mim.

— Como você tem tanta certeza?

— Ele me disse.

— E você acredita nele?

— Sim.

— Você é tão ingênua — ela suspirou, com um aceno de cabeça.

Eu sabia. Ela não precisava me dizer.

— Ele é adulto. Não há razão para mentir sobre quantas mulheres teve no passado.

Grant tinha sido honesto sobre Evie, e vendo como ela agiu na primeira vez em que a encontrei, eu sabia que as palavras de Grant eram verdadeiras.

— E se ele tivesse mentido?

— Então não importaria. Está no passado e, se estou sendo usada apenas para o prazer e diversão dele, então você pode me chamar de idiota.

Maddie olhou para mim como se eu fosse louca; embora eu estivesse falando sério sobre minhas palavras, estava tentando conseguir uma reação dela.

— Quem é você? — perguntou, me fazendo rir.

— Só estou dizendo que tivemos um ótimo fim de semana juntos. Nos divertimos, conversamos, nos conhecemos um pouco melhor. Tenho um bom pressentimento sobre ele e nunca vou descobrir se as coisas podem ficar sérias a menos que eu deixe rolar.

— De quem vocês estão falando? — Martha perguntou, caminhando para a cozinha.

— Rigby está apaixonada pelo pai de uma das crianças.

Cutuquei o lado de Maddie com o cotovelo para calá-la, mas era tarde demais.

— Eu quero saber?

Olhei para Martha e balancei a cabeça.

— Não, a menos que eu queira que você me dê uma palestra sobre como não ter uma queda por um dos pais — eu disse, esperando que entendesse que eu não queria falar sobre isso com ela.

Porém, por um breve momento, esqueci que Maddie era a última pessoa a quem confiar meus segredos.

— Ela passou o fim de semana com Grant.

Fechando os olhos e beliscando a ponta do nariz, respirei fundo e suspirei.

— O pai de Benny? Sério? Não pensei que você gostaria... *desse* tipo de homem.

— *Desse* tipo de homem? — Fiz uma careta.

Martha deu de ombros.

— Você sabe — ela disse, parecendo desconfortável e então percebi o que ela queria dizer.

Eu não teria uma conversa com ela sobre a cor da pele de Grant. Não com ela soando tão desconfortável.

— Grant é um homem gentil, bem-humorado e inteligente, e eu me diverti muito com ele.

Sem mencionar o quão intenso e gostoso ele era, e quão formigante ele me fazia sentir apenas sentado ao meu lado com aquele sorriso presunçoso e sexy dele.

— E quanto ao sexo? — Maddie perguntou.

Olhei para ela e neguei com a cabeça para que soubesse que eu não iria falar sobre isso com ela. Não só porque não fizemos sexo, mas também porque Martha ainda estava presente.

— Vou dar uma olhada nas crianças — murmurei, saindo da cozinha e indo para o quarto onde as crianças dormiam.

A porta estava entreaberta e, quando espiei lá dentro, vi que todos ainda estavam em seus colchões confortáveis, cochilando.

Não querendo incomodá-los, me virei e fui para a sala de brinquedos para preparar alguns jogos para quando eles acordassem e, para minha sorte, Maddie e Martha não vieram fazer mais perguntas sobre meu fim de semana com Grant.

Eu gostava da tranquilidade depois de uma manhã cheia de crianças correndo e gritando, e esperava que a tarde fosse tão calma quanto a hora da soneca, mas estava muito errada.

Minutos depois de sairmos para deixar as crianças brincarem no parquinho, tivemos nosso terceiro acidente da semana. Benny e Mikey se chocaram enquanto corriam atrás de uma bola de futebol; Mikey escapou com um pequeno hematoma no joelho, mas o de Benny tinha uma escoriação feia.

Ele estava quase chorando, porém, por mais doloroso que fosse o machucado no joelho, me mostrou quão forte era ao não deixar uma única lágrima rolar por sua bochecha.

— Eu ganho um band-aid? — perguntou, enquanto eu gentilmente batia em seu joelho para limpá-lo.

Eu sorri.

— Claro. Quer escolher um você mesmo?

Ele assentiu e, quando o sangue e a sujeira em seu joelho desapareceram, peguei a pequena cesta da prateleira do banheiro.

— Olha quantos tem para escolher — comentei, segurando a cesta enquanto ele avaliava.

— Muitos — Benny comentou, parecendo incerto sobre qual escolher. — Tem algum com um cachorrinho?

Franzi os lábios e olhei dentro da cesta.

— Acho que sim. Vamos ver...

Ajudei-o a procurar um band-aid com um cachorrinho e, como eram apenas pequeninos, colocamos três deles sobre o machucado para mantê-lo limpo.

— Tudo bem? — perguntei, sorrindo ao ver como ele estava feliz com seus novos acessórios.

Benny assentiu com a cabeça e, embora estivesse firme, percebi que não conseguiria esconder seus sentimentos por muito tempo. Segundos depois, ele quebrou sua forte fachada e as lágrimas começaram a rolar pelo seu rosto.

— Quando o papai vem?

— Muito em breve. Só mais uma hora — prometi, colocando a cesta de volta na prateleira e acariciando suas costas com a mão. — Que tal lermos um livro para esperarmos seu pai chegar?

Ele gostou da ideia.

— Sozinhos?

— Você gostaria que Mikey viesse ler um livro conosco?

— Não.

*Ok, então.*

— Tudo bem. Só você e eu então — garanti, com um sorriso, e estendi a mão para ele pegar.

Atravessamos o corredor para chegar ao nosso recanto de leitura e, depois que ele escolheu o primeiro livro para ler, nos sentamos entre os travesseiros e ficamos confortáveis.

Não importava o relacionamento que eu tinha com o pai dele, era claro que Benny me respeitava e me aceitava aqui na creche; mesmo que as coisas não dessem certo com Grant, eu estava feliz por Benny ter confiado em mim.

# Capítulo 22

## GRANT

Foi uma visão que nunca pensei que precisava ver.

Benny estava aninhado contra Rigby e ela tinha um braço em volta do meu filho enquanto segurava um livro no colo.

Quando ela me notou, sorriu e guardou o livro.

— Oi — Rigby disse.

— Oi. Vocês dois parecem muito confortáveis — respondi, observando-os antes de se moverem. Quando Benny ouviu minha voz, também ergueu o rosto e me fitou com os olhos arregalados.

— Papai, eu tenho band-aids! — anunciou e, quando se levantou, vi seu joelho coberto de por um curativo.

— O que aconteceu, amiguinho?

Ele se aproximou e estendeu a mão para mim; assim que o peguei e beijei sua bochecha, ouvi sua resposta.

— Eu caí, Mikey também, e machuquei meu joelho — explicou.

— Você pirou um pouquinho hoje?

— Sim, pirei muito.

Rindo, olhei para o joelho dele e o toquei com cuidado.

— Estou feliz que você esteja bem. E Rigby leu um livro para você?

Voltei-me para Rigby quando ela se levantou do chão com o livro na mão, ainda sorrindo para mim.

— É o décimo livro que lemos, hein? — revelou, acariciando o braço de Benny.

— Assim! — exclamou, levantando todos os dedos.

— São muitos livros, carinha. — Considerando sua falta de interesse por livros quando está na minha casa, gostei da ideia de ele passar bastante tempo com o nariz entre aquelas páginas aqui na creche.

— Ele foi bonzinho? — perguntei a Rigby.

— Sim, sempre — ela respondeu. — Como foi o seu dia?

Eu tinha certeza de que ela não faria essa pergunta com nenhuma de suas colegas de trabalho por perto, mas fiquei feliz por ter feito agora.

Desejo ARDENTE

— Foi bom. Fiz algumas tarefas e limpei o apartamento depois da fisioterapia — respondi, olhando-a com cuidado. — Eu ia perguntar se você gostaria de jantar conosco esta noite, mas Rooney me convidou para ir à casa dela.

— Ah, tudo bem — Rigby disse, soando um pouco desapontada.

Eu poderia tê-la provocado, mas eu seria legal pela primeira vez.

— Ela perguntou se eu levaria você também.

— Sério? — Havia emoção misturada com surpresa em seus olhos. Meu Deus, ela estava me me atraindo mais e mais.

— Sim, sério. Quer ir?

— Eu adoraria. Sim — respondeu, sorrindo abertamente agora. — A que horas você planeja ir para lá?

— Rooney disse que vai começar a cozinhar por volta das sete. Eu estava planejando pegar você às seis, se estiver tudo bem.

— Seis é perfeito. — Assentiu.

— Que bom. Vejo você mais tarde. E você — eu disse, olhando para Benny. — Você vai ter uma festa do pijama com Ira hoje à noite.

— Verdade?

— Aham. Parece divertido?

— Sim! — Benny bateu palmas e riu, animada. — Podemos ir agora?

— Nós vamos para casa e arrumar sua mochila, então vamos pegar Rigby antes de irmos para a casa de Ira, ok?

— Ok.

Nós nos dirigimos à entrada para calçar os sapatos e o casaco e, assim que ele ficou pronto, virei-me para o Rigby.

— Às seis?

— Mal posso esperar — respondeu. — Devo levar alguma coisa? Vinho, talvez?

— Não se preocupe com isso. Tenho certeza que eles têm o suficiente em casa — garanti, colocando a mão na parte inferior de suas costas. — Você vai ficar na minha casa esta noite. Traga suas coisas.

Ela assentiu, mas pareceu surpresa, o que me fez rir.

— Eu prometi a você que teríamos uma noite só para nós. E prometi a Benny que ele poderia dormir na casa de Ira.

Tudo estava caminhando perfeitamente bem.

— Estou animada — começou, seu sorriso agora tímido. — Vejo você mais tarde — acrescentou, acariciando os cachos de Benny.

— Diga tchau à Rigby.

— Tchau, Rigby! — exclamou, acenando.

Olhei para ela novamente e movi minha mão mais para baixo até que meus dedos roçassem sua bunda.

— Vejo você em breve — falei baixinho e, como nenhuma de suas colegas de trabalho estava por perto, me inclinei e beijei o canto de sua boca gentilmente.

Suas bochechas estavam vermelhas quando me afastei e, antes que as coisas esquentassem entre nós novamente, me virei e desci os degraus com a mão de Benny ainda na minha.

— Até mais — resmungou e, com um sorriso satisfeito no rosto, deixei-a ali parada e caminhei com Benny até o meu carro.

— Papai? — Benny chamou, enquanto eu o colocava na cadeirinha.

— Sim, amiguinho?

— Você vai dormir na casa de Rigby quando eu dormir na casa do Ira? Garoto esperto.

— Sim, nós dois vamos ter uma festa do pijama esta noite.

Dois tipos muito diferentes de festas do pijama.

# Capítulo 23

## RIGBY

— Os dois estão dormindo. A dança os cansou bastante — Rooney afirmou, voltando para a sala onde nos acomodamos depois do jantar.

Eu estava sentada ao lado de Grant, cuja mão se apoiava na minha coxa, seu polegar acariciando minha pele onde a saia havia subido. Ele não saiu do meu lado desde que me pegou às seis para vir aqui, e embora não tenhamos conversado muito durante o jantar, ficar em silêncio era o suficiente para estarmos próximos.

Eu estava com medo de que, se Grant e eu começássemos uma conversa entre nós dois, iríamos ignorar Wells e Rooney e ficar em nosso mundinho particular pelo resto da noite. Isso seria rude, então me concentrei mais nos outros do que em Grant.

— Como vocês se conheceram? — perguntei, querendo saber a resposta desde que vim aqui pela primeira vez para tomar conta dos meninos.

Quando Rooney se sentou ao lado de Wells no sofá à nossa frente, eles se entreolharam com amor e seus dedos se entrelaçaram.

— Eu morava no campus da minha antiga faculdade. O dormitório era bom no começo, mas, quando percebi que comecei a passar mais tempo na casa de Evie, fui morar com ela depois que sua antiga colega de quarto foi embora. Wells já morava aqui, e nós nos cruzamos algumas vezes — explicou, deixando espaço para minha imaginação preencher os espaços em branco.

— Isso é tão doce — comentei, com um sorriso. Eu tinha mais uma pergunta em mente, mas não tinha certeza se questionar sobre a mãe de Ira seria um tópico bem-vindo.

Ira chamava Rooney de *mamãe*, embora ela não fosse sua mãe biológica. Não que eu achasse estranho, mas sabia que nem todo pai se sentiria confortável em ter sua nova namorada agindo como uma nova mãe para seus filhos.

Mas, sem que eu tivesse que fazer essa pergunta complicada, eles a responderam de qualquer maneira.

— A mãe de Ira morreu quando ele nasceu. Complicações no parto, ou algo assim. Eu não estava lá e só descobri que tinha um filho meses depois, quando o cara com quem a mãe dele estava saindo parou na frente da minha porta com Ira em um bebê conforto — Wells revelou. Era uma história difícil, mas ele não parecia ter problema em contá-la. Parecia confortável, na verdade, o que me fez sentir bem comigo mesma. Ele confiava em mim, o que me fez sentir bem-vinda em seu grupo de amigos.

— Sinto muito. Isso deve ter sido um choque — falei, minha cabeça ligeiramente inclinada para o lado.

Wells riu.

— Sim, definitivamente foi um choque. E embora meu primeiro dia com Ira tenha virado meu mundo de cabeça para baixo, prometi a ele e a mim mesmo que estaria ao seu lado pelo resto da vida.

— Como você sabia que o cara que o trouxe até você não estava mentindo sobre Ira ser seu filho? — perguntei, curiosa.

— Fiquei cético no começo, porque a mãe dele nunca disse nada sobre estar grávida. Terminamos de forma decente, então fiquei surpreso por ela nunca ter mencionado nada sobre gravidez. Nós dois estávamos tentando seguir em frente. Comparei fotos minhas quando bebê com Ira... — Wells riu e enfiou a mão debaixo da mesa de centro para tirar uma pequena caixa, de onde pegou duas fotos; olhou para elas por um momento antes de entregá-las para mim. — Diga-me qual é o Ira e qual sou eu — Wells desafiou, e à primeira vista, olhando para os dois nas cadeirinhas de bebês, fiquei confusa.

— Ah.

Grant riu ao meu lado.

— É louco o quanto eles se pareciam quando bebês, hein?

Assenti com a cabeça e ainda tentei descobrir qual deles era Ira, mas algo o denunciou.

A qualidade das fotos.

— Ele é definitivamente seu filho — comentei, devolvendo-lhe as imagens.

— Ele com certeza é — Wells concordou.

— E quanto mais velho Ira fica, mais eu vejo o pai nele — Rooney acrescentou, agora com os braços em volta do braço de Wells.

Ficou claro para mim agora por que Rooney foi aceita em sua pequena família. Com a morte da mãe de Ira, ela estava lá para dar a ele todo o amor que uma mãe poderia dar, mesmo que eles só se conhecessem um pouco mais tarde na vida. Eles eram felizes e era claro de se ver.

— E quanto a vocês dois? As coisas estão ficando sérias? — Wells perguntou, colocando as fotos de volta na caixa.

Olhei para Grant e senti minhas bochechas esquentarem como sempre acontecia quando a felicidade tomava conta de mim. Ele tinha um sorriso presunçoso nos lábios e, enquanto eu estava lutando para responder à pergunta de Wells sem me fazer de boba, Grant tinha uma resposta suave pronta.

— O quão sério pode estar. Assim que chegarmos em casa mais tarde esta noite, será nosso segundo encontro.

Eu também não me importava em chamar isso de encontro, embora pensar sobre esta noite, quando estivéssemos sozinhos, causava arrepios na minha pele.

— Nunca se é velho demais para começar a namorar de novo, hein? — Rooney o provocou.

— Acho que não. Só tinha que encontrar a mulher certa para isso.

Ouvi-lo dizer isso despertou coisas dentro de mim, me deixando querendo mais.

— E eu estava preocupado que teríamos que lidar com ele convivendo com Evie pelo resto de nossas vidas. — Assim que Wells disse isso, todos começaram a rir.

Embora eu tenha entendido a piada, vendo o quão intensa e... irritada com tudo Evie era, nunca fui de tirar sarro dos outros. Quando Grant me viu baixar o olhar, ele suspirou e passou o braço em volta dos meus ombros, puxando-me para si e beijando minha testa.

— Estamos apenas nos divertindo, gatinha. Evie é um pé no saco. Nós sabemos disso, e ela também.

Eu entendia isso, mas tinha certeza de que havia algumas características positivas na mulher.

— Os pais de Evie são donos do clube de campo na cidade. Eles são podres de ricos. Mas, por mais que eu queira dizer que Evie não é como as garotas ricas costumam ser retratadas, eu estaria mentindo. Ela é minha melhor amiga desde o jardim de infância e, mesmo na época, mandava nas pessoas — Rooney me disse. — Mas não é culpa dela. Seus pais não se importavam muito com ela e só se preocupavam com o clube e os projetos. Ela nunca ouviu um não e conseguia tudo o que queria. Ainda é assim.

Se Rooney disse isso sobre sua melhor amiga, era porque era verdade. O que eu achei triste.

— Quem são os pais dela? — questionei, me perguntando se já tinha ouvido seus nomes antes.

— Dan e Fleur Rockefeller — Rooney respondeu.

Bem, o sobrenome deles dizia tudo. Mas eu nunca tinha ouvido falar de nenhum dos dois antes e fiquei feliz por não fazer parte de uma família rica. Eu amava minha vida simples, e pensar que Grant deixou de estar com Evie, mesmo que ela fosse rica, dizia muito sobre ele. Afinal de contas, ela era uma garota bonita e poucos perderiam a oportunidade de fazer parte de uma família cheia de grana.

— Quer outra cerveja? — Grant perguntou, acariciando minha nuca com os dedos, e eu sorri para ele com um aceno de cabeça.

— Sim, por favor.

Quando ele se levantou, quis pedir licença para ir ao banheiro, porém, com Rooney e Wells envolvidos em uma conversa tranquila, não disse uma palavra e segui Grant até a cozinha.

Eu queria passar por ele para chegar ao corredor, mas ele me parou colocando a mão na parte inferior das minhas costas e me puxando para perto de si, nossos corpos pressionados um contra o outro.

— Você está se divertindo esta noite? — Grant perguntou, sua voz baixa e seus dedos passeando no topo da minha bunda.

— Estou me divertindo muito. Eu realmente gosto dos seus amigos — respondi, mantendo meu tom baixo. Coloquei as mãos em seu peito para me firmar.

— Eles também gostam de você. Foi uma boa ideia ter você aqui esta noite.

Eu concordei com sua declaração e, quando ele se aproximou, sorri e fechei os olhos em antecipação, sabendo exatamente o que viria a seguir.

Enquanto seus lábios cobriam os meus, ele se recostou no balcão da cozinha e me puxou para manter meu corpo colado ao seu. Grant segurou minha bunda com a mão direita e colocou a esquerda na parte de trás do meu pescoço, empurrando os dedos no meu cabelo e agarrando-o com força. Ele inclinou minha cabeça para trás e aprofundou o beijo, empurrando sua língua em minha boca, fazendo-me abrir meus lábios para permitir seu acesso.

Quando um gemido suave escapou de mim, ele agarrou minha bunda com mais força. Sua língua dançava com a minha, nosso beijo ficando mais intenso, e quando ele começou a girar sua língua em volta da minha em câmera lenta, eu derreti contra seu corpo.

Eu queria mais, porém, enquanto estivesse na cozinha de Rooney e Wells, as coisas não esquentariam. Queria ficar a sós com Grant, mas não era tarde e não queria estragar o momento com os amigos dele.

Quando ele quebrou o beijo, movi as mãos para segurar seu queixo e o puxei de volta para beijá-lo mais uma vez antes de finalmente colocar alguma distância entre nós.

— Quando voltarmos para minha casa, quero provar muito mais do que seus lábios — provocou, em voz baixa.

Mais uma vez, arrepios por todo meu corpo.

E como não queria ser a única a não provar, sussurrei:

— Eu também.

Uma risada profunda fez seu peito vibrar e, com um tapa na minha bunda, ele acenou em direção ao corredor.

— Vá fazer o que você tem que fazer antes de eu te despir aqui mesmo.

Sorrindo, dei mais um beijo em seus lábios e então o deixei parado lá e fui para o banheiro.

Minha calcinha estava molhada, e tudo por causa do beijo dele e do jeito que falava comigo. Eu tinha certeza de que Grant poderia facilmente me fazer gozar simplesmente falando sacanagens para mim, mas a maneira como ele me beijava e me tocava certamente contribuiu para isso.

# Capítulo 24

## GRANT

Tínhamos saído para a varanda, onde não precisávamos ter cuidado para não rir muito alto e acordar os meninos. Rigby estava encostada em mim com meu braço em volta dos ombros dela e sua nuca no meu peito. Estava ouvindo Rooney contar uma história sobre seus anos de faculdade, e percebi, pela maneira como ficou tensa, o quanto adoraria ir para a faculdade. Ainda dava tempo de cursar, mas eu sabia que trabalhar na creche era o que ela queria continuar fazendo.

— Parece como nos filmes — Rigby comentou.

— Ah, é era como nos filmes. Todas aquelas festas de fraternidade de que você ouviu falar? Sim, elas são ainda piores na vida real — Rooney disse, com uma risada.

— Lembro que nossos dias na faculdade eram bem mais calmos. Você se lembra? — Wells me perguntou depois de tomar um longo gole de sua cerveja.

— Me lembro de tudo como se fosse ontem. — Eu ri.

— Vocês tiveram muitas aulas juntos? — Rigby perguntou, olhando para mim.

— Algumas. Mas passamos muito tempo fora da faculdade juntos. Ficávamos no restaurante quase todas as noites — contou.

— Só vocês dois?

— Tivemos nossas namoradas — Wells disse, com um sorriso, e eu balancei minha cabeça com uma risada.

— Então houve mais de uma?

Rooney riu.

— Eles eram românticos incorrigíveis. Pelo menos foi o que Wells me disse. Então, quando uma garota se cansava, eles já tinham a próxima alinhada. Mas eles não tinham as mesmas intenções que as meninas.

Rigby entendeu.

— Vocês eram vistos como pegadores, mas tudo o que queriam era amor?

— Basicamente — Wells assentiu.

— Difícil de acreditar, certo? — Rooney perguntou.

Rigby sorriu para mim e deu de ombros.

— Eles terem sido românticos incorrigíveis na faculdade, sim. O fato de que as garotas faziam fila, nem tanto.

Eu ri e segurei seu queixo com a mão, então me inclinei para beijar seus lábios.

— Considere-se com sorte, gatinha.

Ouvi Rooney sussurrar algo para Wells, que respondeu com uma risada. Eles estavam falando sobre nós, mas não de forma negativa. Era novidade para eles me verem assim e, embora eu geralmente andasse por aí com a testa franzida, eu gostava desse meu lado.

Dando mais um beijo em seus lábios, me inclinei para trás e olhei nos olhos de Rigby, que estavam brilhando intensamente antes de sentar e puxá-la para perto de mim.

— Querem outra cerveja? — Wells então perguntou, se levantando, porém, antes que pudéssemos responder, Evie apareceu na porta da varanda, parecendo irritada como sempre.

— Puta merda — murmurei, virando a cabeça para ignorá-la e, em seguida, pressionando um beijo na cabeça de Rigby para mostrar a ela quem era minha prioridade.

— Não recebo mais convites? — A voz de Evie soou em meus ouvidos, embora ela não falasse muito alto.

— Pensei que você passaria a noite com seus pais — Rooney comentou, parecendo surpresa e insegura.

— Eu tive que sair de lá. Não aguentava mais ficar sentada à mesa com eles. Eles estão me deixando louca — Evie disse, então tudo ficou em silêncio por um tempo.

Rigby não teve nenhum problema em olhar para Evie e, enquanto eu continuava ignorando-a, ela exibia sua bondade.

— Você pode se sentar conosco. Estamos falando sobre a faculdade e como Grant e Wells arranjavam garotas para sair com eles.

Sim, Rigby estava em um nível totalmente diferente de simpatia, e era incrivelmente atraente.

Eu enfim consegui virar minha cabeça e olhar para Evie ainda parada na porta com os braços cruzados sobre o peito. Ela usava um vestido de cetim preto que tinha um corte baixo na frente e uma fenda que ia do quadril até o tornozelo.

Seus olhos encontraram os meus quando ela ignorou o convite de Rigby e, no momento em que arqueou as sobrancelhas, eu sabia que nada de bom sairia daquela boca.

— Então você está fodendo a babá agora? Que classe.

Rigby ficou tensa em meus braços e apertei seu ombro silenciosamente para que soubesse que não deveria levar as palavras de Evie a sério.

— Eu não estou fodendo com ela, Evie. Estou *saindo* com ela.

Foi uma declaração simples com um profundo significado e alto valor para mim; por um segundo, pensei que a tinha colocado em seu lugar e a silenciado.

Claro, eu estava errado.

Ela cuspiu uma risada e dirigiu suas próximas palavras para Rigby.

— Logo ele vai se cansar de você.

— Evie — Wells alertou, mas minha gatinha tinha suas próprias garras.

— Eu posso mantê-lo entretido — Rigby respondeu, em um tom casual. Enquanto Evie descia, Rigby subia e, ainda por cima, acrescentou:

— Você ainda gostaria de se sentar conosco?

Isso fez o sangue de Evie ferver e, depois de lançar um olhar zangado na minha direção, ela se virou e voltou para dentro com Rooney indo atrás.

— Caramba — murmurei, orgulhoso de Rigby por lidar com Evie do jeito que fez.

— Nem precisa mais tentar fazer com que ela fique longe de você — Wells me disse, divertido.

— Definitivamente não. — Eu ri, olhando para Rigby e dando outro beijo em seus lábios. — Agora mal posso esperar para levar você para casa.

# Capítulo 25

## RIGBY

Nosso plano era ir direto para a casa dele, porém, durante o passeio de carro, verifiquei Woodstock por meio do aplicativo que baixei no meu telefone depois que a mulher do abrigo me disse que seria uma ótima maneira de ficar de olho no seu cachorro quando você não estava em casa.

Eu verificava Woody a cada duas horas enquanto estava no trabalho e, embora ele já devesse estar dormindo, o vi vagando pelo meu apartamento com o controle remoto da televisão na boca, abanando o rabo grande por todo o lugar.

— Sinto muito por arruinar nossos planos. Ele geralmente não age assim — assegurei a Grant.

Ele tinha um sorriso presunçoso nos lábios, divertido com o que tinha visto no meu telefone.

— Aquela fera quebrou seu abajur simplesmente passando ao lado dele. Melhor conferir o que mais ele destruiu antes que piore — disse.

Assenti com a cabeça, olhando para o meu telefone. Woodstock não estava mais em cena, e suspirei olhando para o vidro quebrado no chão da sala.

— E você não quer que ele se machuque. Não me importo de ficar na sua casa esta noite — Grant acrescentou.

Sorrindo, fechei o aplicativo e deixei meu telefone cair no colo.

— Ele geralmente não é tão ativo tão tarde da noite. Espero que esteja bem — falei, principalmente para mim mesma.

— Ele provavelmente só está sentindo sua falta.

Isso pode ser uma possibilidade. Desde que o trouxe do abrigo, passo todas as noites em casa para lhe fazer companhia. Mas quando comecei a sair com Grant, passei a não estar em casa com tanta frequência.

Depois de estacionar em frente ao complexo de apartamentos, subimos as escadas para chegar à minha porta e já ouvi Woodstock farejando a fresta.

— Sou eu, Woody. Estou de volta em casa — chamei, com calma, e abri a porta.

Ele nunca pulava quando estava animado. Algo pelo qual eu era grata ou acabaria no chão toda vez que ele o fizesse. Em vez disso, abanou o rabo e se encostou em mim com todo o peso do corpo, o que sempre me empurrava contra a parede.

— Eu sei, estou de volta — afirmei, acariciando suas costas e tentando empurrá-lo para longe de mim. — Vamos ver a bagunça que você fez enquanto eu estava fora.

Woody não se importou muito com Grant e, depois de cheirar sua mão, se virou e se afastou de nós.

— Ele não gosta de mim — Grant afirmou, me fazendo rir.

— Não, ele gosta de você. Só gosta mais de crianças e mulheres. Sempre foi assim, até no abrigo.

Quando entramos na sala, Woodstock estava sentado ao lado do vidro quebrado, ainda abanando o rabo como um menino orgulhoso.

— Aquele era um belo abajur, Woody. E onde você deixou o controle remoto?

— Ali — Grant respondeu, com uma risada, apontando para ele no sofá.

Havia impressões de dentes por todo o controle remoto.

— Foi delicioso, pelo menos? — perguntei, mas esperaria uma eternidade por uma resposta.

— Deixe-me ajudá-la a limpar isso — Grant ofereceu e, enquanto nos livrávamos da bagunça de Woody, ele decidiu que, agora que eu estava de volta, era hora de ir dormir.

— Não é a noite que você planejou para nós, é?

Grant deu de ombros.

— Eu ainda estou passando com você, então tudo bem.

Assim que a bagunça acabou, peguei duas cervejas da geladeira e as levei para o sofá onde ele já estava sentado.

— Eu me diverti na casa da Rooney esta noite — falei, me sentando ao lado dele.

— É bom ouvir isso. Tenho certeza que ela vai convidar você mais vezes de agora em diante. Ela gosta de você, e Wells também.

Eu sorri com suas palavras.

— Gosto deles também.

— Não pensei que você teria que lidar com Evie. Você foi bem — elogiou, colocando a mão esquerda na minha coxa e apertando suavemente.

— Acho que ela não gostou de te ver comigo. Parecia desapontada.

— Ela é uma pessoa amarga. Em geral, não apenas por minha causa. Não é como se eu tivesse prometido a ela algo mais do que uma simples foda.

Apertei meus lábios em uma linha e me perguntei se falar sobre ela era realmente necessário; embora eu tenha tocado nesse assunto, decidi não continuar.

— Então, este é o nosso segundo encontro — comentei, me lembrando de ele dizer o mesmo quando ainda estávamos com seus amigos.

Grant assentiu, então manteve os olhos nos meus ao tomar um gole de sua cerveja. O que quer que ele fizesse, parecia bonito fazendo isso, mesmo que fosse simplesmente bebericar uma cerveja.

— E não será o nosso último. Acho que já estabelecemos isso — afirmou, colocando sua garrafa na mesa de centro.

Com um braço em volta dos meus ombros, ele me puxou para mais perto e deu um beijo em meus lábios, pegando minha cerveja com a outra mão para colocá-la ao lado da dele. Ele me beijou novamente sem dizer mais uma palavra e, quando inclinei a cabeça para o lado para aprofundar o beijo, ele colocou a mão direita na minha coxa de novo, passando lentamente os dedos por baixo da minha saia.

Nós dois havíamos antecipado esse momento e eu estava animada para que finalmente acontecesse.

Senti seus dedos roçarem o tecido fino da minha calcinha e, quando deslizaram ao longo da minha fenda, Grant pressionou dois dedos contra o meu clitóris e começou a circulá-lo lentamente. Um gemido escapou da minha garganta e empurrei meus quadris contra sua mão para sentir mais. Ele continuou a circular meu clitóris com a ponta dos dedos, provocando-me, o calor entre minhas pernas subindo. Sua língua roçou ao longo dos meus lábios e, quando abri a boca, ele empurrou sua língua para dentro e a moveu contra a minha.

Precisando de mais de seu toque, empurrei meus quadris contra sua mão novamente. Ele entendeu a deixa e me empurrou para deitar de costas; com as duas mãos agora na minha calcinha, ele a puxou pelas minhas pernas.

Minha saia estava amassada em volta dos meus quadris, expondo minha boceta.

— Incrivelmente linda — Grant murmurou, olhando de cima. Para provocá-lo, abri mais minhas pernas.

— Você queria provar — eu o lembrei e, sem hesitar, ele se ajoelhou na frente do sofá e colocou as duas mãos em meus quadris, me puxando para mais perto da beirada e enterrando a cabeça entre minhas pernas.

Grant lambeu minhas dobras e chupou meu clitóris sensível antes de passar a língua contra ele. Grunhidos profundos fizeram arrepios percorrerem minha pele e, com uma das mãos em seu cabelo, tentei agarrá-lo para ter uma maneira de controlá-lo.

Eu adorava o que ele fazia, mas às vezes uma mulher precisava mostrar ao homem exatamente o que queria.

— Ah, Deus! — gritei, quando uma faísca fez meu clitóris pulsar.

Ele estava empurrando minha coxa direita para me impedir de fechar as pernas. Com a esquerda, moveu os dedos entre minhas dobras e, uma vez que estavam molhados, os empurrou para dentro da minha boceta, deixando-os deslizar para dentro sem aviso prévio.

Um aviso que eu não queria, porque era muito bom.

— Ah, sim! — gemi, levantando meus quadris para sentir seus dedos mais fundo.

Já faz um tempo para mim, mas todo esse período sem ser tocada valeu a pena.

Abri meus olhos para vê-lo me fazer sentir tão bem, mas me fixei em seu olhar escuro, que me observava atentamente. Outro gemido profundo o deixou e, enquanto ele estalava sua língua mais rápido, seus dedos foram espremidos pelas minhas paredes.

— Tão apertadinha — Grant murmurou, lambendo minha entrada e provando tudo que saía de mim. — E tão doce...

Eu estava maravilhada com quão molhada estava. Nenhum homem jamais conseguiu me deixar assim simplesmente me fodendo com os dedos.

— Eu quero provar — falei, respirando pesadamente mesmo que não tivesse gozado ainda. Ele estava me deixando sem fôlego, e eu mal podia esperar para descobrir como ele me faria sentir quando chegasse ao clímax.

Grant sorriu, se movendo para cima e tirando seus dedos dentro de mim mais uma vez antes de levá-los à minha boca.

— Gatinha safada — murmurou, então enfiou os dedos na minha boca.

Deixei minha língua girar em torno deles para provar cada gota de mim e, quando afastou os dedos novamente, colocou-os de volta na minha boceta.

— Como posso ser bom quando você está sendo tão incrivelmente safada?

— Eu não quero que você seja bom — sussurrei de volta. — Quero que me faça gozar.

Não precisei falar duas vezes.

Com a cabeça de volta entre as minhas pernas, ele lambeu meu clitóris e empurrou seus dedos para dentro de mim, fazendo meus quadris estremecerem e meu orgasmo crescer.

— AH! — gemi, cobrindo minha boca com uma das mãos, não querendo acordar ninguém neste prédio depois da meia-noite.

Minhas pernas começaram a tremer, e eu sabia que não demoraria muito até que sentisse o calor passar da minha barriga para o resto do meu corpo.

— Goze — exigiu, com os olhos de volta nos meus.

Tentei segurar meu orgasmo, intensificá-lo, não me deixando chegar ao clímax, mas meu plano não durou muito.

Fechei os olhos e inclinei a cabeça para trás, apoiando no braço do sofá; enquanto meu orgasmo explodiu sobre mim, Grant continuou a passar a língua contra meu clitóris.

## GRANT

Vê-la em puro estado de êxtase fez meu pau latejar pra caralho.

Seus fluidos estavam em meus lábios e, quando me movi sobre ela para beijá-la, Rigby se agarrou a mim, suas pernas ainda tremendo. Ela me provocou sem perceber pela forma como gozou e saber o que a fiz se sentir assim em tão pouco tempo me garantiu que eu estava fazendo tudo certo.

Rigby queria isso, e ela me fez querer muito mais.

Quebrei o beijo e olhei em seus olhos.

— Quero que minha primeira vez transando com você seja em um lugar mais confortável, mas, caramba... vamos transar aqui mesmo se você deixar.

Seus olhos brilharam com luxúria quando um sorriso provocador apareceu em seus lábios.

— Você não precisa pedir.

*Graças a Deus.*

Tirando minha camisa, joguei-a no chão e me inclinei sobre Rigby novamente, beijando seu pescoço e chupando a pele, suas mãos se movendo por todo o meu peito e barriga. Embora eu não estivesse trabalhando no momento, ainda estava em forma, o que Rigby notou ao passar os dedos pelos meus músculos.

Quando a sua mão segurou meu pau por dentro da calça, eu sabia que estava indo devagar demais para ela. Depois de desabotoar a minha calça, me afastei do sofá para me levantar e me livrar da peça, seguida pela minha cueca boxer. Com a mão envolvendo a base, movi-a ao longo do meu eixo e belisquei a ponta com força suficiente para aliviar a tensão.

Os olhos de Rigby estavam fixos em meu pau e, antes que eu pudesse me abaixar em cima dela novamente, ela se sentou na minha frente e colocou as duas mãos em minhas coxas.

— Minha vez — falou, com a voz baixa.

Quando se inclinou, coloquei a mão ao lado de sua cabeça e a levei até a ponta do meu pau, observando seus lábios o envolverem.

— Linda — sussurrei.

Sua língua saiu e lambeu a ponta, provando minha excitação.

— Se você continuar provocando assim, vou assumir o controle dessa boca.

Como ela não disse nada, tomei isso como um convite e, com as duas mãos segurando sua cabeça em ambos os lados, empurrei para frente enquanto ela tomava meu pau em sua boca. Empurrei os quadris para frente o suficiente para atingir o fundo de sua garganta, com ela não tendo um único problema em tomar todo meu comprimento.

— Porra — gemi, com meus olhos nos dela.

Movi meus quadris para trás novamente e, depois de permitir que ela respirasse, empurrei para frente para encher sua boca.

— Você gosta disso, hein? Puta merda, gatinha.

Firmando sua cabeça com ambas as mãos, continuei a entrar e sair de sua boca com meu pau deslizando ao longo de sua língua. Era o paraíso. Quando minha ponta empurrou a parte de trás de sua garganta novamente, ela fechou os olhos e prendeu a respiração para não engasgar — considerando o tamanho do meu pau, ela conseguiu muito bem.

— É isso. Eu gozaria nessa sua boca quente, mas quero ver quão forte sua boceta pode me apertar.

Saí de novo de sua boca e ela imediatamente se inclinou para trás, me convidando com as pernas bem abertas.

— Você quer isso, hein?

— Sim, por favor — Rigby assentiu.

Rindo, esfreguei meu pau antes de pegar sua blusa e puxá-la sobre sua cabeça. Eu queria ver mais de seu corpo. Trouxe sua saia pelas pernas, que se livrou do sutiã, expondo seus belos seios.

— Não precisamos de camisinha — declarou, fazendo-me desviar os olhos de seus mamilos. — A menos que você queira — Rigby acrescentou, vendo a leve hesitação em meus olhos.

— Você está tomando pílula?

Ela assentiu.

Graças a Deus. Nada de irmão ou irmã para Benny tão cedo.

No entanto, a pílula nem sempre era cem por cento eficaz para impedir que uma mulher engravidasse. Ainda assim, eu queria estar dentro dela; ter meu pau enterrado profundamente dentro de sua umidade.

Inclinei-me e beijei seus lábios mais uma vez antes de me posicionar entre suas pernas, mas, antes que eu pudesse ficar confortável, ela colocou as mãos no meu peito para me impedir.

— Eu quero estar no topo — Rigby disse, com tanta confiança que teria assustado qualquer outro homem.

— Porra — murmurei, sentindo meu pau pulsar novamente. — Tem certeza?

Ela baixou o olhar para o meu eixo e franziu os lábios, pensando em sua resposta com cuidado.

— Sim, tenho certeza. Vai doer de qualquer maneira no começo.

— Você está preocupada? — Eu ri.

Ela bufou.

— Você já viu o seu pau?

Orgulhoso do tamanho do meu eixo e divertido com sua expressão facial, me levantei para sentar no sofá ao lado dela e a puxei para cima de mim, fazendo-a sentar em meu colo. Observei atentamente seu rosto enquanto ela se posicionava em cima de mim e, com uma das mãos em volta da minha base, ela direcionou minha cabeça para sua entrada.

— Apertadinha pra caralho — gemi, sentindo sua entrada apertar minha cabeça.

De jeito nenhum eu deslizaria para dentro dela facilmente, não importa quão molhada estivesse.

Um gemido suave escapou dela ao descer lentamente; com sua boceta cobrindo meu pau, me inclinei para trás e tentei relaxar, embora fosse ela quem precisasse fazer isso.

— Você está toda tensa, Rigby. Tente relaxar ou isso só vai te machucar. Eu não quero isso — sugeri, segurando seus quadris com ambas as mãos.

— A dor é o que me faz sentir bem — contou, seus olhos fixos nos meus.

Puta merda.

— É assim mesmo? — Arqueei uma sobrancelha.

Quando ela assentiu e se moveu novamente, dei-lhe mais uma chance de mudar de ideia. Porém, quando não o fez, lentamente empurrei seus quadris para baixo para fazê-la deslizar ao longo do meu comprimento.

— AH, DEUS! — gritou, inclinando a cabeça para trás e fechando os olhos com força.

Eu tinha um sorriso satisfeito estampado em meu rosto e, com sua boceta me apertando com força, tentei manter a calma e não me deixar entrar nela muito rapidamente.

Rigby já estava fazendo coisas comigo, e eu ainda nem tinha me mexido. Quanto mais devagar nos aproximássemos disso, mais eu duraria.

E eu queria durar.

Pra. Caralho.

# Capítulo 27

## RIGBY

Talvez tenha sido um erro pedir para ficar por cima.

Eu estava confiante e queria me sentir poderosa, porque sempre fui assim com os outros caras, mas tudo o que senti enquanto Grant estava enterrado profundamente dentro de mim era uma dor aguda e lancinante.

Eu estava tentando me ajustar em cima dele e fazer isso ser bom para nós dois. Enquanto ele estava afastando minhas paredes, eu estava apertando seu pau.

— Você está bem? — perguntei, esperando que não o estivesse machucando muito.

— Porra — rosnou, olhando nos meus olhos. — Nunca estive melhor, gatinha. Você está apertando meu pau da maneira certa.

Fiquei aliviada por ele estar bem e, enquanto Grant me ajudava a me ajustar em cima de si com as mãos nos meus quadris, eu sabia que era apenas uma questão de tempo até que pudéssemos nos mexer.

— Rebole seus quadris — sugeriu e, quando fiz isso, nós dois gememos. — Pooooorra — murmurou.

Eu estava molhada o suficiente para deslizar ao longo de seu pau, mas não subia e descia muito, querendo mantê-lo dentro de mim enquanto nos acostumávamos com o que estávamos sentindo.

Era esmagador, mas da melhor maneira possível.

— Assim? — perguntei, ainda rebolando meus quadris com suas mãos me segurando.

— Sim, continue — Grant me encorajou, e então soltou outro palavrão. — Puta que pariu.

Ele passou um braço em volta da parte inferior das minhas costas e me puxou consigo, se sentando mais ereto e recostando no sofá com as pernas afastadas.

— Você é maravilhosa, gatinha. Mas, se continuar apertando intencionalmente meu pau com essa boceta molhada, não vou me segurar, não importa o quanto doa.

Deveria ter sido um aviso. Um que mais tarde eu me arrependeria de não ter levado a sério.

— Talvez eu queira que doa — sussurrei, mantendo meus olhos fixos nos dele.

— Não diga isso — Grant rosnou, seu rosto dolorido enquanto eu me impulsionava para cima e deslizava de volta para baixo.

— Eu quero que você me foda, Grant. — Inclinei-me para mais perto e beijei seus lábios, então sussurrei contra eles: — Por favor, me foda.

— Tão educada... — atestou, com uma risada.

A princípio, não achei que ele realmente aceitaria minhas palavras, porém, segundos depois, eu estava deitada de costas com ele pairando sobre mim. Era como se um interruptor mudasse de um momento para o outro e não houvesse mais como voltar atrás.

Meu sofá era bastante grande, mas Grant tinha um pé no chão e estava ajoelhado no sofá com a outra perna, posicionando-se da maneira certa para tornar isso o mais confortável possível para nós dois. Nenhuma palavra mais foi necessária e, com uma das mãos segurando meu queixo e a outra na minha cintura, ele se afastou e me penetrou sem piedade.

Gritei com a dor aguda rasgando através de mim, mas tão doloroso quanto foi no começo, aliviou rapidamente e se transformou em uma sensação intensa que eu não queria que parasse.

Fechei os olhos e arqueei as costas quando ele se afastou novamente, e senti o quanto minha umidade cobria todo o seu pau. Um grunhido o deixou quando Grant me penetrou novamente, desta vez mais lento, embora mais profundo do que antes.

— Olhe para mim, Rigby — exigiu, sua voz profunda.

Quando encontrei seu olhar novamente, havia desejo suficiente nele por nós dois, o que só intensificou o que eu estava sentindo naquele momento.

— Meu Deus, você é linda pra caralho — murmurou.

Desta vez, foi Grant quem desviou o olhar do meu e, ao se inclinar, puxou um mamilo para dentro da boca e o chupou, começando a me penetrar em um ritmo mais constante.

— Ah, Grant! — gemi, quando ele passou a língua contra o meu mamilo duro.

Coloquei as duas mãos na parte de trás de sua cabeça e agarrei seu cabelo o mais forte possível; com a tensão dentro de mim crescendo, tive que me concentrar na minha respiração, porque não havia muito disso acontecendo enquanto ele estava me fodendo.

Seus lábios se moveram para o meu outro seio, puxando meu mamilo em sua boca, e dando-lhe a mesma atenção que o outro.

Embora eu estivesse me acostumando com o seu tamanho, fiquei impressionada com o que ele estava fazendo comigo sempre que sua cabeça atingia algo dentro de mim. A sensação era incrível, mas eu não tinha ideia de como cumprir aquela estimulação que lentamente me frustrava.

— Grant, por favor — implorei, sem saber exatamente pelo que estava implorando.

Senti seu pau pulsar contra minhas paredes a cada impulso de seus quadris e, com minhas costas ainda arqueadas, consegui que ele acertasse exatamente o mesmo ponto uma e outra vez.

Sua boca deixou meu mamilo, seus lábios se moveram ao longo do meu pescoço e finalmente pressionaram meus lábios. Grant me beijou profundamente, movendo sua língua em minha boca e ao redor da minha. Ele grunhiu novamente, suas estocadas acelerando, e depois de quebrar o beijo, se empurrou para cima com as duas mãos em meus quadris.

— Olhe para mim — exigiu novamente.

Deixei meus olhos vagarem de seu pau até seu abdômen e sobre seu peitoral antes de encontrar seus olhos. Ele estava focado em mim, e eu amei como isso não era apenas sobre ele. Era sobre nós, e Grant ligava para minhas necessidades, não importando quão mandão ele gostasse de ser.

— Continue me olhando assim. Porra... você está tão molhada. Meu pau desliza para dentro e para fora dessa sua bocetinha apertada.

Ele moveu a mão direita e segurou minha bochecha, empurrando o polegar em minha boca para umedecê-lo; quando o afastou, levou-o ao meu clitóris e começou a circulá-lo lentamente.

— Grant, por favor — implorei outra vez, estendendo a mão para segurar seu pulso, mas deixando-o continuar a me provocar.

— Vou fazer você gozar no meu pau antes que eu encha essa doce boceta com meu gozo.

Mais uma vez, parecia uma promessa que ele com certeza cumpriria e, quando seu polegar circulou meu clitóris e seu pau atingiu aquele ponto certeiro dentro de mim, eu não conseguia mais manter os olhos abertos.

A satisfação que eu ansiava estava lentamente sendo saciada por causa dele e, quando um formigamento apareceu no fundo da minha barriga, eu sabia que estava perto.

— É isso, gatinha. Goze no meu pau — Grant encorajou, o que rapidamente me levou ao limite.

Meus dedos do pé tensionaram e meu aperto em seu pulso aumentou.

— Ah, sim! — gritei, sentindo meu orgasmo tomar conta de mim.

Começou nas pontas dos pés e subiu pelas minhas pernas, que estremeceram com as faíscas causadas pelo meu clitóris pulsante; quando o orgasmo atingiu meu peito, meu coração disparou.

— Linda pra caralho — Grant rosnou, e eu podia sentir que ele estava perto também.

Inclinou-se sobre mim, mas manteve seus dedos em meu clitóris, brincando com ele enquanto eu estava em puro êxtase.

— Tão apertada — sussurrou contra meus lábios, movendo seus quadris mais devagar, porém penetrou mais fundo para continuar atingindo aquele ponto dentro de mim.

Eu poderia dizer que era tão bom para ele quanto para mim, mas, além de apertar minhas paredes em torno de seu pau, eu não sabia mais o que fazer para nos ajudar a tornar isso mais intenso.

Grant parou depois de empurrar para dentro de mim mais uma vez e, quando me beijou, senti seu gozo quente me encher. Seu pau latejava e, embora eu não gozasse uma segunda vez, tê-lo gozado dentro de mim foi o suficiente.

# Capítulo 20

## GRANT

— Vai doer por um tempo — Rigby sussurrou.

Ela estava em meus braços no sofá onde acabamos de fazer, na minha opinião, o melhor sexo de todos. Claro, já transei muito na vida, porém, quando você encontra alguém que faz sexo não só pela foda, mas também pelos seus sentimentos, é ainda melhor.

Estendi a mão entre nós e acariciei a pele macia em sua coxa antes de passar os dedos ao longo de sua boceta nua. Não tínhamos nos vestido novamente depois que a limpei com um pano umedecido. Em vez disso, nos enrolei em um cobertor e a segurei perto de mim, um de frente para o outro.

— Deveria ter ido mais devagar — falei, com a voz baixa.

— Não. Nada de devagar. Teria doído depois de qualquer maneira — ela disse, com um sorriso suave nos lábios.

Movi meus dedos ao longo de suas dobras e circulei seu clitóris antes de colocar a mão de volta em sua bunda para cobri-la.

— Vou tentar ser mais gentil da próxima vez. — Não só por causa dela, mas também por minha causa. Rigby era tão apertada... e pensei que minha resistência era alta, mas ela dificultou bem para eu não gozar muito rápido.

— Da próxima vez, acho que a cama será um lugar melhor para fazer isso — sugeriu.

Eu ri, mas não necessariamente concordei com ela. Seu sofá era grande o suficiente, para foder ou abraçar. Era confortável para fazer as duas coisas.

— Tudo que eu preciso é saber que haverá uma próxima vez.

Ela me olhou atentamente enquanto eu dizia essas palavras e, embora parecesse satisfeita por eu ter dito isso, havia um lampejo de insegurança em seus olhos.

— O que, você achou que eu esperava que fosse uma noite só? — perguntei, divertido.

— Não. Quer dizer... nós não conversamos sobre isso.

— Sobre o sexo que faríamos?
— Sobre o que aconteceria depois.
Então ela pensou que eu correria depois de foder com ela?
— Vale a pena voltar para uma segunda rodada — afirmei, em um tom casual, querendo provocá-la novamente.
— Ah. — Rigby baixou o olhar e estudou meu peito, tirando a mão da minha barriga. Justo quando pensei que a tinha dado uma dentro, ela franziu a testa e olhou para mim com uma expressão séria. — Eu valho mais do que isso e você sabe. E o sexo não foi *apenas sexo*. Foi incrível e, se quiser transar comigo só por diversão, então não sou a mulher para você.
Eu sorri com sua frustração e ri quando o vinco entre suas sobrancelhas se aprofundou.
Quando percebeu que eu estava brincando com ela, suspirou e revirou os olhos para mim.
— Meu Deus, eu deveria saber que você estava brincando — murmurou.
Sorrindo, a puxei com força contra mim e beijei sua testa, a sentindo relaxar contra mim depois de ficar tensa.
— Você tem que parar de brincar comigo quando as coisas estão tão sérias — resmungou, enterrando o rosto na curva do meu pescoço.
— Me desculpe. — Eu ri, pressionando outro beijo em sua cabeça. — Vou parar, prometo.
Colocando a mão na parte de trás de sua cabeça, a fiz olhar para mim novamente, segurando seu cabelo com força e inclinando a cabeça para trás. Quando seus olhos encontraram os meus, fitei-a com uma expressão séria.
— Eu sei que pode ser difícil de acreditar com o passado que tive com Evie, e sinto muito por trazê-la de volta, mas o que tive com ela não é o que quero com você. Eu quero te levar para mais encontros. Encontros de verdade. Só você e eu. Quero ter você por perto sempre que possível e, o mais importante, quero que Benny também a conheça melhor.
Dei-lhe tempo para absorver minhas palavras e, em seguida, ela sorriu para mim novamente.
— Esse é um grande passo — sussurrou.
— Eu sei que é. Nunca pensei que deixaria ir tão longe, mas meu filho está se apegando. Ele confia em você na creche e confia em você perto de mim e de meus amigos. E, se você deixar, vou mantê-la por perto porque também confio em você.
Seu sorriso cresceu.

— Obrigada. Eu sei o quanto isso significa para você.

Sim, mas eu sabia que era a coisa certa.

Inclinei-me e beijei seus lábios suavemente, sentindo sua mão se mover da minha barriga para o meu peito novamente. Minha mão esquerda ainda estava segurando sua bunda, e a apertei suavemente, a puxando para mais perto. Meu pau pressionou contra sua barriga e, antes que eu me deixasse ficar duro novamente, quebrei o beijo e movi minha mão para seu quadril.

— Deixe-me pegar algo para bebermos — pedi, levantando-a com cuidado e deixando-a no sofá com o cobertor cobrindo-a.

Ela deixou seus olhos vagarem por todo o meu corpo enquanto eu caminhava.

— Você também pode ficar parado aí. Eu ficaria de boa com isso.

Eu ri e neguei com a cabeça sem dar resposta. Quando coloquei minha cueca boxer, ela suspirou.

— Eu não me importaria se você andasse no pelo meu apartamento.

— Claro que não. Mas, com aquela fera me observando de lá, prefiro manter meu pau escondido antes que ele pense que é um brinquedo. — Indiquei com a cabeça em direção a Woodstock, que estava deitado em sua grande cama de cachorro, com seus olhos caídos e expressão irritada.

— Ele já jantou — assegurou.

— Ele parece com fome — afirmei, com uma sobrancelha arqueada.

— Ele sempre parece faminto. Tire isso — cutucou, pegando minha cueca boxer.

Agarrei a mão dela e me inclinei para beijar seus lábios. Antes que ela pudesse me despir, fui até a cozinha e abri a geladeira.

— Cerveja? — perguntei.

— Sim, por favor.

De volta à sala, Rigby estava sentada lá com o cobertor enrolado na parte superior do corpo e as pernas embaixo dela. Quando lhe entreguei uma cerveja, ela me agradeceu com o sorriso mais doce e depois apontou para algo debaixo da mesinha de centro.

— Já que estamos nos conhecendo, quero mostrar uma coisa. — Ela pegou uma caixa, segurando a cerveja em uma das mãos e, para ajudá-la a não derramar, peguei a garrafa e estendi para ela.

— Uma caixa de sapatos — provoquei-a.

— Uma caixa de sapatos muito especial. Encontrei há algum tempo no meu armário — explicou e, quando levantou a tampa, vi fotos e roupas de bebê dentro. — Não costumo falar sobre isso com outras pessoas além de Maddie, mas já que você confia em mim perto de você e de Benny, quero confiar em você perto de mim e do meu passado.

Ela enfiou a mão na caixa enquanto eu colocava nossas cervejas na mesa de centro e, assim que segurou a pilha de fotos, olhou para mim com uma emoção em seus olhos que não consegui distinguir.

— Eu cresci em um orfanato. Não tenho ideia de quem são meus pais verdadeiros, mas os pais que tive eram... ok.

Algo dentro de mim ficou pesado de repente. Como se eu tivesse feito algo ruim sem nunca ter feito parte de sua vida antes.

— Sinto muito, gatinha — falei, minha voz baixa. Segurei a parte de trás de sua cabeça e me inclinei para beijar sua têmpora.

— Tudo bem. Minha infância foi boa e saí da casa de meus pais adotivos assim que fiz dezoito anos. Olha, esta era eu por volta dos quatro anos. A idade de Benny — comentou, apontando o dedo para a primeira foto.

Olhei para ela e sorri de imediato quando vi uma Rigby bebê sentada na grama com um coelhinho na frente dela.

— Adorável. Eu diria que você não mudou nem um pouco.

— Mudei sim — protestou, com uma carranca.

— Você tem razão. As bochechas gordinhas sumiram. Fora isso, nada mudou muito. Você ainda é adorável.

Quando ela me mostrou a próxima foto, apontou para os dois adultos ao seu lado.

— Esses são meus pais adotivos.

— Você ainda fala com eles?

— Não. Mandamos mensagens uns para os outros em nossos aniversários ou datas festivas, mas não nos vemos desde que me mudei.

— Então seu relacionamento com eles não era bom? — questionei.

Ela deu de ombros e hesitou em responder a princípio.

— Eles tiveram seus momentos. Eram bons pais, porém, quanto mais velha eu ficava, menos atenção eles me davam. Não que eu precisasse, mas ficou claro que os dois ficaram extremamente empolgados no dia em que receberam a notícia de que iriam adotar dois bebês que precisavam de um lar. Daquele dia em diante, eu não era mais tão importante.

Não faço ideia de por que as pessoas permitiriam que pais adotassem filhos pelos quais não tinham amor. Se eu fosse criar uma criança, ela ficaria para o resto da minha vida, especialmente quando seus pais verdadeiros não estivessem por perto. A ideia de ela ser negligenciada assim me deixou com raiva, mas Rigby estava feliz, o que era tudo o que importava.

— Olhe para esta. — Ela me mostrou a próxima foto para mudar de assunto. — Eu adorava brincar lá fora.

Na foto, Rigby estava brincando em uma caixa de areia enquanto seus pais estavam sentados ao redor dela e, mais ao fundo, havia um homem de terno.

— Quem é aquele? — indaguei, apontando para o homem.

— Não sei. Tenho tentado lembrar quem era aquele homem, mas não consigo. Ele está na maioria das fotos — revelou, mostrando-me as próximas.

Olhei para elas e notei o mesmo homem parado ao fundo na maioria delas. Quando vi metade de seu rosto, aparecendo apenas a parte inferior, foi o suficiente para eu reconhecer o cara.

# Capítulo 29

## RIGBY

Grant agiu estranho ontem à noite quando mostrei a ele minhas fotos de bebê, mas não perguntei o motivo. Estávamos ambos cansados e já era tarde, e depois de mostrar a ele o que mais eu tinha naquela caixa de sapatos, fomos para a cama.

Quando acordamos esta manhã, não havia muito tempo para aproveitarmos o tempo juntos, porque Wells já havia enviado uma mensagem para dizer que os meninos estavam acordados e com fome.

Voltamos para o apartamento de Wells e Rooney e, no segundo em que entramos pela porta da frente, Benny correu em nossa direção com um sorriso.

— Oi, amiguinho! Você teve uma festa do pijama divertida com Ira?

— Sim! Brincamos, dançamos e assistimos um filme! — Benny disse a seu pai, com os olhos arregalados.

— Parece muito divertido. E agora vamos tomar café da manhã todos juntos — Grant disse.

— Rigby vai comer conosco também?

Eu sorri e assenti com a cabeça quando ele encontrou meus olhos.

— Eu vou comer com vocês, sim. Está com fome?

Benny assentiu e, quando olhou para Grant, sussurrou em voz alta:

— Onde você dormiu, papai?

Grant riu e olhou para mim antes de responder ao filho.

— No apartamento de Rigby. Sabe quem mais estava lá?

Benny negou com a cabeça.

— Woodstock, o cachorro de Rigby. Lembra dele?

— Sim! O grandão!

Eu ri baixinho e acariciei as costas de Benny.

— Ele sentiu sua falta.

— Verdade? — Benny perguntou, surpreso. — Ele falou?

— Ah, sim. Perguntou muito sobre você. Talvez vocês dois possam ter um encontro para brincar novamente em breve — sugeri.

Desejo ARDENTE

— Ira pode vir também?

— Claro!

— Talvez no próximo fim de semana, hein? Vamos tomar café agora — Grant falou, colocando o menino no chão e deixando-o correr para a cozinha.

Grant agarrou minha mão e entrelaçou seus dedos nos meus antes de caminhar pelo corredor comigo. Quando entramos na cozinha, Rooney nos cumprimentou com um sorriso.

— Oi, pessoal. Tiveram uma boa noite? — perguntou, seus olhos caindo para nossas mãos. — Parece que as coisas ficaram muito sérias.

— Com certeza — Grant respondeu, beijando minha têmpora e sorrindo para mim.

— Maravilha. Acho que somos amigas agora — Rooney decretou, com um sorriso.

— Vamos lá, meninos. O café da manhã está pronto! — Wells chamou ao entrar na cozinha. Quando nos viu, ele sorriu abertamente. — Acho que eu estava certo. Vocês estão juntos?

— Estamos namorando — Grant afirmou, e acrescentou: — É algo sério.

Ele ser tão aberto e honesto sobre nós fez meu coração disparar como um louco, e eu gostaria que conhecer pessoas fosse tão fácil para os outros quanto foi para mim com Grant.

Talvez porque ele e eu tínhamos uma conexão especial, embora nos conhecêssemos há pouco tempo.

Parecia certo.

Segurar sua mão parecia certo.

E tomar café da manhã com ele, seus amigos e Benny parecia certo.

— Vem, vamos sentar — Rooney convidou, colocando suco de laranja na mesa.

— Posso ajudar? — perguntei, querendo me sentir mais útil.

— Ah, de jeito nenhum. Sente-se e sirva-se de uma xícara de café. Você é nossa convidada.

Sorri e deixei Grant me levar até a mesa e, ao me sentar, Benny e Ira correram para a cozinha.

— Olá — saudei, quando Ira olhou para mim, e depois de um olhar inseguro para seu pai, sorriu de volta para mim e acenou.

— Olá.

— Você se lembra do nome dela, amigão?

Ira colocou o dedo nos lábios e os tocou suavemente, pensando cuidadosamente em sua resposta. Ele ainda era pequeno, e eu não ficaria brava com o fato de ele ter esquecido quem eu era depois que cuidei dele e de Benny naquela noite.

— Uhmmm, talvez Rigby?

— Muito bem, Ira! Você lembrou — Rooney elogiou.

— Lembrei o seu nome — Ira então me disse com orgulho e assenti, estendendo a mão para bater na sua.

— Muito bem — falei. Depois que Ira e eu cumprimentamos, Benny quis fazer o mesmo.

— Eu também!

Estendi a mão para ele e, depois que também batemos uma na outra, ele repetiu o mesmo com Benny.

— Você rapidamente se tornará a favorita deles — Wells comentou, com um sorriso.

— Rigby é ótima com crianças — Grant acrescentou, sorrindo para mim.

— Ela não estaria trabalhando em uma creche se não fosse. Adoro crianças, mas acho que nunca conseguiria estar em um emprego desses — Rooney falou.

— Eu penso o mesmo. As crianças são ótimas, mas estar perto delas cinco dias por semana começa a ficar cansativo com o tempo. Apesar disso, eu amo meu trabalho. Não gostaria de trabalhar em nenhum outro lugar — falei para eles.

— Falando sobre o trabalho. Acha que vai voltar algum dia? — Wells perguntou a Grant.

— Claro que sim. Eu ainda sou jovem. De jeito nenhum vou ficar em casa sem fazer nada. Ou pior, conseguir um emprego onde eu tenha que ficar sentado. Minha perna está melhor.

Ele não mancava mais tanto e disse que a fisioterapia estava indo muito bem, o que me deixou animada.

— É bom ouvir isso. O Corpo de Bombeiros vai aceitá-lo de volta de qualquer maneira, certo?

— Sim, meu chefe disse que posso voltar quando estiver pronto. Isso não será um problema.

Fiquei feliz por ele e tinha certeza de que as coisas ficariam ótimas.

— Então você está namorando um bombeiro gostoso. Como é isso? — Rooney me perguntou, com um sorriso provocador.

Eu ri e olhei para Grant; em seguida, coloquei a mão em sua perna e apertei suavemente.

— Eu definitivamente tive sorte.

Depois do café da manhã, Wells nos disse para sentar na sala enquanto ele limpava a cozinha; naquele meio tempo, observávamos os meninos brincando no chão com os infames bonecos de super-heróis de Ira. Ele era obcecado por eles, e eu sabia o que lhe daria de aniversário se fosse convidada.

— Quer ficar mais um pouco para os meninos brincarem? Ou você fez planos para mais tarde? — Rooney perguntou a Grant.

— Ah, não. Sem planos para a tarde. — Ele colocou o braço atrás de mim no sofá e passou os dedos pelo meu ombro. Quando olhei para Grant, ele sorriu e disse: — Mas eu estava pensando em levar Rigby para um encontro. Um encontro real sem crianças ou amigos. Em um bom restaurante.

— Essa noite? — Wells perguntou.

— Se Benny puder ficar esta noite, sim. Venho buscá-lo antes de dormir.

— Puxa, vocês são muito fofos. Claro, Benny pode ficar conosco esta noite — Rooney acrescentou: — Conheço Grant há algum tempo, mas nunca o vi tão feliz.

Embora as palavras de Rooney fossem gentis e agradáveis de ouvir, eu já estava em pânico por dentro, tentando descobrir o que vestiria naquela noite para o encontro.

— O acidente o mudou. Provavelmente foi atingido por alguma coisa enquanto aquele celeiro pegava fogo.

Ah.

— Um celeiro em chamas? — indaguei, olhando para Grant.

Ele não pareceu satisfeito com Rooney dizendo isso, já que nunca me contou como o acidente aconteceu.

— Poderia haver pessoas lá dentro. Crianças. Eu estava me certificando de que ninguém se machucaria.

— Você se colocou em perigo. É heroico, com certeza. Mas estúpido — Wells opinou, caminhando para a sala de estar.

Eu concordei, mas tudo o que importava era ele estar bem. Quero dizer, além da perna.

— Que tal pararmos de falar sobre os erros que cometi e mudarmos o assunto para algo bem mais positivo? — Grant sugeriu.

Dei um tapinha em sua perna e sorri para ele, depois olhei para Rooney e Wells.

— Quero convidar vocês para jantarem no meu apartamento. Sexta à noite seria perfeito.

— Ah, que legal, Rigby. Adoraríamos ir — Rooney respondeu.

Wells concordou com um sorriso gentil e sentou-se ao lado de Rooney, envolvendo-a com o braço.

— Você estava planejando cozinhar?

Eu sabia por que ele estava perguntando, e tinha todo o direito de saber.

— Sim, estava pensando em fazer flautas de carne moída ou frango. Mas, se você tem uma refeição específica que gostaria que eu preparasse para Ira, com certeza posso fazer isso.

Wells negou com a cabeça.

— Não se preocupe com isso. Ele pode comer flautas. Tem vegetais, então está tudo bem.

Era comovente o quanto ele se importava com a diabetes de seu filho, e eu esperava que todos os pais fossem tão cuidadosos com o que seus filhos com essa condição comiam.

— Vou levar a sobremesa — Rooney anunciou.

— Ótimo! Sexta-feira, então.

Eu já estava animada e, embora Maddie sempre tenha sido minha única amiga, gostei da sensação de fazer parte de um novo grupo de amigos. Senti-me aceita e, com Grant ao meu lado, ele apenas fortaleceu esse sentimento.

# Capítulo 30

## RIGBY

— Seja o que for que estejam sussurrando, tenho certeza de que não há nada com que você deva se preocupar.

Virei a cabeça para olhar para Rooney, que se sentou ao meu lado no sofá.

— Seja lá o que eles estejam falando... parece sério — comentei, sorrindo firmemente.

Grant e Wells estavam do lado de fora na varanda por quase trinta minutos agora, falando com suas vozes baixas e olhares preocupados em seus rostos.

— Provavelmente apenas algumas coisas de pai. Tive que me acostumar com isso também. Eles amam seus filhos e se preocupam um com o outro — opinou, querendo aliviar minha preocupação sobre o que quer que Grant tivesse dito a Wells que o fez ficar carrancudo.

Resolvi afastar minha curiosidade.

— Foi difícil para você se acostumar a namorar um cara que já tinha um filho?

Rooney sorriu.

— De jeito nenhum. Pelo menos, para mim não foi. Wells foi quem teve que se abrir comigo para me deixar entrar em sua vida. E na de Ira. Com certeza não foi fácil para ele, mas estou feliz que as coisas tenham se tornado o que são agora. Eu amo Ira e, embora não seja sua mãe biológica, meu coração derrete toda vez que ele me chama de mamãe.

Ela disse isso com tanto amor em sua voz que fez meu coração derreter também. Rooney olhou para Ira brincando com Benny no chão da sala e pude ver em seus olhos que seu amor por aquele menino era incondicional.

Ao me olhar, colocou a mão na barriga de forma protetora, mas também pode ter sido porque tínhamos tomado um grande café da manhã mais cedo, que foi extremamente farto.

— Consegue guardar segredo? — perguntou, e rapidamente movi meus olhos de sua mão para os seus.

— Claro.

— Eu realmente não deveria dizer isso, mas estou aliviada por você e Grant estarem namorando. Eu amo Evie, mas ela não era boa para ele. E vê-lo feliz, principalmente depois do acidente, significa muito.

Não era o que eu pensei que ela diria, mas me fez sorrir.

— Estou feliz por poder ser essa pessoa para Grant. Ele é um homem muito bom.

— E o fato de ele ter um filho também não a incomoda. Você ama crianças. Quer ter seus próprios filhos um dia?

— Ah, eu sempre quis filhos. Mas não estou com pressa — respondi.

E eu não sabia se Grant iria querer outro filho. Ele não era velho, mas poucos homens gostariam de ser pais novamente aos quarenta e seis anos. Pelo menos não os homens que eu conhecia, considerando que todas as crianças da creche tinham pais bastante jovens.

— Mamãe, olhe! — Ira gritou, segurando seu Hulk favorito no ar. — Ele está segurando o martelo de Thor!

— Ah, minha nossa! Agora ele está ainda mais forte! — Rooney exclamou.

— É, agora ele está ainda mais forte — Ira repetiu, depois olhou para mim. — Hulk é meu super-herói favorito. Qual é o seu?

Tive que pensar sobre minha resposta com sabedoria antes de responder, considerando a falta de filmes dos Vingadores que assisti. Mas eu tinha acabado de assistir *WandaVision*, então decidi escolher meu super-herói favorito com base na série.

Merda... qual era mesmo o nome de heroína de Wanda?

Feiticeira Escarlate! Sim, ela.

— Eu gosto da Feiticeira Escarlate — respondi, e embora eu estivesse convencida de que minha resposta iria surpreendê-lo e talvez deixá-lo animado, tudo o que consegui foi uma carranca em troca.

Ótimo. Não conseguia mais impressionar uma criança.

— A Feiticeira Escarlate é estranha — murmurou, se virando para brincar com Hulk, que segurava o martelo de Thor.

Rooney riu baixinho.

— Não se preocupe, você não disse nada de errado. Assistimos *WandaVision* um tempo atrás, o que provavelmente deveríamos ter adiado, porque ele não entendeu muito bem a história por trás dela com todas as referências ocultas a outras séries. Ele aprenderá a amá-la um dia. Achei a série ótima.

— Sim, eu também gostei — falei, me divertindo com Ira e seus pensamentos sobre a Feiticeira Escarlate.

— Uau, isso é o martelo de Thor na mão de Hulk? — Wells perguntou, com entusiasmo, ao voltar para a sala de estar.

Enquanto Ira e Benny explicavam tudo sobre por que e como Hulk estava segurando o martelo, olhei para Grant, cujos olhos já estavam em mim.

Inclinei minha cabeça para o lado e sorri. Ele acenou com a cabeça e eu me levantei, caminhando até ele. Grant agarrou minha mão e me puxou para si, beijando meus lábios antes de me olhar de novo.

— Pronta para ir? — perguntou.

— Já está na hora?

— Sim. Temos que nos preparar para o nosso encontro esta noite e ambos precisamos de tempo para isso.

Assenti com a cabeça.

— Não consigo parar de pensar nisso. Estou animada.

Um sorriso surgiu em seus lábios, mas não contagiou seus olhos. Havia algo o incomodando, mas não pressionei.

— Que bom. Estou animado também. Vamos nos despedir.

Antes de voltarmos para dentro, ele me beijou novamente e colocou a mão na minha bochecha, segurando-a suavemente, seu polegar acariciando minha pele. Seu beijo foi gentil, mas profundo, e depois que sua língua roçou meu lábio inferior, ele se afastou e me deixou querendo mais.

— Vamos — Grant repetiu; com a sua mão na parte inferior das minhas costas, voltamos para a sala.

— Vocês já estão indo? — Rooney perguntou.

— Sim, eu pego Benny mais tarde. E obrigado por cuidar dele novamente. Devo uma.

— A qualquer momento. Nos vemos na sexta, então?

— Sim, sexta-feira. Mal posso esperar — eu disse, sorrindo para Rooney.

— Amiguinho, Rigby e eu estamos indo embora — Grant chamou Benny, que veio correndo para se despedir.

— Onde você está indo, papai?

Grant o pegou e se virou para que ele e Benny pudessem me encarar.

— Rigby e eu vamos a um encontro, e você vai ficar aqui para brincar com Ira a noite toda. O que acha?

— A noite toda? — Benny perguntou, de olhos arregalados.

— Sim, foi o que seu pai disse! — Ira gritou, entusiasmado, nos fazendo rir.

— Ok! Tchau! — Benny acenou para nós e, depois que Grant beijou sua bochecha e o deixou descer, ele correu de volta para Ira para brincar.

— Divirtam-se. Até logo — Rooney desejou e, depois de nos despedirmos, saímos do apartamento.

— Você vai me dizer onde está me levando? — indaguei, logo que ele entrou em seu carro.

— Não — foi sua curta resposta.

E, gostando ou não, foi tudo o que consegui dele.

# Capítulo 31

## RIGBY

O vestido que eu estava usando deveria ser o centro das atenções esta noite, porém, com todas essas mulheres bonitas sentadas nas mesas ao nosso redor, eu não me sentia tão bonita quanto deveria.

O restaurante que Grant me levou era... caro. Um daqueles em que nunca me atrevi a pensar em ir, mas cá estava eu, sentada a uma mesa bem posta e com petiscos que custavam mais do que um menu inteiro num restaurante normal.

— Já decidiu? — Grant perguntou, com a mão na minha coxa debaixo da mesa.

Ele deve ter notado como eu estava desconfortável, mas tê-lo perto me fez sentir melhor.

— Uhm, sim. Acho que vou querer o salmão. Parece delicioso — comentei, apontando para o item no cardápio.

Ele assentiu.

— Estava pensando em pedir o mesmo.

— Mudou de ideia?

— Sim, acho que vou pedir um bife — respondeu.

— Você pode experimentar um pouco do meu salmão — ofereci.

Grant sorriu e apertou minha coxa, depois assentiu e recostou-se na cadeira.

— Você não experimentou o vinho ainda. É bom — incentivou.

Pressionei meus lábios em um sorriso tenso e olhei para a minha taça de vinho na minha frente na mesa, então mudei meu olhar de volta para o dele.

— Eu vou beber.

— O que foi?

Levei um momento para responder.

— Agradeço por você ter me trazido aqui, mas um simples jantar em um... restaurante mais barato teria sido o suficiente para mim.

— Eu sei, mas era aqui que eu queria te trazer — afirmou, com um encolher de ombros. — Você está linda nesse vestido e, para o nosso primeiro encontro de verdade, eu queria fazer algo especial.

Apreciei isso de todo o coração. Ainda assim, eu teria que me sentir confortável neste ambiente.

Então sorri para ele.

Quando peguei sua mão, ele virou a palma para cima e, logo que coloquei minha mão na dele, Grant deslizou os dedos pelos meus.

— Da próxima vez, jantaremos em um restaurante de sua escolha. Mas eu queria que esta noite fosse especial.

Eu não iria estragar isso para ele.

— Tudo bem — sussurrei, apertando sua mão e, em seguida, pegando o vinho com a outra. Tomei um gole, deixando meus olhos vagarem pelo ambiente, o doce sabor do vinho explodindo em minha língua.

Era um bom vinho, mas quase cuspi de volta quando notei Evie sentada em uma mesa do outro lado do restaurante.

— Você está bem? — Grant perguntou. — Tome um gole de água.

— Estou bem — assegurei a ele.

Apoiei a taça na mesa e olhei para ele antes de mover meus olhos de volta para Evie.

— Você já esteve aqui antes? — questionei.

— Sim, algumas vezes. Por quê?

Certo.

— Com Evie?

Grant arqueou uma sobrancelha e então seguiu meu olhar.

— Ah, merda. Não, não foi com ela com quem vim aqui antes. O Corpo de Bombeiros realiza reuniões importantes neste restaurante, foi assim que vim para cá. Eu não sabia que ela estaria aqui.

Acreditei nele, mas ainda era estranho vê-la aqui.

Eu sorri para ele.

— Você não teria como saber. Aqueles são os pais dela?

Grant assentiu, mas não acrescentou nada. Em vez disso, mudou de assunto com uma carranca no rosto.

— Você tem planos para amanhã?

Questionei-me se perguntar a ele por que ele parecia tão perturbado era uma boa ideia. Estava claro que ver Evie sentada a algumas mesas não era uma visão que ele queria ver esta noite. Mas com o que ele tinha que se preocupar quando me disse que não se importava mais com ela?

— Não, não tenho planos para amanhã. Talvez possamos passar o dia juntos. Leve Benny ao parque e eu levo Woodstock — sugeri.

— Sim, podemos fazer isso. — Sua resposta não foi muito convincente, mas, de novo, não tentei descobrir por que ele estava tão ausente.

Soltei sua mão e olhei para Evie; antes que fosse tarde demais, seus olhos encontraram os meus. Seu olhar mortal não era tão ruim quanto pensei que seria. Ela olhou para Grant e revirou os olhos com tanta força que até as pessoas sentadas mais atrás poderiam ver.

— Então... ela ainda me odeia — murmurei.

— Ignore-a. Se eu soubesse que ela estaria aqui esta noite, teria trazido você outro dia. — Sua voz estava cheia de aborrecimento.

— Estou feliz por estarmos aqui. Sei que disse que um menos chique teria sido o suficiente, mas estou feliz por estar aqui com você — garanti, com um sorriso, tentando livrar seu rosto daquela carranca.

Nós dois conseguimos não olhar para Evie e nos concentrar em nossa comida pelo resto da noite e, embora nossa conversa fosse profunda, eu podia sentir a tensão vindo de seu lado da mesa.

Alcançando sua mão, sorri e perguntei:

— Sei que não estamos com pressa, mas podemos pegar a sobremesa em outro lugar se você quiser ir embora.

— Por que eu iria querer ir embora?

— Porque não importa o quanto eu tenha te distraído durante o jantar, sei que a presença de Evie aqui o está incomodando. Eu me diverti com você esta noite neste lugar, mas podemos levar a sobremesa para o seu apartamento.

Ele pareceu gostar da minha ideia, porque a próxima coisa que fez foi levantar a mão para pedir a conta.

Depois que ele pagou, agradeci inclinando-me e beijei sua bochecha, esperando não enfurecer Evie ainda mais. Eu estava namorando Grant, e não importava o passado deles, ela precisava engolir esse fato e ser adulta. Eu também não estava chateada por ver sua ex-namorada aqui.

Grant colocou a mão na parte inferior das minhas costas em nossa caminhada em direção à saída e, quando chegamos ao grande saguão, senti seu corpo relaxar imediatamente.

Porém, em seguida, ele ficou tenso novamente quando um homem chamou seu nome. Quando nos viramos, percebi que não era apenas Evie que ele não queria ver esta noite.

— Dan, que bom ver você — Grant saudou, apertando a mão do homem que agora eu reconhecia ser o mesmo sentado à mesa com Evie.

— Igualmente, Grant. Eu ouvi sobre o seu acidente. Que bom que está se recuperando. Ouvi dizer que voltará ao trabalho em breve.

Grant assentiu.

— Assim que minha perna estiver curada, estarei de volta ao Corpo de Bombeiros.

A conversa deles era amigável, mas estava claro que Grant não queria tê-la.

— É bom ouvir isso — Dan disse, seus olhos encontrando os meus por uma fração de segundo antes de continuar a falar. — Ouça, vou dar um baile beneficente no clube no mês que vem e gostaria que você viesse. Evie e Rooney vão leiloar duas de suas pinturas, e pensei que você gostaria de apoiá-las. Você pode trazer um convidado.

*Um convidado*. Como se eu não estivesse parada ali.

Estendi a mão atrás de mim para agarrar a de Grant ainda colocada na parte inferior das minhas costas. Quando nossos dedos se entrelaçaram, ele apertou minha mão com força.

— Deixe-me saber a data e a hora e eu estarei lá — ele disse a Dan, então ficou quieto por um momento antes de acrescentar: — E levarei minha garota comigo. A propósito, esta é Rigby.

Havia algo em seu tom de voz que não caía bem para mim, e a maneira como Dan me encarou depois que Grant disse meu nome me deixou desconfortável.

Desviei o olhar do pai de Evie e tentei aliviar essa estranha tensão entre nós três.

— Benny está esperando por nós — lembrei, baixinho.

Grant assentiu e pigarreou; antes que isso se tornasse algo ainda mais estranho, apertou a mão de Dan.

— Foi bom ver você.

— Igualmente. — Dan olhou para mim antes de se virar e sair; sem dizer mais nada, Grant me puxou para fora e direto para o carro dele.

— Algo que eu preciso saber? Ele está chateado porque você não está namorando Evie?

Grant soltou uma risada áspera.

— Não, não é isso. Não se preocupe.

— Mas estou preocupada. Você está com raiva de alguma coisa e eu gostaria de saber o quê é.

— Você não precisa saber.

Meu coração doeu. Ainda assim, tentei manter a calma.

— Mas eu quero. A presença de Evie claramente o incomodou a noite toda, e quando o pai dela se aproximou, você ficou tenso. Pode falar comigo, Grant.

— Não quero falar com você.

Outra dor, e desta vez não a ignorei. Fiz uma careta para ele e cruzei os braços sobre o peito.

— Como é que é?

Ele suspirou e esfregou a testa com a palma da mão. Quando seus olhos encontraram os meus novamente, vi o lampejo de arrependimento nos dele. Grant estendeu as mãos e descruzou meus braços; pressionando-me contra seu carro e aproximando-se, garantiu que eu não escaparia.

— Me desculpe, gatinha. Acho que deveria ter te avisado sobre esse meu lado.

— O seu lado que afasta aquela que você acabou de chamar de *sua garota*?

Seu sorriso divertido não foi muito adequado, mas era tão sensual...

— Sim, esse lado. Desculpe. Eu não queria falar com você desse jeito, mas Dan é... — ele parou e suspirou, seu sorriso desaparecendo novamente. — Esquece. Vamos pegar Benny e depois ir para minha casa, ok?

Eu queria saber mais sobre Dan. Não porque ele fosse um homem interessante, mas porque havia algo entre ele e Grant que não estava certo. De qualquer maneira, fosse o que fosse, parecia não ser da minha conta.

— Ok. Eu tive uma ótima noite — assegurei-lhe, e Grant finalmente sorriu.

— Eu também.

Quando seus lábios encontraram os meus, estendi a mão para envolver meus braços ao redor de seu pescoço, ficando na ponta dos pés para aprofundar o beijo. Suas mãos se moveram de meus quadris para minha bunda, e ele a agarrou com força, sua língua se movendo com a minha.

Meu coração não era a única coisa dolorida desta vez, e empurrei meus quadris contra ele para aliviar a tensão entre as pernas. Estávamos no meio do estacionamento de um restaurante chique, mas não me importava quem iria ver. E, no fundo, eu queria que Evie saísse e nos visse nos beijando como adolescentes.

Grant quebrou o beijo quando o calor entre nós se intensificou.

— Vamos para casa — convidou, com a voz rouca.

Assentindo, dei mais um beijo em seus lábios e deixei que me ajudasse a entrar na caminhonete.

Depois desta noite, e de sua pequena explosão alguns segundos atrás, percebi que algo mudou entre nós. Para ser mais precisa, algo mudou dentro de mim. E embora eu não reconhecesse exatamente o que estava sentindo, parecia que estava me apaixonando.

# Capítulo 32

## GRANT

Minha vida após o acidente estava se tornando melhor do que o esperado.

Terminei a fisioterapia e já havia avisado ao chefe dos bombeiros que voltaria ao trabalho em uma semana. Minha perna estava melhor e eu não mancava mais. Mentalmente, também estava pronto para voltar, mas não para o que estava por vir esta semana.

O convite de Dan para seu evento beneficente chegou pelo correio esta manhã e, embora eu já tivesse dito a ele que iria, me senti enjoado só de pensar em sentar naquele clube de campo.

Benny estava na casa de Amy e, com Rigby trabalhando, eu não tinha certeza do que fazer o dia todo antes de buscá-la hoje mais tarde, como prometido.

Sentei no sofá a manhã toda, pagando contas e verificando alguns papéis que precisava terminar de preencher para o hospital e o fisioterapeuta, no entanto, depois de almoçar, estava perdido.

Wells e Rooney também estavam trabalhando, mas, por algum motivo idiota, eu estava parado na frente da galeria de Rooney e Evie. Eu sabia que a possibilidade de Evie estar lá era alta, só que, conhecendo-a, ela geralmente faltava ao trabalho e ficava em um café chique o dia todo.

Rooney estava sentada atrás da recepção quando entrei na galeria; ao me ver, sorriu.

— Oi, o que você está fazendo aqui? — perguntou, um pouco confusa ao me ver.

— Você está sozinha? — devolvi, querendo ter certeza de que Evie não estava por perto.

— Sim, estou sozinha. Aconteceu alguma coisa? — Rooney prosseguiu, seus olhos cheios de preocupação.

— Nada que você tenha que se preocupar. Estou meio perdido. Não pensei que me sentiria assim tendo mais uma semana de folga — declarei, com uma risada.

Rooney riu baixinho e se levantou da mesa, então caminhou até a pequena área do bar para pegar algo para bebermos.

— Você deveria estar aproveitando sua folga antes de voltar ao trabalho. Depois de todo o árduo esforço que fez para voltar aos trilhos com essa sua perna, você merece umas férias antes de recomeçar o trabalho — afirmou.

— Acho que sim. Só que é mais difícil do que você pensa.

Ela me deu um copo d'água e acenou com a cabeça em direção à área do lounge, onde geralmente se sentava com os clientes.

— Como estão as coisas com Rigby? Já faz um tempo desde que a vi — comentou, com um sorriso.

— As coisas estão ótimas. Tenho mantido ela perto de mim e não deixo ninguém se aproximar. Além de Benny.

— Você é possessivo. — Rooney riu.

— E daí?

— E daí se eu quiser sair com ela? Ela é minha amiga agora também, sabia?

— Eu a quero só para mim por enquanto.

— Isso é egoísmo — brincou.

— Você viu aquela mulher? Ela é única e, se eu não a mantiver por perto, quem sabe que idiota vai tentar pegá-la?

O sorriso de Rooney cresceu ao absorver minhas palavras.

— Acho que ela realmente tem você na palma da mão. Eu sabia que vocês dois estavam sérios, mas ouvi-lo falar sobre ela assim torna tudo oficial. Quando é o casamento?

Eu ri.

— Devia lhe perguntar o mesmo. Wells ainda não colocou um anel nesse seu dedo?

— Wells e eu estamos ocupados com outras coisas no momento.

— Que seria... — eu disse, minhas sobrancelhas arqueadas.

— Coisas. Você sabe... coisas de pais.

Observei seu rosto e sabia que havia algo que ela estava escondendo de mim. Mas eu não era Evie, e forçar alguém a revelar um segredo não era minha praia.

— Seja o que for essas coisas de pais, ele deveria ter se casado com você há muito tempo.

Rooney deu de ombros e tomou um gole de água, então inclinou a cabeça para o lado e perguntou:

— Evie me contou sobre aquela noite em que viu você e Rigby no restaurante.

Eu não tinha certeza se continuar a conversa era uma boa ideia, mas continuei assim mesmo.

— Quão zangada ela estava?

— Surpreendentemente, não muito. Estava chateada com o fato de que não era ela que estava sentada com você, e que Rigby não era a pessoa certa. Você sabe, o ciúme de sempre. Mas ela também disse que você também ficou chateado depois que Dan falou com você.

Não era sobre quem eu queria falar. Prefiro continuar falando sobre Evie.

— Nunca fui fã de Dan — afirmei.

— Eu sei. Muita gente não é. Mas você sempre tentou não demonstrar. Por que desta vez?

Ela estava tentando ir mais fundo com essa pergunta e, como era Rooney com quem eu estava falando, eu sabia que ela entendia que algo estava errado.

— Não estava de bom humor, acho — respondi, com um encolher de ombros.

— E você acha que eu acredito nisso?

— Deveria.

Rooney suspirou.

— Bem, não acredito. E o que quer que você esteja escondendo, o que quer que Dan tenha feito que o deixou com raiva, fale com alguém sobre isso. Guardar sua raiva dentro de si não vai te fazer se sentir melhor com o tempo.

Observei seu rosto. Embora ela estivesse certa sobre isso, o que eu estava escondendo não era fácil de dizer.

Antes que eu pudesse contar qualquer coisa, o suspiro mais irritado do mundo encheu o ambiente, e me preparei mentalmente para o que viria a seguir.

— O que *ele* está fazendo aqui? — A voz de Evie não era uma que eu queria ouvir hoje, mas fiquei calmo.

— Grant e eu estávamos conversando. Ele veio me visitar — Rooney explicou, com um sorriso. — Pensei que você ia jogar golfe com sua mãe hoje.

Virando minha cabeça para encarar Evie, vi desgosto e arrependimento em seus olhos.

— Eu ia, mas ela teve que fazer alguns trabalhos no escritório. — Pelo menos Evie não estava descontando sua irritação em Rooney.

— Você vai ficar? — Rooney questionou, e Evie assentiu.

— Quero terminar meu projeto. Para o evento de caridade na sexta-feira — Evie explicou, então olhou para mim com uma sobrancelha arqueada. — Você recebeu o convite?

Assenti com a cabeça.

— Sim. Estarei lá para apoiar vocês duas.

— Você vai *levá-la*?

Não havia necessidade de mencionar o nome de Rigby. Todos nós sabíamos sobre quem ela se referia.

— Sim, levarei minha namorada. Ela está animada — garanti. Chamar Rigby de "minha namorada" foi um golpe baixo, especialmente com Evie já estando chateada comigo.

A mulher revirou os olhos e subiu as escadas, onde geralmente trabalhavam em suas pinturas, deixando Rooney e eu sozinhos novamente.

— Isso não era necessário — sussurrou, mas se divertiu com a reação da amiga.

— Rigby é minha namorada. Por que não posso dizer isso em voz alta?

— Você disse isso por despeito.

Poderia ter sido, mas Evie precisava ouvir. Além disso, chamar Rigby de minha namorada era bom e eu diria isso o dia todo se não parecesse um idiota.

Dei de ombros e me levantei do sofá.

— Obrigado pela conversa.

— Disponha. Algum plano para esta noite? Posso providenciar o jantar para nós. Ira vai passar a noite na casa da avó.

Eu tinha planos para esta noite.

— Talvez outra hora. Vejo você por aí. — Inclinando-me, coloquei a mão em seu quadril e beijei sua bochecha, então saí antes de ter outro vislumbre de Evie.

# Capítulo 33

## RIGBY

— Sentiu minha falta hoje?

Eu estava na cozinha de Grant cortando os morangos que comprei no mercado esta manhã. Pretendia comê-los no trabalho, mas com o tanto que fiquei ocupada com as crianças hoje, não houve tempo para comer meus morangos em paz.

Grant passou os braços em volta de mim por trás e enterrou o rosto no meu pescoço. Ele havia tomado banho depois que jantamos.

— Você é tudo em que estive pensando hoje — murmurou, pressionando um beijo na minha pele.

Sorri e me inclinei para ele, colocando a faca para baixo; enquanto ele continuava beijando meu pescoço, fechei os olhos para aproveitar o momento.

— Também senti sua falta.

Coloquei minhas mãos em seus braços e suspirei quando ele começou a chupar a pele. Ao me virar em seus braços, olhei em seus olhos semicerrados e vi algo brilhar neles.

— Tudo bem? — indaguei baixinho, colocando as duas mãos em seu rosto e acariciando suas bochechas.

Ele hesitou e, antes de responder, inclinou-se para beijar minha testa.

— Está tudo bem. Você ainda está animada para ir ao evento beneficente comigo na sexta-feira?

Embora fosse realizado pelos pais de Evie, eu estava animada para ver como era um evento desse tipo.

— Muito animada.

— Você não precisa ir comigo, sabia?

Fiz careta.

— Você me pediu para ir e eu já disse que sim. Não pode retirar o convite — rebati, com uma risada.

Pensei que ele estava apenas sendo engraçado, mas a expressão séria me disse o contrário.

— O quê? Você *está* mudando de ideia sobre me levar?

— Não, eu quero levar você. Eu só... — ele parou e suspirou, então passou a mão pelo cabelo. — Sei que não será o seu mundo naquele clube de campo e não quero que se sinta desconfortável.

— Isso não vai acontecer. Desde que você esteja comigo. Eu até já tenho um vestido escolhido. E salto alto.

Ele franziu a testa.

— Quão sexy é o vestido?

Ciúme, ciúme. Tsc, tsc.

— É bem sexy, na verdade. Tem uma bela abertura nas costas — contei, querendo provocá-lo.

Grant resmungou e colocou as duas mãos de volta em meus quadris; quando seus dedos cravaram em mim, ele me empurrou contra o balcão da cozinha e se abaixou para beijar meu pescoço.

— Você vai usar o vestido para mim. Só para mim — rosnou.

Envolvendo meus braços ao redor de seus ombros, eu não conseguia parar de sorrir com o quão possessivo ele estava sendo. A cada dia que passava, ele exibia esse lado cada vez mais e, embora não houvesse nada de que tivesse ciúmes, ele não podia deixar de se sentir assim.

Sair em público com ele era divertido, e todos os caras que passavam por nós recebiam um olhar zangado de Grant.

— Diga, gatinha — exigiu, seus lábios agora roçando meu queixo.

— Vou usar o vestido apenas para você — sussurrei minha promessa.

O que também significava que estávamos indo para o evento beneficente.

Grant moveu as mãos para a parte de trás das minhas coxas e me puxou para sentar no balcão. Empurrei a tigela com os morangos cortados para o lado, sabendo que eles não seriam comidos tão cedo.

Envolvi minhas pernas ao redor de seus quadris e cruzei os pés na parte inferior de suas costas para mantê-lo perto. Quando sua dureza pressionou contra minha barriga, nós dois deixamos escapar um gemido. Seus lábios agora estavam nos meus e suas mãos se moveram para minha bunda, apertando-a com força.

Depois de tomar banho, ele não se preocupou em colocar uma camisa e o fato de estar de cueca boxer me incomodou. Grant não pretendia tirá-la ainda. Em vez disso, quebrou o beijo e ficou de joelhos, puxando minha perna esquerda por cima do ombro.

O vestido que eu estava usando já havia subido, expondo minha calcinha.

Com os olhos nos meus, lambeu a parte interna da minha coxa até alcançar a calcinha, que então puxou para baixo em minhas pernas com as duas mãos.

— Sua boceta já está pingando, gatinha. Você me quer tanto assim, hein? — O sorriso presunçoso em seu rosto deveria ter sido desagradável, mas já que ele estava certo, tudo o que suas palavras fizeram foi deixar meu clitóris doendo antes mesmo de tocá-lo.

— Faça-me gozar — ordenei, colocando a mão direita na parte de trás de sua cabeça e puxando-o para mais perto.

Eu não tive que dizer a ele duas vezes, e sua boca estava imediatamente na minha boceta, cobrindo minhas dobras e clitóris com sua língua. Enquanto ele investia contra minha protuberância sensível, fechei os olhos e inclinei a cabeça para trás, deixando-a bater no armário sem me machucar.

Outro grunhido o deixou, sua língua se movendo mais rápido, e eu já sentia a tensão crescer dentro de mim.

— Ah, sim! — choraminguei quando ele tocou no ponto certo e, para intensificar o que eu estava sentindo, Grant enfiou dois dedos dentro de mim.

Seus dedos deslizaram dentro e fora, me esticando e me levando mais perto do ápice.

— Por favor — implorei, arqueando as costas e empurrando os quadris em direção a ele. — Me faça gozar, Grant.

Segundos depois, ele tirou os dedos para fora e circulou meu ânus com as pontas dos dedos; embora eu nunca tivesse sentido isso antes, queria que ele fosse mais longe. Queria que Grant me mostrasse o que mais ele era capaz de me fazer sentir e, como se pudesse ler minha mente, enfiou um dedo no meu ânus.

Foi estranho no começo, e eu definitivamente tive que me acostumar com isso, mas gostei da sensação sempre que ele movia o dedo e eu queria gozar conforme ele o mantinha dentro de mim.

— Puta merda. — Eu o ouvi murmurar. Com meu clitóris pulsando contra sua língua, fechei os olhos novamente para deixar o orgasmo tomar conta de mim.

# GRANT

— Vire. Fique de quatro — exigi, depois de colocá-la na minha cama. No segundo que ela se virou, me posicionei atrás de Rigby na cama e dei um tapa forte em sua bunda.

Ela gritou e arqueou as costas, depois olhou para trás e rebolou.

— De novo.

Com uma sobrancelha arqueada, acariciei sua bunda com uma das mãos antes de levantá-la e dar um tapa novamente.

— Você gosta disso? Meu Deus, você é uma gatinha tão safada — rosnei, observando sua pele ficar vermelha.

Já tinha nos despido antes mesmo de chegarmos ao quarto, então, com a outra mão em volta do meu pau, esfreguei-o para aliviar a pressão.

— Mantenha essa bunda bonita para cima — ordenei.

Uma gota de excitação atingiu o colchão abaixo de nós e, antes que eu fizesse uma bagunça maior, deslizei a cabeça por suas dobras molhadas antes de empurrá-la para dentro de sua boceta.

Já transamos algumas vezes e, embora estivéssemos nos ajustando um ao outro, ainda era difícil penetrá-la sem machucar. Esticá-la primeiro era necessário, mas não fui paciente o suficiente para isso esta noite.

— Grant — Rigby gemeu quando minha cabeça entrou nela. Eu ainda tinha a mão em volta da minha base e, movendo os quadris lentamente para frente, penetrei mais fundo dentro dela e deixei seu aperto me rodear.

Quando eu estava totalmente enterrado, fiquei lá por um momento para deixá-la ficar confortável e, no segundo que a senti relaxar, saí e penetrei de novo.

Comecei devagar, mas só estava provocando nós dois dessa maneira.

— Eu tenho que te foder, gatinha. Preciso me mover mais rápido. Mais forte. — Minha voz não passava de uma respiração sufocada e, quando comecei a estocar dentro dela, prendi a respiração.

Seus gritos ficavam mais altos a cada estocada. Peguei seu cabelo e o segurei com força, puxando sua cabeça para trás para fazer suas costas arquearem ainda mais.

— Ah! Meu Deus! — gritou. — Grant, ah! Me fode!

Sim, ela é uma safada... *minha* gatinha safada.

Meu pau latejava contra suas paredes e o puxão em minhas bolas ficou mais intenso. Eu queria manter essa sensação o máximo possível, mas era difícil com sua boceta ordenhando meu pau.

— Aaaah! — Meus gemidos nunca foram tão altos. Não era apenas o sexo que me fazia sentir tão bem, mas era principalmente Rigby e o que ela sentia por mim que fazia transar com ela tão incrivelmente intenso.

Eu podia sentir cada coisa que ela sentia por mim por estar enterrado dentro dela, mas o simples ato de olhar em seus olhos também era o suficiente.

Meu gozo encheu sua boceta e, sem sair, nossos fluidos se misturaram e escorreram lentamente dela para a parte interna de suas coxas.

Enquanto nós dois recuperávamos o fôlego, me inclinei e a beijei de volta, provando sua pele salgada.

— Você é tudo para mim — murmurei.

Minhas palavras eram pesadas e significavam mais do que nossos cérebros podiam compreender naquele momento.

Ainda assim, eu quis dizer aquelas palavras com todo o meu coração.

# Capítulo 34

## RIGBY

— Quando o papai vem? — Benny perguntou, puxando minha calça jeans.

Hoje foi um dia tranquilo de trabalho e a maioria dos pais já havia buscado seus filhos. Os únicos que sobraram foram Benny e outras duas crianças.

Eu sorri para ele e afastei os cachos de sua testa.

— Sua mãe vem te buscar hoje. Lembra que ela lhe disse esta manhã que iria buscá-lo novamente? — perguntei, me agachando para ficar no nível dos olhos dele.

— Não me lembro — ele disse, fazendo beicinho como se sua mãe buscá-lo hoje fosse uma coisa ruim.

Eu sabia que ele ainda estava um pouco confuso sobre o fato de que não estava mais passando todos os fins de semana com seu pai, porém, desde que Grant parou de ir à fisioterapia, e começaria a trabalhar novamente, as coisas estavam mudando. Benny também viria à creche com mais frequência, já que Grant e Amy trabalhavam durante a semana, mas ainda não tinham definido seus horários.

— Bem, você vai passar o fim de semana com sua mãe, é por isso que ela vem buscá-lo em breve.

— Mas eu quero ir com o papai — Benny argumentou.

Isso não seria fácil, mas explicar as coisas para as crianças era um exercício diário para mim.

Levei um momento para pensar sobre minhas próximas palavras, sabendo que Benny era muito impulsivo quando as coisas não aconteciam do jeito dele.

— Que tal perguntarmos à sua mãe quando você vai ver o papai de novo?

— Hoje — insistiu, sua voz tão severa quanto a de seu pai quando não conseguia o que queria.

Tal pai, tal filho.

— Ou amanhã. Sabe, seu pai vai jantar com amigos hoje à noite e vai ficar muito tarde — tentei explicar.

— Posso ficar acordado até tarde. Eu não estou cansado.

Isso me fez rir baixinho.

— Sério? Você correu o dia todo com seus amigos.

— Mas não estou cansado — afirmou, cruzando os braços à sua frente. — Eu quero ir com o papai.

— Que tal isso... — comecei, colocando minhas mãos em seus quadris. — Você vai ter uma noite divertida com a mamãe, e eu vou perguntar a ela se tudo bem você passar o dia com seu papai amanhã. Que tal?

Ele pensou na minha sugestão e, felizmente, concordou.

— E talvez eu possa brincar com Ira amanhã também?

— Quer que eu pergunte a Rooney e Wells se tudo bem? — indaguei.

— Sim, por favor! Pergunte se posso brincar com Ira — Benny pediu, apontando para mim.

Tínhamos um acordo então.

— Perfeito. Agora, quer vir me ajudar a guardar alguns dos brinquedos com as outras crianças antes que sua mãe chegue?

Ele acenou com a cabeça e, assim que me levantei, fomos para a sala de brinquedos. Dez minutos depois, Amy estava parada na porta, sorrindo para Benny, que correu em sua direção.

Eu me levantei do chão e fui até lá também.

— Olá, Amy — cumprimentei, com um sorriso.

— Oi, ele foi bonzinho hoje? — perguntou, levantando Benny para segurá-lo no colo.

— Benny brincou o dia todo. Ele não estava com muita fome na hora do almoço, então comeu um pouco mais tarde — avisei.

— Significa que você ainda não está com tanta fome, hein? — Amy perguntou a Benny, puxando seu cabelo para trás do jeito que eu tinha feito antes.

Benny negou com a cabeça, e embora a maioria dos pais gostasse de ter um plano rígido sobre quando os filhos jantavam, Amy não era assim.

— Isso vai me dar algum tempo para descobrir o que cozinhar esta noite — comentou, sorrindo para mim. — Mais alguma coisa que eu precise saber?

— Não, mas eu queria perguntar sobre a próxima semana. Sabe em que dias Benny virá para a creche?

Amy suspirou e negou com a cabeça.

— Ainda não tive forças para falar com Grant sobre isso. Estava planejando fazer isso esta noite. Passar na casa dele para falarmos sobre o assunto.

— Ah, ele não está em casa esta noite — falei, sem perceber o que tinha acabado de dizer.

Amy inclinou a cabeça para o lado e, depois de compreender o significado de minhas palavras, arqueou as sobrancelhas para mim.

— Uhmmm — começou, com um lampejo de diversão em seus olhos. — Vocês estão saindo?

Não havia razão para eu mentir agora. Mas não estávamos apenas saindo. Éramos exclusivos e contar isso para a ex dele não era fácil.

— Na verdade, estamos... — comecei, mas Amy já havia entendido.

— Entendo. Bem, fico feliz que ele esteja feliz. Eu odiava aquela outra garota com quem ele estava ficando. Qual é mesmo o nome dela?

— Evie?

— Sim, ela. Meu Deus, aquela garota era completamente louca. Odiava pensar que ela estava perto de Benny.

— Ela não estava — assegurei a Amy. — Grant, na verdade, nunca a deixou chegar perto de Benny.

— Ele disse isso? — Amy riu. — Espero que seja a verdade. Pelo menos você é boa com crianças.

Fiquei surpresa por dois motivos:

Um, Benny nunca disse nada para a mãe sobre seu pai estar saindo com alguém. E dois, Amy confiar em mim e aceitar facilmente o fato de que eu era a namorada de Grant.

— De qualquer forma. Vou falar com Grant sobre Benny vir para a creche amanhã então. A menos que ele também esteja ocupado?

Eu sorri e neguei com a cabeça.

— Que tal você passar na casa de Grant com Benny amanhã para que possamos conversar sobre isso?

Amy pensou por um momento, então olhou para o menino.

— Você vai me pedir para levá-lo para a casa do seu pai de qualquer maneira. Quer ir visitá-lo amanhã?

Benny assentiu com um grande sorriso no rosto.

— Sim, por favor!

— Tudo bem — Amy concordou e olhou para mim. — Passaremos depois do almoço.

— Vou avisar ao Grant — prometi, sorrindo.

Depois que Amy ajudou Benny a calçar os sapatos e a jaqueta, me despedi dos dois e fui direto para a cozinha onde Maddie estava sentada à mesa.

— Então agora a ex dele sabe.

— Acho que sim. Achei que ela não ficaria bem com isso.

Maddie riu.

— Você é tudo que a outra garota Evie não é. Se eu fosse a mãe de Benny e meu ex namorasse uma vadia maluca, eu não ficaria feliz. Mas uma garota inocente como você namorando meu ex? Com isso eu ficaria bem.

Eu não diria que era inocente, especialmente quando se tratava de sexo com Grant, mas poderia dizer com certeza que meu comportamento e características não eram tão duras quanto as de Evie.

Falando nela... eu não estava ansiosa para vê-la hoje à noite, mas já que prometi a Grant ir com ele para o evento beneficente, não pude recuar.

Estava indo por Grant em primeiro lugar, e também por Rooney.

# Capítulo 35

## GRANT

Eu não conseguia tirar os olhos dela.

O vestido vermelho que Rigby usava abraçava seu corpo perfeitamente e fluía de seus quadris até os pés. Ela estava usando salto alto como prometido, e o decote nas costas deixaria qualquer mulher com ciúmes no segundo em que entrasse no clube de campo.

Eu a estava ajudando a sair do carro e parei na frente dela para bloquear sua visão do clube; quando seus olhos encontraram os meus, ela riu.

— Você vai ter que me dar algum espaço se quisermos ter uma boa noite um com o outro.

— Vamos ter isso, mas não estou pronto para que os outros te vejam parecendo uma maldita deusa. Eu não deveria ter te deixado vir aqui desse jeito.

Uma risada calorosa a tomou quando inclinou a cabeça para trás com os olhos fechados e, naquele momento, ela parecia ainda mais bonita.

É, de jeito nenhum eu não seria um filho da puta possessivo esta noite.

Ela colocou as mãos no meu peito e agarrou meu paletó com os dedos.

— Você está incrivelmente bonito, e as mulheres vão olhar para você também. Devo agir com ciúmes?

— Não, eu deveria levar você de volta para casa e você deveria se trocar — respondi, com uma careta.

— Ou… nós reconhecemos o tanto que estamos gostosos e aproveitamos a noite juntos. Estou animada por estar aqui com vocês e tenho certeza de que Rooney e Wells já estão esperando por nós. — Sua voz era baixa e quase provocante, me fazendo ainda mais querer levá-la para casa.

Coloquei minhas mãos em seus quadris, em seguida, movi-as para baixo para segurar sua bunda. Eu adorava vê-la assim, e o fato de Rigby estar tão confiante, embora Evie estivesse aqui esta noite, apenas mostrava suas características de coração aberto.

— Você é única, e eu vou ter que me acostumar com você assim. Caramba, você é sexy até de pijama, mas isso… — Deixei meus olhos vagarem por todo o seu corpo e vestido. — Eu não estava pronto para isso.

Rigby sorriu e moveu as mãos para os lados do meu pescoço. Com aqueles saltos, ela era alta o suficiente para me beijar sem ficar na ponta dos pés. Mas antes de pressionar seus lábios nos meus, ela os deixou roçar nos meus, sussurrando:

— Eu não estava pronta para ser fodida por você, mas consegui.

Rosnei no beijo e estava pronto para empurrá-la de volta para o carro, mas, já que tínhamos planos, o sexo tinha que esperar.

Ainda assim, eu queria lhe mostrar o que suas palavras fizeram comigo. Empurrando minha mão direita por baixo de seu vestido, onde estava a fenda na lateral de sua perna, alcancei sua boceta e comecei a esfregar seu clitóris com meus dedos.

— Você tem uma boca safada — murmurei.

Ela gemeu no beijo e segurou meus ombros, e eu circulei seu clitóris.

— Grant — ela sussurrou, quebrando o beijo e inclinando a cabeça para trás contra a minha caminhonete. — Estamos em um estacionamento.

Eu ri e continuei a levá-la mais perto de um orgasmo.

— Estamos, né? Antes de entrarmos, quero que você goze na minha mão. Mostre-me quão bem você pode lidar com isso, gatinha.

Seus gemidos ficaram mais altos, mas os abafei cobrindo sua boca com a minha novamente.

Movi meus dedos mais rápido quando seu clitóris começou a pulsar e, logo que seu corpo tensionou, eu poderia dizer que ela estava perto.

— Goze em toda a minha mão — encorajei.

Seu corpo ficou tenso e, segundos depois, ela mordeu meu lábio inferior para liberar seu orgasmo de uma forma diferente de gritar. Eu não me importava, no entanto, se ela tivesse mordido com mais força, com certeza teria começado a sangrar.

Um sorriso se espalhou pelo meu rosto quando sua cabeça inclinou para trás novamente, e a observei voltar lentamente de seu ápice.

— Tão linda — murmurei, mantendo meus dedos em seu clitóris e acariciando-o suavemente enquanto continuava a pulsar.

— Você é louco — sussurrou, assim que seus olhos se abriram novamente e encontraram os meus. — Alguém pode ter nos visto.

— Essa é a parte divertida — respondi. Tirei minha mão de debaixo de seu vestido e levei meus dedos aos lábios, deslizando-os na boca para saboreá-la. — Isso me deixa animado para mais uma rodada assim que voltarmos para casa.

Com um sorriso satisfeito nos lábios, ela ajeitou o vestido e o cabelo antes de deslizar a mão pelo meu braço, unindo o seu ao meu.

— Pronta? — perguntei, incapaz de parar de sorrir.

— Sim. Estou pronta — suspirou.

Caminhamos em direção à entrada do restaurante do clube de campo onde estava sendo realizado o evento e, quando entramos, fomos recebidos por uma garçonete que nos entregou um panfleto com as obras de arte de Rooney e Evie que seriam leiloadas hoje.

Rigby pegou o panfleto e agradeceu à garçonete. Ao passarmos pela próxima, recebemos uma taça de champanhe. Nós dois pegamos uma e continuamos pela grande área do saguão antes de entrar no restaurante.

— Ah, aí estão vocês! — Rooney sorriu alegremente ao nos ver e, quando parou na nossa frente, abraçou Rigby com força. — Estou tão feliz por você ter vindo. Nossa, olhe para você! Esse vestido é lindo — elogiou.

— Obrigada! Eu amei seu vestido — respondeu, com um sorriso.

— Não é meu estilo habitual, mas é confortável — Rooney falou.

Percebi que o vestido que ela usava não era um que eu já tinha visto. Rooney gostava de vestidos justos, que mostravam suas curvas, porque ela tinha muitas.

Mas não esta noite. Era um vestido bufante e um tanto esvoaçante.

— Wells aqui também? — questionei.

— Ele está lá conversando com Dan e Fleur. Estão planejando algum tipo de projeto para o clube de campo — Rooney explicou.

Olhei através da sala para onde Wells estava com Dan e Fleur Rockefeller, o rei e a rainha deste clube de campo.

— Quer ir falar com eles? — Rigby perguntou, mas neguei com a cabeça e coloquei a mão na parte inferior de suas costas.

— Vamos conferir a arte de Rooney. Esses panfletos não fazem justiça a elas — sugeri, olhando para a mulher.

— Eu disse a Fleur para não imprimir esses panfletos — murmurou, então apontou em uma direção. — As pinturas estão bem ali. Me assegurei de que vocês se sentassem à nossa mesa. Evie estará sentada com os pais, então não há com o que se preocupar. Vejo vocês mais tarde.

Assenti e então caminhei com Rigby até onde estavam as pinturas.

Em nosso caminho, voltei meu olhar para Dan, que estava me observando atentamente, mas não era para mim que ele estava carrancudo. Vê-lo hoje não era algo que eu esperava, mas éramos adultos e ter respeito um pelo outro era importante.

Ainda mais em um evento como este.

— Ambas são muito talentosas — Rigby comentou, fazendo-me virar e olhar para ela novamente.

— São mesmo. — E não havia como negar.

Não importava quão mimada Evie fosse, ela tinha um talento incrível.

— Elas fazem pinturas personalizadas, se você quiser — recomendei.

— Ah, acho que nunca poderia pagar por uma pintura como esta. Não consigo imaginar quanto essas pessoas estão dispostas a oferecer esta noite para o leilão — ela disse.

— Essas pessoas são ricas. Acho que os preços estarão na casa dos dez mil dólares.

— Por um quadro? — Rigby perguntou, surpresa.

Assenti e ri.

— Sim. Considerando que este é um evento de caridade organizado pelos Rockefellers, essas pinturas não serão vendidas por menos de mil.

Os olhos de Rigby estavam arregalados e compreendi como ela estava surpresa com os números que mencionei.

A arte era estranha. Ou você gostava de uma pintura ou não e, no final, a pessoa que comprava tinha que ficar feliz com o que adquiriu.

Continuamos a olhar para as pinturas e conversar sobre nossos pensamentos, porém de vez em quando eu olhava para Dan, que parecia não conseguir tirar os olhos de nós.

Tentei o meu melhor para ignorá-lo e manter minha mente longe dele e do segredo que ambos estávamos escondendo, e esperava que esta noite terminasse exatamente como eu tinha imaginado.

Rigby e eu fodendo na minha cama até o sol nascer.

# Capítulo 36

## RIGBY

Como esperado, o jantar foi incrível.

Todas as coisas que a garçonete trouxe para a nossa mesa estavam deliciosas e, embora eu estivesse começando a ficar cheia depois de um terceiro prato, engoli a sobremesa rapidamente.

O leilão ainda não havia começado e as pessoas se levantavam de suas mesas para dançar no meio do salão enquanto uma banda tocava no palco.

Durante o jantar, havia pessoas indo e vindo para conversar com Rooney, interrompendo-a enquanto comia, mas ela não parecia se importar. Cumprimentou cada uma delas com um sorriso amigável e tomou seu tempo para falar com todos sobre seu trabalho.

Ficou claro que muitos estavam interessados em comprar as pinturas dela e de Evie, e fiquei feliz por ambas verem como seus negócios estavam indo bem.

— Quer mais vinho? — Grant me perguntou, se inclinando para mais perto. Olhei para ele e assenti com a cabeça, então peguei minha taça e a segurei perto da garrafa de vinho que ele estava segurando.

— Quer dançar mais tarde? — perguntei.

— Dançar?

— Sim, comigo.

Grant riu.

— Com quem mais eu dançaria esta noite?

— É um sim então?

— Grant não dança — Wells informou, com um sorriso malicioso. — A última vez que o vi dançando foi na faculdade, e isso é algo que ninguém deveria ver esta noite.

Eu ri e olhei para Wells.

— Foi tão ruim assim?

— Eu posso dançar — Grant afirmou, com uma sobrancelha arqueada, então olhou para mim novamente. — Eu vou lhe mostrar. Beba.

Eu ainda não tinha vinte e um anos, mas as pessoas por aqui não pareciam se importar que eu não tivesse ideia de legal para beber. Tinha certeza de que os caras sentados em uma mesa à nossa direita não tinham nem dezoito, mas estavam tomando champanhe.

Ao que parecia, os clubes de campo eram um mundo diferente.

Bebi meu vinho com calma e, assim que terminei, peguei a mão de Grant debaixo da mesa e a apertei.

— Vamos dançar.

Nós nos levantamos e, antes de deixar a mesa, Grant perguntou a Rooney e Wells se eles também viriam. Eles concordaram, e logo depois que Grant e eu estávamos na pista de dança, Wells e Rooney nos seguiram e imediatamente começaram a dançar lentamente um com o outro.

Eu adorava observá-los. Sem ser invasiva, é claro. Mas o amor que sentiam um pelo outro era tão intenso que dava para sentir em todo o restaurante.

As mãos de Grant deslizaram sobre meus quadris; quando me puxou para mais perto, descansou-as na parte inferior das minhas costas. Coloquei as duas em seus ombros e pressionei meu corpo contra o dele para ficar o mais próximo possível e, logo que nossos olhos se encontraram, sorrimos um para o outro.

— Não pensei que você gostasse de dançar — comentou, sua voz baixa.

— Ah, eu amo dançar. Mas não dancei lento muitas vezes na minha vida.

Os cantos de sua boca se curvaram quando ele apertou os braços em volta de mim.

— Agora você me pegou.

Sorrindo de volta, me aproximei e beijei seus lábios, sem me importar com quem veria. Havia casais ao nosso redor e eles se sentiram à vontade para demonstrar afeto.

Grant aprofundou o beijo e inclinei a cabeça para o lado enquanto sua língua deslizava em minha boca sensualmente. Um gemido suave escapou de mim e, embora eu estivesse gostando, tive que interromper o beijo quando sua mão desceu para minha bunda.

— Cadê a paciência? — perguntei baixinho, com um sorriso.

— Eu não tenho paciência quando estou com você. Quero te levar de volta para a minha caminhonete e te foder contra ela.

Suas palavras fizeram o conhecido frio na barriga que havia em mim se transformar em um tornado, e agarrei seus braços com força para me firmar antes que meus joelhos cedessem.

— Você não pode dizer coisas assim em público — reclamei, tentando soar séria, mas minha voz não passava de uma respiração sufocada.

— Por que não? Estou te deixando nervosa, gatinha?

Minhas bochechas estavam vermelhas, e nem mesmo a maquiagem que eu estava usando cobria.

— Sim — respondi, honestamente, observando seu sorriso crescer.

Para ter certeza de que ninguém estava me observando virar essa poça de geleia na frente dos pés de Grant, olhei em volta e relaxei ao perceber que ninguém estava olhando em nossa direção.

Ninguém além de Evie, é claro.

Apertei meus lábios em uma linha fina antes de tentar sorrir para ela e ser amigável, considerando que eu era apenas uma convidada em seu leilão e não queria estragar sua noite.

Porém, eu tinha certeza que já tinha feito isso apenas por estar aqui.

— Ela nunca vai gostar de mim, não é? — indaguei, quando encontrei os olhos de Grant novamente.

Sem olhar na direção dela, ele sabia de quem eu estava falando.

— Evie escolhe seus amigos com cuidado.

— Pensei que Rooney fosse a única amiga dela — comentei, e logo me arrependi de ter dito isso, porque é claro que não fazia ideia de com quem mais ela andava.

Grant riu.

— Isso é verdade. Embora eu tenha certeza de que tem algumas outras pessoas que ela chama de amigos que são apenas filhos dos amigos de seus pais. Mas não se preocupe com Evie. Você foi legal com ela quando nem precisava ser e, se ela não vê quem são as pessoas honestas e de bom coração, a culpa é dela.

— Mas acha que ela tentaria ser legal comigo se eu fosse apenas... amiga de Rooney, por exemplo?

Ele pensou em sua resposta por alguns segundos.

— Acho que ela a desprezaria ainda mais.

— O quê? Por quê?

— Porque você e Rooney são muito parecidas. E sei que Evie já está chateada por vocês duas ficarem amigas. Não me surpreenderia se um dia ela começasse a ser rude com Rooney por essa amizade.

Ele não disse mais nada, mas entendi o que estava dizendo. Eu sabia quão cruéis garotas más podiam ser, mas nós éramos adultas, e Evie deveria aceitar as pessoas ao seu redor. Especialmente seus amigos.

— Concentre-se em mim, Rigby — Grant então sussurrou e deu um beijo na minha testa. — Todos os outros... não importa se gostamos deles, não são com quem devemos nos preocupar. Se querem ficar em nossas vidas, tudo bem. E se quiserem encher o nosso saco, então só lamento. Eu tenho meus amigos, e agora eles são seus amigos também. E ficaria feliz em conhecer aquela sua amiga que trabalha com você um dia para que eu possa ser amigo dela também.

Não pude deixar de rir de sua oferta.

— Maddie é louca. De uma maneira diferente. E ela tem uma queda por você.

— Merda, você tem concorrência então? — brincou, com um sorriso.

— Maddie nunca será minha concorrência. Ela é só papo. Eu, por outro lado, consigo o que quero.

Grant riu e se inclinou para beijar meus lábios novamente; depois de apertar minha bunda, murmurou:

— Diga-me o que você quer então.

Interrompendo o beijo novamente, olhei em seus olhos e movi minha mão até a parte de trás de sua cabeça; ao me aproximar, sussurrei em seu ouvido:

— Quando chegarmos em casa esta noite, quero que você me foda com esse seu pau imenso, e sem piedade.

Claramente, eu o deixei sem fala, mas embora ele estivesse em silêncio, seu pau latejava contra minha barriga enquanto eu pressionava meus quadris contra ele.

As coisas *ficariam* intensas hoje à noite, mas não pela razão que inicialmente previ.

# Capítulo 37

## GRANT

Dan parado naquele palco com seu sorriso falso de sempre me deixou com raiva, mas ouvi-lo falar me deu vontade de subir lá e arrancar aquele maldito microfone de sua mão.

Ele não estava falando sobre nada que me importasse, e eu esperava que continuasse assim. Seus olhos se moviam para Rigby com muita frequência para o meu gosto e, se eu o interpretasse corretamente, ele logo viraria essa pequena reunião de cabeça para baixo e arruinaria a vida das pessoas em segundos.

Também poderia ser apenas eu sendo paranoico sobre ele dizer coisas que eu não queria que certa pessoa soubesse, mas eu era bom em ler os outros e, no segundo em que ele mencionou seu passado, eu sabia para onde as coisas estavam indo.

— Quando eu tinha a idade de Evie, estava em um emprego estável em um banco, prestes a iniciar minha carreira de empresário. Sempre quis ser um homem bem-sucedido, e estabeleci meus objetivos muito altos. Para alcançá-los, trabalhei duro todos os dias. Em pouco tempo, e sem a ajuda de ninguém, eu estava atuando no meu primeiro projeto, que viria a ser este clube de campo. Claro, me tornar o homem que eu era antes e o que sou agora foi um processo longo e difícil e, no caminho, erros foram cometidos. — Dan olhou para sua esposa, Fleur, que estava sorrindo para ele com lágrimas nos olhos.

Ela estava exagerando no que quer que estivesse tentando fazer, mas não enganaria ninguém com aquelas malditas lágrimas falsas. Fleur veio de pais ricos, assim como Dan, mas é claro que ele nunca contaria isso a seus convidados. Apenas um segundo de pesquisa, e toda a história de sua família apareceria no Google.

— Minha linda esposa não foi um desses erros. Fleur está comigo desde a faculdade. Éramos namorados lá, diga-se de passagem — prosseguiu, com uma risada, seguida pelas risadas dos convidados.

Quando o silêncio retornou, Dan continuou:

— Ela esteve ao meu lado todos esses anos, e a fiz passar por muitas situações. Não tenho orgulho de certas coisas, coisas das quais não tenho coragem de falar com vocês, mas situações pelas quais minha esposa logo me perdoou. — Ele pigarreou e então olhou para Evie, que estava ao lado de sua mãe. — Minha doce Evie. Eu me vejo sempre que olho para você. Você é trabalhadora, independente e, ao meu ver, a mente mais criativa que existe. — Moveu os olhos para a nossa mesa para olhar para Rooney. — Ela me fez dizer isso — brincou, fazendo os convidados rirem novamente. Rooney acenou com a mão e riu das palavras de Dan.

Seus olhos se demoraram em Rigby antes de voltar para Evie, então ele continuou com seu discurso:

— Eu não poderia ter desejado uma filha mais amorosa.

Depois dessa frase, não consegui mais ouvi-lo falar. Coloquei a mão na coxa de Rigby e fiz com que olhasse para mim.

— Que tal sairmos um pouco?

— Por quê? Você não está se sentindo bem? — indagou, preocupada, colocando a mão na minha bochecha como a mulher carinhosa que era.

— Estou bem, só não estou a fim de ouvir esse discurso falso.

Aparentemente, Rigby também não. Mas ela estava insegura.

— Não podemos sair no meio do discurso dele. O leilão é logo depois e, para ser honesta, estou animada para ver quão alto os preços vão subir pelas pinturas — sussurrou, com os olhos arregalados.

Se Rigby não fosse tão adorável, eu estaria fora daqui em segundos. Beijei seus lábios e então assenti.

— Tudo bem, vamos ficar.

Segurei a mão dela com força na minha enquanto Dan continuava a falar sobre a galeria de Evie e Rooney e como eles decidiram sobre o leilão desta noite, mas logo depois ele voltou ao passado, o que me deixou tenso.

— Antes de começarmos o leilão, queria mostrar como eu era quando era um pouco mais velho que Evie. Este foi o dia em que assinei o contrato deste terreno onde fica o Rockefeller Country Club. — Ele se virou para o laptop na mesa alta ao lado dele e apertou um botão. Segundos depois, uma foto sua aos vinte e tantos anos apareceu na parede atrás dele.

Imediatamente reconheci o homem na foto, não porque era Dan, mas porque o tinha visto naquela idade antes. Rigby também, porém, quando a fitei, ela não pareceu perceber.

— Tem certeza que não quer sair? — insisti, pronto para levá-la para fora antes que ela percebesse.

— O leilão vai começar daqui a pouco — ela me disse, olhando para a foto projetada na parede à nossa frente.

— Dan vai continuar mostrando fotos dele. Vamos lá fora por cinco minutos — insisti.

Ela se virou para olhar para mim e franziu a testa.

— Tem certeza de que está tudo bem, Grant? Você está agindo um pouco estranho — Rigby sussurrou, sua preocupação se tornando ainda maior.

Eu estava prestes a responder, só que, quando ela viu o leve pânico em meus olhos, voltou-se para a foto na parede e eu sabia que a ficha dela tinha caído.

Eu não disse mais uma palavra e esperei que entendesse o que estava acontecendo, mas, enquanto eu tinha certeza de que tinha feito tudo certo até este ponto, Rigby olhou para mim com terror e raiva em seus olhos.

— Rigby — sussurrei, apertando a mão dela novamente, que a afastou da minha e engoliu em seco antes de olhar para Dan.

— Um erro grave foi cometido apenas alguns meses antes desta fotografia ser tirada, mas, como sempre, minha linda esposa me apoiou, não importando o quanto eu a tenha prejudicado.

Eu não tinha ideia de como essas pessoas ainda estavam a favor de Dan, ainda rindo de suas palavras e assentindo com a cabeça como se os erros que ele cometeu fossem normais. Não eram, porra, e eu tinha acabado de cometer o meu.

— Rigby — sussurrei de novo, tentando pegar sua mão, mas ela se afastou. — Você quer sair e conversar?

Fiz o possível para acalmá-la, mas seu corpo já tremia enquanto tudo começava a fazer sentido aos olhos dela.

— O que foi? — Rooney perguntou, sua voz preocupada quando viu as lágrimas ardendo nos olhos de Rigby.

— Nada — eu disse a ela, mantendo meu foco em Rigby. — Vamos conversar lá fora — repeti, porém, em vez de me esperar, ela saiu do restaurante.

— O que diabos você disse a ela? — Wells perguntou, enquanto Rooney foi atrás de Rigby na hora; enquanto eu estava sentado lá sem saber como consertar isso, olhei para Dan, que tinha visto tudo acontecer.

Pela primeira vez, havia remorso em seus olhos.

Com um aceno de cabeça, levantei e estava pronto para sair sem dizer uma palavra, contudo, como todos já estavam quietos, aproveitei para falar:

— Isso poderia ter sido tratado em particular.

Claro, ninguém entendeu o que estava acontecendo e, quando saí do restaurante, estava pronto para dar tudo de mim para que Rigby falasse comigo.

— Que porra foi essa? — Wells perguntou, logo que deixamos o clube de campo e entramos no estacionamento. — Grant, fale comigo.

— Eu fodi tudo. Dan fodeu tudo — foi só o que consegui dizer; quando vi Rigby ali parada com Rooney segurando-a nos braços, caminhei na direção delas o mais rápido que pude. — Rigby, deixe-me explicar — pedi, esperando que ela não me afastasse novamente. Havia duas lágrimas únicas que escorriam por seu rosto e, quando seus olhos encontraram os meus, não havia nada além de dor nos dela. — Gatinha, deixe-me falar com você.

— Por favor, explique o que acabou de acontecer? O que você disse para perturbá-la assim? — Rooney perguntou, protegendo sua nova amiga como uma boa amiga faria.

— Eu não disse merda alguma. Não precisei dizer nada para ela entender — falei, passando a mão pelo meu cabelo. — Gatinha — repeti, tentando alcançá-la, mas Rooney se moveu para afastá-la ainda mais de mim.

— O que ela tinha que entender, Grant? Fale conosco — Rooney incentivou, não me deixando chegar perto da minha garota.

— Você sabia — Rigby sussurrou, e todos nós olhamos para ela. — Você sabia, mas não me contou.

— Eu sei, e deveria ter te contado antes. Mas eu não sabia como. Acredite em mim, eu não sabia como.

Ela não estava tão brava comigo quanto estava com Dan, ou com o que tinha visto, mas ela ainda manteve distância. Rigby teria feito isso mesmo sem Rooney afastando-a de mim.

Wells e Rooney ainda estavam tentando entender e, como eram meus amigos mais próximos, finalmente expliquei o que estava acontecendo.

# Capítulo 38

## RIGBY

Meu coração estava disparado, mas não importava quão chateada eu estivesse com Grant, fiquei feliz por ele ter explicado o que aconteceu a Rooney e Wells.

Mantive meus olhos nos dele durante sua fala e, embora soubesse que tudo isso era realidade, ouvi com atenção para ter certeza de que havia entendido corretamente.

— Rigby cresceu em um orfanato. Em nosso segundo encontro, ela me mostrou fotos de quando era bebê. Era a coisinha mais fofa do mundo — Grant começou, sorrindo tristemente para mim. — Ela sempre conheceu seus pais adotivos, passou toda a vida com eles, mas em algumas das fotos havia um homem. — Ele parou e suspirou, porque a parte difícil estava chegando. — Eu o reconheci no segundo em que o vi naquelas fotos, mesmo que seu rosto estivesse cortado na maioria delas.

Ele não precisou dizer seu nome. Rooney e Wells imediatamente ligaram os pontos.

— Merda — Wells murmurou. — Que filho da puta do caralho.

— Concordo — Rooney suspirou, franzindo a testa e olhando para mim. — Como Dan pôde esconder algo assim de você?

Como se eu soubesse.

— Meus pais adotivos sempre disseram que não sabiam quem eram meus verdadeiros pais — eu simplesmente disse. Claro, ver Dan nas minhas fotos e depois nas dele com o mesmo terno não era prova de que ele era meu pai, mas por que mais ele estaria falando sobre cometer um grande erro e aparecer na maioria das minhas fotos de infância?

— Gatinha — Grant chamou, estendendo a mão para mim novamente. Ele parecia miserável, e eu sabia que era errado culpá-lo.

Embora soubesse quem era o homem naquelas fotos, ele estava me protegendo ao não me contar. Talvez esperando que Dan encontrasse forças para me procurar um dia e me contar do nosso passado. Obviamente, fazê-lo de forma tão pública era o que ele preferia por algum motivo ridículo.

Os braços de Rooney se afrouxaram ao meu redor quando dei um tapinha em suas costas para que ela soubesse que eu estava bem; quando me aproximei de Grant, ele me puxou para seus braços e beijou o topo da minha cabeça enquanto envolvi meus braços em sua cintura.

— Sinto muito — sussurrou, em meu cabelo. — Eu deveria ter contado a você. Só não sabia como...

Perdoá-lo parecia a coisa mais fácil do mundo, e não importava o quão chateada eu estivesse minutos atrás, sabia que precisava dele para superar.

Eu me virei para olhar para Grant, e minhas próximas palavras borbulharam para fora de mim sem aviso.

— Eu amo você — falei, oprimida por tudo o que estava acontecendo ao meu redor. — Eu o amo e não estou brava com você por não ter me contado. Eu só... quero respostas. Dele.

Os olhos de Grant estavam cheios de surpresa depois das minhas palavras, e como não encontrou as suas próprias, ele segurou meu rosto e me beijou com força.

Dizer a ele que o amava era fácil, e me perguntei por que não havia contado antes. Porém, neste momento, eu sabia que era o momento certo.

— Vou fazê-lo falar, mas não esta noite — Grant sussurrou contra meus lábios antes de seus olhos encontrarem os meus novamente. Parecia que ele havia parado de falar, embora, depois de mais um beijo, disse: — Eu também amo você, gatinha. Eu a amo tanto, que você não tem ideia.

Ele me fez sorrir, e meu coração estava acelerado por um motivo totalmente diferente agora.

Mas, como sempre, momentos como esse tinham que ser interrompidos.

— Rooney, mas que diabos? O leilão está começando! — Evie gritou, das escadas que conduziam à entrada.

— Você está bem? — Rooney me perguntou, com a mão no meu ombro. — Tudo bem se quiser ir para casa. Eu entendo.

Eu queria ficar por ela, porém, com Dan no mesmo ambiente, eu não podia.

— Vou levá-la para casa. Ela precisa clarear a cabeça e isso não vai acontecer com ele lá — Grant sugeriu, e Wells concordou.

— Leve-a para casa — ele disse, e então olhou para mim. — Quer que eu fale com Dan, ou quer lidar com ele você mesma?

Estava grata pelo seu desejo de ajudar, mas isso era algo que eu tinha que resolver por conta própria.

— Obrigada, mas vou ter que lidar com isso sozinha.

Ele assentiu, então olhou para Grant e deu um tapinha em suas costas.

— Conversaremos amanhã.

— Tudo bem. Obrigado — agradeceu, depois olhou para Rooney. — E venda essa sua pintura por nada menos que vinte mil.

Rooney riu baixinho e acariciou minhas costas antes de pegar a mão de Wells.

— Verei o que posso fazer. E ei, deixe-a tomar um bom banho quando chegar em casa.

Eu adoraria isso e sabia que Grant faria o que Rooney sugeriu.

Quando eles saíram, olhei de volta para Grant e suspirei.

— Desculpe, eu saí furiosa. Ainda tenho que aprender a lidar com coisas assim.

— Você lidou com isso da maneira que deveria. Mas sou eu quem tem que se desculpar.

Antes que ele pudesse acrescentar qualquer outra coisa, eu o interrompi pressionando meus lábios nos dele. Tudo o que eu queria era ir para casa e ficar com ele e ter uma noite relaxante antes que as coisas ficassem intensas novamente amanhã.

Como prometido, eu estava relaxando na banheira minutos depois de chegarmos à casa de Grant, mas ele não me deixou sozinha. Em vez disso, estava sentado ao lado da banheira em um banquinho que pegou na cozinha, lendo um livro para mim que eu havia começado há algum tempo, mas nunca mais voltei.

— Outro capítulo? — perguntou, quando terminou o último, e abri meus olhos para fitá-lo.

Sorrindo, estendi a mão para colocá-la em sua coxa e ele não se importou que eu molhasse sua calça.

— Acho que estou pronta para sair daqui.

— Tudo bem, abra o ralo.

Enquanto eu me sentava lentamente, ele se levantou do banquinho e pegou a toalha de banho e ficou ali com ela aberta, pronto para me envolver nela.

Quando me ergui e saí cuidadosamente da banheira, Grant se aproximou e colocou a toalha em volta do meu corpo. Aconcheguei-me enquanto ele dava um beijo em minha cabeça; com meus olhos fechados, absorvi este momento em silêncio.

Grant esfregou minhas costas com as duas mãos, então colocou a dele na parte de trás da minha cabeça para incliná-la para trás e me fazer encará-lo.

— Encontrei algo na semana passada que queria mostrar a você.

— Sim? O que é? — perguntei, sorrindo para ele.

— Um álbum cheio de fotos de bebê de Benny. Vista-se e depois venha para a cama — sugeriu.

Eu não hesitei e, depois de um beijo em seus lábios, me afastei dele com a toalha ainda enrolada em mim para chegar ao seu quarto onde estava meu pijama.

Já que passava tanto tempo na casa dele, trouxe algumas das minhas roupas para cá, e ele fez o mesmo com as dele na minha. Eu gostava de estar aqui, mas tendo Woodstock em casa, não podia deixá-lo sozinho todas as noites. Porém, em noites como essa, quando eu sabia que só voltaria para casa na manhã seguinte, Maddie dormia lá para ficar de olho em Woody.

Depois que me vesti, me arrastei para a cama ao lado de Grant e me aconcheguei ao seu lado; quando ficamos confortáveis, ele pegou o álbum da mesinha de cabeceira.

— Pronta para uma sobrecarga de fofura? — indagou, com um sorriso.

Eu sabia que ele estava fazendo tudo isso para manter minha mente longe de tudo o que descobri hoje à noite, e fiquei feliz por ele ter conseguido fazer isso sem exagerar.

Assenti com a cabeça e sorri para ele antes de dar um beijo em seu queixo.

— Estou aceitando toda a fofura do mundo neste momento.

Eu tinha um braço em volta de sua cintura e minhas pernas entrelaçadas com as dele para mantê-lo perto.

Quando Grant abriu o álbum, a primeira foto era de Benny recém-nascido.

— Ah, meu Deus... olhe para ele — sussurrei.

— Lindo, né? Pensei que ele não poderia ficar mais bonito do que isso, mas ele prova que estou errado quanto mais velho fica.

Grant virou a página seguinte e mais fotos de Benny quando bebê estavam lá; para cada foto, Grant tinha uma curta e doce história para contar.

Escutei com atenção e, embora estivesse ficando cansada, não fechei os olhos.

Quando vimos uma foto de Amy segurando Benny quando ele tinha um ano, lembrei-me do que nós duas conversamos hoje na creche.

— Eu disse a Amy que ela poderia vir amanhã para falar sobre Benny ir à creche com mais frequência, agora que você começa a trabalhar na próxima semana. Benny também pediu para ficar aqui amanhã — contei, olhando da foto para seus olhos.

Ele deixou minhas palavras pairarem no começo, e então negou com a cabeça.

— Temos que lidar com Dan amanhã. Não vou deixar mais um dia passar sem que ele se explique para você. Vou ligar para Amy amanhã e dizer a ela para vir de noite ou no domingo.

Eu sabia que negar não era uma opção. Ele estava falando sério sobre confrontar Dan, mas eu não tinha certeza de como me sentir sobre ele me colocar antes de Benny.

— Vou ter que pensar sobre o que aconteceu hoje e não quero que Amy tenha que esperar. Benny ir para a creche mais dias por semana é uma decisão importante, e vocês dois precisam garantir que seus horários estejam alinhados.

Grant estudou meu rosto cuidadosamente antes de responder.

— Tudo bem. Amanhã vamos lidar com Amy, mas na próxima semana, vou garantir que Dan fale sobre suas mentiras e segredos.

Eu entendia sua raiva. Também estava com raiva, mas deixá-la sair sem que meus pensamentos fossem claros não terminaria bem.

— Preciso de um pouco mais de tempo para pensar sobre tudo. Para pensar sobre o que quero perguntar ou dizer a ele — expliquei calmamente.

Grant assentiu e colocou o álbum de lado, então me puxou para mais perto e beijou minha bochecha.

— Ok, leve o tempo que precisar. Saiba que estarei aqui se precisar de mim.

Eu sabia, e era isso que eu amava nele.

Grant se inclinou sobre mim e deu outro beijo na minha bochecha, então seus lábios pressionaram os meus. Eu tinha meus braços em volta de seu pescoço para mantê-lo perto de mim; quando nosso beijo ficou mais intenso, empurrei minha coxa contra seu pau endurecido.

— Eu quero ouvir você dizer de novo — sussurrei no beijo, lembrando o quão bem ele me fez sentir dizendo aquelas três palavras para mim.

Grant não me fez esperar muito; quando quebrou o beijo, olhou nos meus olhos novamente e sorriu.

— Eu amo você. Deveria ter lhe contado há um tempo e odeio não ter feito isso. Amo você, gatinha, e espero que saiba que sou feliz com você. E, para ser sincero, não fico tão feliz há muito tempo.

Suas palavras foram mais do que eu esperava, mas guardei-as em meu coração para lembrar para sempre.

Beijando-o novamente, coloquei as duas mãos em seu rosto e movi meus lábios contra os dele suavemente. Senti o amor que Grant tinha por mim e sabia que ele também sentia o meu.

— Eu também amo você — sussurrei no beijo antes de separar meus lábios e deixá-lo empurrar sua língua em minha boca.

Foi fácil perdoá-lo por não ter me contado sobre quem era o homem nas minhas fotos, e depois de me colocar em sua situação, eu não saberia o que teria feito em seu lugar.

Embora ainda não estivesse claro se Dan era quem eu pensava que era, tive a sensação de que estava mais certa do que errada sobre minhas suposições.

# Capítulo 39

## GRANT

Por causa da vinda de Amy hoje, Rigby insistiu em preparar o almoço. Ela não precisava, mas eu sabia que isso a ajudaria a clarear um pouco seus pensamentos depois de tudo que aconteceu ontem à noite.

— Tem certeza de que não precisa de ajuda? — perguntei, quando entrei na cozinha. Ela balançou a cabeça, negando, e sorriu para mim.

— Vou terminar logo. E eles estarão aqui em breve. Talvez você possa pôr a mesa — sugeriu.

Assenti e beijei o topo de sua cabeça antes de pegar quatro pratos do armário.

— Rooney mandou uma mensagem e perguntou como você está. Eu disse a ela que você precisa de um tempo e que os veremos novamente em breve. Acho que uma semana de trabalho vai ajudar — comentei.

— Eu também acho — foi tudo o que Rigby respondeu, mostrando-me que nem pensar nisso era o que ela queria.

Então, mudei de assunto.

— Benny vai passar a noite aqui. Quero que você fique também, mas sei que tem que voltar para casa para dar uma olhada em Woodstock. Talvez possa trazê-lo aqui mais tarde — sugeri.

— Sério? — devolveu, surpresa. — Eu estava prestes a perguntar a Maddie se ela poderia cuidar dele um pouco mais. Mas... posso perguntar se ela pode trazê-lo aqui.

— Ela está com ele agora?

— Ela me mandou uma mensagem há algum tempo dizendo que estava indo para o meu apartamento depois que foi trabalhar para dar comida a Woody e levá-lo para passear.

— Envie uma mensagem para ela com meu endereço. Ela pode trazê-lo aqui.

Rigby olhou para mim novamente.

— Tem certeza que o quer aqui? Seu apartamento está limpo. Ele baba e solta pelo por toda parte.

Arqueei uma sobrancelha para ela.

— Tenho um filho de quatro anos que deixa bagunça por toda parte. Eu posso lidar com a sujeira de um maldito cachorro.

Ela franziu os lábios e depois riu.

— Woody não é um maldito cachorro. Ele é meu melhor amigo, mas realmente deixa bagunça em todos os lugares. Você viu o que ele fez com o meu abajur e controle remoto.

Eu ri e passei meus braços em torno dela por trás depois que terminei de arrumar a mesa, então me inclinei e beijei seu pescoço.

— Eu o quero aqui porque você não vai para casa há quase dois dias e tenho certeza que ele também sente sua falta. E eu o quero aqui por causa de Benny. Ele é diferente quando Woodstock está por perto. Mais calmo. Mais silencioso. Mais feliz.

Rigby virou a cabeça para olhar para mim com um sorriso.

— Então você notou.

— Claro que notei. Eu sou o pai dele. Achei que um animal de estimação nunca ajudaria com seu comportamento e até mesmo com os animais, mas vejo o quanto ele muda quando Woodstock está por perto.

— É bom ouvir isso — sussurrou, beijando meu queixo antes de se virar em meus braços. — Vou avisar Maddie para passar aqui e deixá-lo.

— Que bom. — Eu a beijei suavemente e coloquei minhas mãos em suas bochechas. — Ligue para ela. Vou ficar de olho na comida.

Depois de me dar um sorriso doce, afastei-me para deixá-la entrar na sala onde estava seu telefone e, enquanto ela ligava para Maddie, preparei uma salada.

Ter Rigby no meu apartamento ao mesmo tempo que Amy seria estranho no começo. Embora eu soubesse que Rigby não tinha problemas com a vinda de Amy, não tinha tanta certeza de como minha ex seria com minha namorada por perto.

— Ela estará aqui em cinco minutos e também trará a comida e as tigelas dele. E um brinquedo — Rigby informou, voltando para a cozinha.

Puxei-a em meus braços, percebendo como não conseguia tirar minhas mãos dela hoje. Depois da noite passada, queria que ela soubesse que não importa o que acontecesse, eu estaria ao seu lado.

— Você está grudentinho hoje — murmurou, na curva do meu pescoço.

Então ela percebeu também.

Rindo, esfreguei suas costas e respirei profundamente.

seven rue

— Você disse que me ama ontem à noite. Esta é a minha forma de celebrar.

— Achei que tínhamos celebrado ontem à noite na cama. — Rigby riu.

— Ah, sim, e faremos novamente esta noite.

Era uma promessa que eu não quebraria, e aqueles cinco minutos que ela disse que Maddie levaria para vir aqui acabaram cedo demais.

— Vou abrir a porta — Rigby falou, pronta para ir até a porta, mas parou e se virou para olhar para mim outra vez. — Você deveria conhecer Maddie.

Eu a conheci antes na creche, mas, assim como Rigby disse, Maddie era só papo. E sempre que eu entrava na creche, ela desaparecia da minha vista.

— Tem certeza que ela não vai correr quando me vir?

Rigby riu.

— Ela não vai. Não estamos na creche.

Dirigimo-nos para a porta e, assim que Maddie apareceu no meu andar, ela parou e soltou a coleira de Woodstock, que imediatamente correu em direção a Rigby.

— Oi, grandalhão. Senti sua falta — saudou, acariciando a cabeça do cachorro com as duas mãos. — Eu sei, eu sei. Tenho estado muito longe ultimamente. Mas você vai ficar aqui esta noite, ok?

Olhei deles para Maddie e sorri para a jovem.

— É bom finalmente conhecê-la. Oficialmente — eu disse, e ela assentiu, mas manteve distância.

— Maddie, você conhece Grant — Rigby comentou, quando se endireitou.

— Meu Deus, você tem sorte — Maddie murmurou, antes de olhar para mim. — Eu realmente deveria ter arriscado quando tive a chance. Caramba.

Rigby riu.

— Você nunca teria falado com ele mesmo se eu não tivesse. Obrigada por cuidar de Woody e por trazê-lo aqui.

— Claro — Maddie respondeu, entregando a mochila com as coisas de Woody, então olhou para mim com um sorriso. — Por acaso você não tem um irmão, tem?

Eu ri.

— Não. Mas um primo que ainda está solteiro. — Eu estava brincando, mas Maddie levou a sério, então acrescentei: — Ele mora no Canadá.

— Droga. Bem, se você tiver um amigo ou algo assim... — Ela olhou para Rigby. — Vejo você na segunda?

— Sim, vejo você na segunda. E, ei... que tal voltar para aquele bar onde aquele carinha trabalha? Você gostou dele. Talvez ainda esteja lá.

Desejo ARDENTE

177

Maddie deu de ombros.

— Talvez eu vá. Mas ele é jovem, e eu enxergo o apelo que os homens mais velhos têm — ela disse, olhando para mim com uma expressão sonhadora nos olhos. — De qualquer forma, divirtam-se.

Nós nos despedimos e não pude deixar de rir quando a porta se fechou. As mulheres de vinte e poucos anos preferiam os homens mais velhos hoje em dia, mas eu não estava reclamando. Eu tinha a minha.

# Capítulo 40

## RIGBY

Sentar à mesa com Amy à minha frente não foi tão estranho quanto pensei a princípio. Ela estava sendo muito legal e até parecia feliz em deixar Benny aqui hoje para que ela pudesse ter um bom fim de semana.

Já havíamos almoçado, e Benny pedia para brincar com Woodstock, que estava deitado no chão da sala, nos observando atentamente.

Quando Grant me encarou, foi com um pequeno grito de socorro.

— Se quiser, posso ir brincar com Benny e vocês dois podem conversar sobre suas agendas para as próximas semanas.

Ele acenou com a cabeça e apertou minha coxa; assim que me levantei, ajudei Benny a descer de sua cadeira alta.

— Vamos lavar as mãos e depois podemos brincar com o Woody, que tal?

— Sim! Quero mostrar ao Woody meus Legos no meu quarto!

— Tudo bem, vamos para o banheiro — indiquei e, antes de sairmos, olhei para Amy, que estava me fitando com um sorriso que eu não esperava.

Ela estava bem com Benny perto de mim, e confiava em mim não apenas como a garota da creche, mas também como a nova namorada de seu ex.

— Você fez a escolha certa pela primeira vez. — Eu a ouvi dizer quando Benny e eu já estávamos fora da cozinha.

Queria saber exatamente o que ela queria dizer com isso, no entanto, voltei minha atenção para Benny.

— Tudo bem, aqui está o sabonete.

Ele subiu na escadinha em frente à pia, estendeu as mãos para o sabonete e, depois de abrir a torneira, lavou as mãos com cuidado.

— Woody pode almoçar também?

— Woody já almoçou. Você pode dar o jantar dele esta noite — sugeri.

— Ele vai dormir aqui hoje? — Benny perguntou, de olhos arregalados.

— Sim, ele terá uma festa do pijama conosco. Divertido, não é?

— Ele pode ter uma festa do pijama no meu quarto?

Eu sabia que Woodstock adoraria. Ter companhia durante a noite o deixava relaxado e menos ansioso.

— Vamos perguntar ao seu pai mais tarde, ok?

— Ok. Podemos brincar com ele agora?

Desliguei a água, estendi uma toalha para que Benny pudesse secar as mãos e, assim que o fez, ele pulou do banquinho.

— Vamos, vamos, Rigby!

Eu o segui e chamei Woodstock para vir; em seu ritmo lento habitual, ele caminhou até nós no quarto de Benny.

— Ele pode brincar com isso — falou, entregando-me um brinquedo que parecia relativamente novo.

— Você brinca com isso. Olha, Woody trouxe seu próprio brinquedo. Esta é a bola favorita dele — indiquei, tirando a bola de tênis da boca de Woody.

— Posso jogá-la?

— Não aqui. Talvez possamos chamar o papai para sair conosco e brincar no parque.

— Ok.

Era fácil convencer Benny quando Woody estava por perto e, como Grant havia dito, ele era diferente com e sem o cão por perto.

Mas o menino continuava sendo barulhento e selvagem na creche.

Cerca de uma hora depois, Amy e Grant terminaram de conversar e ambos estavam parados na porta do quarto de Benny. Olhei para eles e sorri, vendo como ambos estavam satisfeitos com o que quer que decidiram.

— Olha, mamãe, Woody está no meu quarto — Benny anunciou, apontando para o cão, que adormeceu no tapete.

Coloquei uma toalhinha embaixo da boca dele para que a baba não caísse no tapete, e estava funcionando muito bem.

— Eu posso ver isso. É um cachorro grande, hein? — Amy perguntou, um pouco insegura.

— Ele adora crianças. Eles já brincaram antes e Benny é um garoto totalmente diferente quando Woody está por perto. Me fez pensar em pegar um animal de estimação para ele — disse Grant a Amy, mantendo a voz baixa.

— Um animal de estimação? Você sabe o que eu acho sobre isso. Não vou ter nenhum em casa, mas, se quiser ter um aqui para ele, vá em frente.

— Agora que Rigby vai passar mais tempo aqui, ele vai ver Woody de qualquer maneira.

Suas palavras me fizeram sorrir, e mal podia esperar para trazer meu cachorro aqui com mais frequência, com ou sem Benny por perto.

Grant aceitou meu cachorro, o que obviamente me deixou feliz.

— Benny, mamãe está indo embora agora — Amy chamou, para mudar de assunto. Ela se agachou e puxou o filho em seus braços enquanto ele caminhava até ela.

— Para onde você está indo?

— Para casa, mas você vai ficar aqui com papai e Rigby... e Woody, e dormir aqui até segunda-feira.

— E depois? — Benny perguntou. Ele sabia que as mudanças estavam chegando e queria se preparar para elas.

— Então você vai passar o dia na creche e à noite eu vou te buscar. Tudo bem?

Benny assentiu, mas parecia um pouco inseguro.

— Mas segunda-feira não é sexta-feira.

— Isso é verdade, mas você sabe que o papai vai voltar ao trabalho na segunda, e eu tenho que trabalhar também. Então você vai passar mais tempo na creche. Isso não é legal?

Benny pensou a respeito por um tempo, então olhou para mim e apontou o dedo.

— Você vai estar na creche?

Eu sorri e assenti.

— Eu estarei lá, e Mikey também, então você pode brincar com ele o dia todo.

— Parece divertido, amiguinho — Grant falou, encorajando Benny a ficar animado.

Benny assentiu novamente e olhou para Amy.

— Tchau, mamãe!

Nós rimos de seu súbito entusiasmo para fazer Amy sair e, depois de beijar sua bochecha, ela se levantou e revirou os olhos para Grant.

— Eu definitivamente não sou mais a favorita dele.

Grant olhou para ela com um sorriso divertido.

— Eu sempre fui o favorito dele.

— Tanto faz — murmurou, e então olhou para mim. — Grant contará tudo sobre nossos horários e em que dias Benny irá para a creche. Se precisar de alguma coisa de mim, me avise.

Eu me levantei e assenti.

— Claro. Obrigada por ter vindo, Amy.

— Eu voltarei se você preparar outro almoço assim. Estava uma delícia.

— Ah, obrigada. Pode vir quando quiser — ofereci, mas sabia que um almoço com Amy e Grant não aconteceria tão cedo. Eles já tiveram o suficiente um do outro hoje.

Caminhamos até a porta da frente e nos despedimos dela; quando a mulher se foi, Grant olhou para mim com uma sobrancelha arqueada.

— O quê?

— Eu sei que você só está sendo legal, mas me prometa que nunca mais vai convidá-la para almoçar conosco.

Eu ri e fiz uma careta para ele.

— Por que não? Foi legal, não foi? E Benny também se divertiu.

— Fico feliz que tenha sido divertido para ele, mas eu não teria aguentado um minuto a mais naquela mesa sozinho com Amy.

Colocando a mão em seu ombro, apertei-o suavemente.

— Bem, ela se foi agora, e você pode passar o resto do fim de semana comigo. Mas estou orgulhosa de você por se sentar com ela e conversar. Não são muitos os ex que conseguem fazer isso pacificamente.

Ele me observou por um momento, então segurou minha bochecha e se inclinou para me beijar suavemente.

— Vamos nos concentrar em nós pelo resto do dia.

# Capítulo 41

## GRANT

Nosso sábado e domingo foram divertidos, mas, depois de voltar da brincadeira no parque, Benny não parava de pedir para ver Ira. Eu já havia mandado uma mensagem para Wells e perguntado se ele poderia jantar aqui mais tarde e, felizmente, ele concordou em vir com Ira e Rooney.

Enquanto eu ajudava Benny a tomar banho, Rigby estava na cozinha de novo, preparando o jantar, que prometeu que seria algo que Ira também poderia comer. Ela parecia estar mais animada do que meu filho para receber convidados, mas eu estava feliz por ela não estar pensando em Dan o tempo todo.

Nós lidaríamos com ele em breve.

— Tudo bem, amiguinho. Hora de sair da banheira. — Estendi a mão para a sua toalha e esperei que se levantasse com cuidado; quando o fez, enrolei a toalha em volta dele e o levantei em meus braços. — Já está com fome?

— Sim, com muita fome. Mas espero até que Ira esteja aqui para poder comer com ele.

Muito educado.

— Com certeza ele vai gostar — eu disse, ao meu filho com uma risada.

— Eu também *gosto* disso — Benny respondeu, pronunciando a palavra perfeitamente para me surpreender.

Enquanto continuávamos a falar sobre seu melhor amigo, eu o sequei e o observei colocar o pijama para estar pronto para dormir depois do jantar.

— Tudo bem, vamos ajudar Rigby na cozinha antes que Ira chegue.

Peguei-o e joguei-o por cima do ombro, depois carreguei-o para a cozinha e deixei-o sentar no balcão ao lado de onde Rigby estava cortando cenouras e aipo.

— Posso pegar um? — Benny perguntou e pegou os vegetais.

— Cuidado, amiguinho. Quando Rigby está usando a faca, você pode se cortar. Ela é muito afiada e não queremos que você se machuque, ok?

Benny olhou para mim com os lábios entreabertos e, quando minhas palavras foram absorvidas, ele colocou as duas mãos entre as pernas para mantê-las a salvo da faca.

— Posso pegar um, por favor? — repetiu.

— Cenoura ou aipo? — indaguei.

— Ambos.

Eu ri e peguei um de cada e lhe estendi; enquanto ele comia, mantive minha mão em suas coxas para me certificar de que não cairia do balcão.

— Parece delicioso. Por que você é uma ótima cozinheira? — questionei a Rigby, depois de dar uma olhada no forno onde estava o frango recheado.

— Depois de sair do meu lar adotivo, eu sabia que poderia ir para um lado ou para o outro. Ou eu comprava comida pronta quase todos os dias para não ter que me preocupar com mantimentos e limpar a cozinha, ou poderia me tornar uma adulta e cozinhar todos os dias. Optei pela segunda opção e estou feliz por ter feito isso.

— Também estou feliz por isso. Parece que Benny só come vegetais quando você cozinha.

— Isso não é verdade. Ele come tudo o que você cozinha também, e sua comida também é ótima — ela afirmou.

Ignorei o seu elogio, porque nós dois sabíamos que ela cozinhava muito melhor e, quando a campainha tocou, fiquei feliz por meus amigos terem me tirado dessa conversa.

— Ira está aqui! — Benny gritou, colocando os dois vegetais ao lado dele no balcão e se jogou em meus braços.

— Calma, amiguinho, não precisa ter pressa.

— Sim, Ira está aqui!

Enquanto caminhava com ele até a porta da frente, vi Woodstock se levantando e sentando no corredor para ver quem estava chegando. Ele se interessava pelas pessoas e cumprimentá-las na porta era muito amigável de sua parte.

— Ira! — Benny gritou quando abri a porta e, logo que Wells e Rooney subiram as escadas e Ira viu Benny, os dois ficaram empolgados.

— Benny!

Eu amava a amizade deles e como, mesmo quando crianças, eles se valorizavam.

Ira correu em nossa direção e desci Benny para que se abraçassem como sempre faziam quando se encontravam e, assim que Ira ergueu os olhos, ele apontou para Woodstock atrás de mim.

— Quem é aquele? — o menino perguntou, seus olhos inseguros, mas intrigados ao mesmo tempo.

— Droga, esse é um cachorro grande — Wells murmurou, e entendi sua preocupação. Rigby contou a ele sobre seu São Bernardo e como ele era grande, mas Wells com certeza não achava que seria tão grande assim.

Agachei na frente dos meninos e coloquei minhas mãos nas costas de cada um deles.

— Esse é o Woodstock, mas às vezes o chamamos de Woody. Ele é o cachorro de Rigby e é muito legal. Benny já fez amizade e tenho certeza de que ele também quer ser seu amigo, Ira.

Ira olhou para além de mim novamente, observando Woodstock cuidadosamente.

— É o nome do xerife Woody de *Toy Story*.

— Isso mesmo — confirmei, sorrindo e depois olhando para Wells para ver como ele estava se sentindo sobre tudo. — Quer subir para que possamos dizer oi para ele juntos? — sugeri, e Ira assentiu antes de estender os braços para eu pegá-lo.

Assim que o fiz, cumprimentei Rooney e Wells antes de me virar e seguir Benny, que foi direto até Woody e o abraçou.

Woody não moveu um músculo e deixou Benny abraçá-lo e acariciá-lo para mostrar quão bom cachorro ele era, o que fez Ira relaxar em meus braços.

— Ele é seu amigo, Benny?

— Sim, Woody é meu amigo e quer ser seu amigo também — Benny falou para Ira. — Olha, ele gosta de abraços.

Virei-me para Ira e sorri.

— Quer dizer olá para Woody? Você não precisa, mas ele é um cachorro muito gentil.

Ira pensou um pouco na resposta, porém, como seus olhos já me diziam, ele não estava pronto para cumprimentar um cachorro daquele tamanho, então balançou a cabeça, negando.

— Tudo bem. Que tal irmos para a cozinha e ver se o jantar está pronto?

Ira assentiu e, como ele se sentia confortável em meus braços, carreguei-o para a cozinha com Rooney e Wells seguindo atrás.

— Oi, pessoal — Rigby cumprimentou, colocando os pratos na mesa e, depois de abraçar os dois, sorriu para Ira e acariciou suas costas. — Olá, Ira.

— Seu cachorro é grande — afirmou, ainda um pouco impressionado com Woody.

— Ele é, né? Mas é muito simpático. E cansado. Olha, ele já está dormindo de novo — ressaltou e apontou para a sala onde Woody estava deitado no chão novamente.

— Ele parece bobo. — Ira riu.

Eu concordei. Nunca tinha visto um cachorro esparramado na posição em que Woodstock estava. Suas patas traseiras estavam esticadas e sua barriga encostada no chão, e ele parecia um daqueles tapetes de pele de urso que você encontra no chão da sala de um caçador.

— Ele é bobo, Ira. E gosta de brincar — Benny contou, subindo em sua cadeirinha.

Adorei como ele encorajou Ira a não ter medo de Woody, mas daríamos a ele todo o tempo que precisasse antes de se aproximar do cachorro e talvez acariciá-lo.

— O cheiro está incrível. Você cozinhou? — Rooney perguntou a Rigby.

— Sim, eu realmente espero que você goste. Estava com um pouco de pressa, mas o frango parece ótimo — ela respondeu, com um sorriso para a amiga.

— Tenho certeza que está delicioso. Tudo o que você cozinhou até agora foi incrível.

Wells riu.

— Ela fez uma pequena dança feliz quando Grant mandou uma mensagem para nos convidar aqui, então Rooney não teve que cozinhar. Ela mal podia esperar para chegar aqui.

Olhei para Rigby, que estava radiante. Ela adorava fazer as pessoas felizes e nem precisava se esforçar muito.

— Vamos comer então — sugeri, sentando Ira na cadeira ao lado de Benny; enquanto eles comiam, abri a garrafa de vinho.

Não havia realmente nada para comemorar, mas eu queria tornar esta noite especial para Rigby. Na verdade, tornar especial qualquer outro dia antes do dia em que ela finalmente descobriria a verdade sobre seu passado.

# Capítulo 42

## RIGBY

— Você deveria estar na cama, gatinha. — A voz de Grant parecia cansada e rouca, e ele ficou parado na porta, olhando para mim na sala de estar. — Por que você ainda está acordada? — perguntou, ao se ajustar à luz.

Larguei o livro e dei de ombros; quando ele se aproximou de mim, sentei-me para que ele tivesse espaço ao meu lado no sofá.

— Não consegui dormir — sussurrei, tentando fazer sua preocupação desaparecer com um sorriso.

— Depois do sexo que tivemos? Caramba, você me cansou — ele disse, com uma risada. Grant segurou a parte de trás da minha cabeça e me puxou para mais perto para beijar minha testa, então olhou nos meus olhos novamente. — O que é que não está deixando você dormir?

Ele estava certo sobre o sexo.

Eu também estava cansada depois de gozar três vezes e, embora meu corpo estivesse no limite, meu cérebro não desligou quando tentei adormecer.

Dei de ombros novamente e me inclinei para ele.

— Algo está me incomodando.

Grant deixou minha resposta ser absorvida e, depois de um tempo, perguntou:

— Por causa do que Rooney disse?

Não. Rooney apenas me ajudou a me preparar para o que estava por vir. Ela e Wells sabiam sobre Dan e o que ele havia feito naquela noite, e Rooney fez o possível para me ajudar a descobrir como lidar com tudo isso.

— Ela ajudou, na verdade. Estou pronta para confrontar Dan, mas tenho muitas perguntas — justifiquei.

Grant assentiu com a cabeça e jogou meu cabelo para trás, colocando-o preso na minha orelha e olhando-me atentamente.

— Tenho certeza de que você verá as coisas com mais clareza quando falar com ele. Eu só posso imaginar o que você está sentindo agora, e tudo que sei é que está sendo muito corajosa sobre isso.

Eu concordei. Estava orgulhosa de mim mesma por não enlouquecer. Eu tinha certeza que outras pessoas teriam transformado essa situação em um belo show de horrores.

— Você acha que a esposa de Dan sabe sobre isso? Ou Evie?

Grant riu.

— Não mesmo. Evie não sabe, senão ela já estaria na sua porta. Fleur, por outro lado... ela pode saber.

Por alguma razão, não associei Fleur a mim. Claro, ela está com Dan desde a faculdade, mas por causa de Dan dizer que cometeu erros e Fleur sempre o perdoou, concluí que Fleur não poderia ser minha mãe.

Era estranho apenas pensar sobre isso e criar todas essas teorias sobre quem meus pais podem ser, mas minha mente não pararia até que tivesse um motivo razoável para não acreditar nessas teorias.

— Você estará lá comigo quando eu o confrontar, certo?

Grant sorriu e olhou para mim com tanto amor que meu coração quase explodiu.

— Você sabe que estarei ao seu lado e a ajudarei a passar por isso.

Sua resposta foi simples, mas fez meu coração disparar e meu corpo estremecer.

E a melhor parte disso tudo, ele não estava dizendo essas coisas apenas para me agradar. Não, Grant as estava dizendo porque queria realmente dizer cada palavra.

Segurei minhas lágrimas que se acumularam desde o evento beneficente na sexta-feira, porém, quando ele me puxou em seus braços e me abraçou forte, elas começaram a rolar pelo meu rosto incontrolavelmente. Eu não era muito de chorar, e talvez seja por isso que estava fazendo isso de maneira histérica naquele momento, mas me senti melhor.

Tive que chorar e deixar meus sentimentos saírem. E, de qualquer maneira, mantê-los trancados dentro de mim não era uma boa coisa a se fazer.

— Aconteça o que acontecer no seu caminho, estarei lá para apoiá-la. Sempre, Rigby.

— Eu amo você — arfei, sentindo todas as emoções de uma vez.

Grant riu baixinho.

— E eu amo você, gatinha.

Ficamos em silêncio pelos próximos dez minutos, ele me segurando e eu tentando controlar minhas emoções.

— Sei que a leitura ajuda, embora não entenda como uma pessoa pode simplesmente sentar e ler, mas prefiro que me acorde da próxima vez para que você possa falar comigo em vez de reprimir seus sentimentos.

Eu ri de sua declaração sobre a leitura.

— Você deveria tentar algum dia. É relaxante.

Grant fez uma careta e olhou para o meu livro.

— Não, definitivamente não é relaxante. Acha que nunca tentei?

— Você não parece um cara que lê — provoquei.

— Exatamente. Agora, deixe-me levá-la de volta para a cama. Nós dois temos trabalho na segunda-feira e não quero que meu horário de sono seja prejudicado antes de começar a trabalhar novamente.

Deixei que ele me levasse de volta para seu quarto e segurasse minha mão com força na sua; quando fomos para a cama, me aconcheguei a ele e fui tomada pelo sono no segundo em que fechei os olhos.

— Você vai dirigir o caminhão dos bombeiros hoje, papai? — Benny perguntou, quando Grant estacionou o carro na frente da creche.

— Acho que não hoje, mas em breve — prometeu ao filho, virando a cabeça para olhá-lo. — Você está animado para a creche hoje?

Eu me virei também para olhar para ele e o vi sorrindo, o que era um bom sinal, após a crise desta manhã que ele teve logo após acordar. Ele não queria vir para a creche, mas, depois de explicar por que tinha que ir, enxugou as lágrimas.

Benny assentiu e apontou para a porta da frente da creche.

— Tem alguém ali?

— Nós somos os primeiros esta manhã — respondi. Eu sempre chegava mais cedo que Maddie e Martha, só porque gostava de tomar meu café da manhã e deixar tudo pronto antes que elas e as crianças chegassem. Grant também tinha que começar a trabalhar cedo.

— Os primeiros?

— Sim, quando estivermos lá dentro, quer me ajudar a acender todas as luzes? Também podemos ligar o rádio e ouvir música.

Ele gostou da minha sugestão e, nem um segundo depois, seu cinto de segurança foi desafivelado.

— Isso foi fácil — Grant murmurou, com um sorriso.

Pisquei para ele e me inclinei para beijá-lo gentilmente antes de sair do carro; assim que abri a porta de Benny, ele imediatamente pulou em meus braços.

— Vamos ligar o rádio!

Eu ri e beijei sua bochecha.

— Agora mesmo, amiguinho.

Com ele em meus braços, caminhei para o lado de Grant e parei na frente de sua janela abaixada.

— Tenham um bom-dia, ok? Vejo vocês mais tarde. — Grant se inclinou para beijar a cabeça de Benny, então me aproximei e beijei seus lábios, sorrindo no gesto. — Amo você.

— Eu também amo você. Não seja muito duro consigo mesmo hoje e faça uma pausa se precisar.

Ele estava melhor e sua perna não doía. Pelo menos foi o que disse.

— Não se preocupe comigo, gatinha. Agora, vá ligar o rádio.

Eu ri baixinho e o beijei mais uma vez antes de caminhar de volta para chegar à porta.

— Talvez possamos fazer uma festa de dança — Benny sugeriu.

— Eu gosto daquela ideia. Mas primeiro temos que acender todas as luzes, ok?

Benny concordou.

Estive muito perto dele e de Grant desde nosso primeiro encontro, mas ainda me sentia sobrecarregada só de pensar em quanta confiança os dois tinham em mim. Não apenas como a garota que trabalhava na creche de Benny, mas também como sua namorada.

# Capítulo 43

## GRANT

Eu não esperava que meus colegas de trabalho fizessem nada de especial para o meu retorno, mas fui surpreendido por um bufê de café da manhã quando entrei no batalhão.

— Eu disse que ele ficaria surpreso — Connor gritou, da parte de trás.

— Ele ainda parece uma merda. Chefe, por que diabos ele voltou?

Eu ri do comentário de Donavan e caminhei até ele para cumprimentá-lo com um abraço.

— Bom ver você também, cara.

— Como você está, irmão? — Don perguntou, olhando para mim.

Eu sabia que os outros também queriam saber, então dei um passo para trás para falar com todos eles.

— Tem sido difícil, mas estou muito melhor agora. Senti saudades de vocês — afirmei, falando sério com todo o meu coração.

Ser bombeiro não era apenas um bando de homens querendo impressionar as mulheres, o que, sim... muita gente achava que era por isso que escolhemos esse trabalho. Mas era muito mais do que isso.

Tratava-se de salvar vidas, e não apenas de incêndios. De acidentes, inundações, derramamentos de produtos químicos. O que quer que colocasse a população em perigo, estávamos lá para ajudar. A irmandade que se constrói ao longo do tempo com os outros era um bônus e, se eu não pudesse voltar aqui, não saberia o que fazer.

— Estamos felizes por você estar de volta, Grant. Sei que você está pronto para vestir seu equipamento, mas quero que vá devagar por enquanto. Não vou mandar você para um prédio em chamas tão cedo — meu chefe avisou.

Assenti com a cabeça para ele e, em seguida, apertei sua mão.

— Entendido. Obrigado por me deixar voltar.

— Todos os meus homens são bem-vindos quando não tiverem uma morte estúpida primeiro. Você esteve muito perto disso, sabia?

Eu ri.

— Só estava tentando salvar uma criança, chefe. Estava fazendo meu trabalho.

Ele não respondeu. Todos teriam feito o mesmo.

— Não vamos falar sobre o quão idiota ele foi. Vamos comer! Estou morrendo de fome — Don chamou, com um sorriso.

Enquanto se dirigia para o bufê, cumprimentei os outros antes de todos irmos tomar nosso café da manhã.

Era bom estar de volta com os caras.

— Algo novo aconteceu em sua vida nos últimos meses? Como está seu filho? — Connor perguntou, se sentando ao meu lado depois de ir ao bufê pela quarta vez.

— Benny está indo muito bem. Ele começou a ir à creche para que eu pudesse fazer fisioterapia uma vez por semana.

— E como ele se adaptou?

— Está gostando. Fez alguns novos amigos e, agora que voltei a trabalhar, ele vai lá com mais frequência. Amy também trabalha, então tivemos que encontrar uma solução para ele. Mas Benny se adaptou bem e gosta de lá — respondi. Eu estava orgulhoso do meu filho, mas não tinha certeza se teria ficado tão calmo sem a presença de Rigby.

— É bom ouvir isso. Preciso perguntar sobre as mulheres? Ainda está namorando aquela filha do Rockefeller?

Claro, Connor estava interessado nela, mas tudo o que sua menção a Evie nos trouxe foi um revirar de olhos.

Os Rockefeller não eram pessoas sobre as quais alguém nesta cidade que não fosse rico gostava de falar.

— Nunca namoramos — eu disse simplesmente, sem saber se mencionar Rigby era necessário no momento.

Eu sabia como esses caras eram quando se tratava de mulheres e, se eu contasse a eles sobre Rigby e como ela era incrível e maravilhosa, eles apenas começariam a fazer perguntas sem fim. Queria mantê-la em segredo por mais algum tempo.

— Ouvi dizer que há um boato sobre Dan Rockefeller tendo casos quando era mais jovem. São sempre os idiotas com dinheiro — Donavan murmurou.

Acho que as pessoas do clube de campo não conseguiram ficar de boca fechada depois daquele evento beneficente.

— Ele pode ser um idiota, mas quão estúpida Fleur é por o aceitá-lo de volta? Caramba, ela tinha pelo menos um pouco de respeito por si mesma? — Connor perguntou.

— A merda deles não deveria ser o assunto da nossa conversa — resmunguei, em uma tentativa de mudar de assunto. — Não é da nossa conta.

— Os problemas dos ricos sempre serão nossos. Especialmente em uma cidade como esta. Deveria ser da sua conta depois de namorar a filha de Dan — Don acrescentou.

— Nunca namoramos — respondi.

— Mas você fodeu com ela. Várias vezes. Não foi o suficiente para entrar nos negócios da família?

Balancei minha cabeça, negando. Quanto mais perguntas faziam sobre Evie, mais irritado eu ficava. Minhas entranhas ferviam, mas não era culpa deles. Meus colegas estavam curiosos, o que era bom. No entanto, terem mencionado Evie não me fez sentir nada além de ódio. Não necessariamente em relação a ela, já que a garota não tinha culpa dos erros do pai. Mas ela era quem eu associava a Dan, e era *ele* quem me deixava com raiva.

— Como está sua esposa, chefe? — questionei, para os caras falarem sobre outra pessoa. Enquanto o chefe nos contava tudo sobre o novo hobby de sua mulher, minha mente vagava e eu me perguntava o que as duas pessoas que mais amava no mundo estavam fazendo.

— Papai! — Benny correu em minha direção quando me viu chegar à sala de brinquedos e, embora Amy estivesse andando ao meu lado, era a mim que ele estava chamando.

Amy levaria Benny para casa esta noite. Ainda tínhamos que descobrir qual era a melhor maneira de co-criação, tendo empregos em tempo integral e uma criança na creche, porém, por enquanto, iríamos com calma.

— Oi, amiguinho! — Peguei-o assim que me alcançou, beijando sua bochecha antes de olhar para ele. — Você teve um bom-dia?

Benny assentiu, mas estava mais interessado no meu dia.

— Dirigiu o caminhão dos bombeiros?

Eu ri.

— Hoje não. Da próxima vez, com certeza — garanti. Tudo o que fiz hoje foi ajudar o chefe com alguns papéis e, embora estivesse pronto para ajudar naquele acidente que aconteceu esta tarde, estava bem sentado no escritório e repassando tudo o que aconteceu nos últimos meses.

— Oi, querido — Amy disse, para chamar a atenção de Benny.

— Oi, mamãe.

— Posso ganhar um beijo? — perguntou.

Benny se inclinou, mas ficou em meus braços, e assim que beijou a bochecha de sua mãe, ele olhou para mim.

— Onde eu vou dormir esta noite?

— Você vai dormir na casa da mamãe esta noite, mas te vejo de novo amanhã de manhã, tudo bem?

Benny pensou na minha resposta por um tempo, então assentiu.

— Onde Rigby vai dormir esta noite?

Acariciei seus cachos com um sorriso divertido.

— É isso que estou aqui para perguntar a ela. Sabe onde ela está?

— Ela está lá! — Benny anunciou, apontando para a porta fechada da cozinha. — Vamos ver Rigby.

— Ele gosta dela — Amy comentou. Ela não estava chateada com isso.

— Gosta. — Sorri para Amy antes de caminhar até a porta da cozinha e bater; segundos depois, Rigby abriu e sorriu para mim quando seus olhos encontraram os meus.

— Oi! Eu não te ouvi entrar — saudou, então olhou para Amy com um sorriso. — Olá, Amy.

— Oi, correu tudo bem hoje?

— Ah, sim, foi tudo ótimo. Ele foi muito útil hoje. Benny ajudou Maddie com a decoração, não foi? — Ela moveu seu olhar de volta para o menino e sorriu para ele.

— Eu ajudei a decorar — afirmou, com orgulho.

— Isso é incrível, querido. Agora, pronto para ir para casa? — Amy parecia estar com pressa, mas não me importei que ela levasse Benny embora. Eu estava animado para passar a noite com Rigby.

— Vejo você de novo amanhã, tudo bem, amiguinho?

Beijei sua bochecha e o abracei com força antes de soltá-lo; depois que acenou para Rigby, Amy saiu com ele.

— Você está aqui — Rigby disse enquanto estávamos lá sozinhos no corredor.

— Senti sua falta — falei para ela, puxando-a para mim com a mão em sua cintura. Beijei seus lábios, então olhei de volta em seus olhos. — Quanto tempo até você terminar por aqui?

Rigby riu.

— Alguém está com pressa. Dez minutos, então estarei pronta para ir.

Esperei no corredor e a observei terminando de limpar a cozinha; como ela foi a primeira a chegar esta manhã, Martha a deixou sair mais cedo.

Havia cerca de três crianças esperando que seus pais as buscassem, mas Martha e Maddie cuidariam delas.

— Pronta? — perguntei, quando Rigby voltou da sala de brinquedos depois de se despedir de suas colegas de trabalho.

— Sim, vamos lá. Obrigada por me buscar — acrescentou, antes de beijar minha bochecha e então me puxar para fora.

Ela estava tão animada para ficar sozinha comigo esta noite quanto eu e, como eu estava impaciente, fiz um pequeno desvio em vez de dirigir direto para casa.

# Capítulo 44

## RIGBY

— Estamos no meio do nada.

Olhei em volta quando ele parou o carro na beira da estrada bem próximo à floresta e, quando o encarei, ele já estava desafivelando o cinto.

— O que você... — comecei, mas parei quando percebi o que ele estava fazendo. — Aqui? No carro?

Estava achando tão divertido quanto ele. Grant assentiu com a cabeça e desabotoou a calça, se recostando no assento que já estava totalmente empurrado para trás.

— Aqui. Em casa. No sofá e na minha cama. E mais tarde no chuveiro.

Eu ri e balancei a cabeça.

— Você é louco. E se houver pessoas andando por aqui?

— Então vamos fazer um show para eles. Vem aqui. — Ele colocou a mão na parte de trás da minha cabeça e me puxou para mais perto para me beijar.

Sua caminhonete era grande o suficiente para nos divertirmos nela, mas eu nunca tinha nos imaginado transando aqui.

Ele moveu sua língua ao longo dos meus lábios, e abri minha boca para deixá-lo aprofundar o beijo. Ele não estava me forçando a fazer nada disso, e eu sabia que, se dissesse para ele parar, ele pararia.

Mas isso era emocionante e eu não me contive.

Movi minha mão até sua coxa e envolvi os dedos em torno de sua base, esfregando seu pau até endurecer. Grant gemeu quando aumentei meu aperto em torno de seu eixo e, ao passar meu polegar sobre sua cabeça sensível, ele quebrou o beijo e segurou meu pescoço com força.

Sem ter que me dizer, eu sabia o que ele queria.

Inclinando-me, envolvi os lábios em torno da cabeça e provei sua excitação, então o tomei mais fundo na boca e comecei a chupar.

— Porra — Grant rosnou. Ele manteve a mão na parte de trás da minha cabeça e torceu meu cabelo em seus dedos. — Bem assim, gatinha.

Empurrou minha cabeça ainda mais para baixo até que sua ponta atingiu a parte de trás da garganta e me manteve lá enquanto eu prendia a respiração. Quando ele me puxou de volta, mantive os lábios em torno de sua cabeça, ainda olhando para ele.

— Você é linda pra caralho. E adora chupar meu pau, não é? Meu Deus, vai mais fundo.

Movi minha cabeça para baixo e deixei-o empurrar contra a parte de trás, enquanto agarrava meu cabelo com mais força; novamente prendi a respiração para não engasgar, seu comprimento enchendo a parte de trás da minha garganta.

Grant levantou seus quadris para colocar o pau ainda mais fundo e, quando me puxou de volta para cima, sorriu e empurrou sua calça ainda mais para baixo.

— Gozar na sua boca pode não fazer bagunça, mas eu quero te foder. Fique em cima de mim.

Não hesitei.

Antes de passar do meu assento para o colo dele, tirei a calça jeans e calcinha; ainda montando nele, não pude conter uma risada.

— É definitivamente mais confortável do que eu pensava — falei para ele. Coloquei minhas mãos em seus ombros para me firmar e Grant manteve a mão no meu quadril, agarrando seu eixo com a outra.

— Significa que faremos isso de novo — prometeu, com um sorriso.

Senti sua cabeça esfregar em minha fenda e, sem ter que esperar mais, ele me empurrou para baixo para deslizar ao longo de seu pau.

Gritei quando ele me esticou, mas, como tínhamos feito muito isso ultimamente, rapidamente me acostumei com a sensação dele enchendo minha boceta. Suas mãos estavam agora em meus quadris e, embora ele gostasse de assumir o controle, era eu quem definia o ritmo.

Comecei a me mover para cima e para baixo, deslizando ao longo de seu pau e me firmando com as mãos em seus ombros.

— Bem assim, gatinha. Me fode — encorajou.

Ele moveu as mãos para a minha bunda e segurou-a suavemente antes de agarrá-la com força, massageando-a. Continuei a me mover em cima dele.

— Grant — gemi, inclinando minha testa contra a dele com os olhos fechados. — Me faça gozar.

— Implore por isso — rosnou, quando começou a empurrar meus quadris mais para baixo, fazendo sua ponta atingir aquele doce ponto dentro de mim.

— Por favor — arfei, cravando meus dedos em seus ombros. — Por favor, me faça gozar.

Ele me penetrou, me fazendo gritar, e o orgasmo dentro de mim cresceu. Quando a tensão começou a ficar insuportável, inclinei minha cabeça para trás e gemi seu nome.

— Sim, sim, sim! Não pare! — Minhas pernas tremiam, prendi a respiração e o orgasmo tomou conta de mim.

— Linda pra caralho — Grant murmurou. Parou de empurrar seus quadris, mas estava me movendo para frente e para trás, seu pau latejando contra minhas paredes.

Ele não gozou ainda, mas eu sabia que estava perto. Sem fazer de propósito, minha boceta pulsava em torno de seu eixo, provocando-o.

— Olhe para mim — Grant ordenou, e abri os olhos para encará-lo novamente. — Continue cavalgando, gatinha. Rebole seus quadris.

Fiz o que me disse e, ainda me movendo em cima dele com seu pau enterrado profundamente dentro de mim, levou apenas alguns segundos até que seu corpo ficou tenso e as primeiras gotas de gozo saíram.

— AH!

Senti o calor de seu fluido me preencher e observei-o ficar tenso ao descarregar dentro de mim. Grant estava certo sobre isso ser muito mais bagunçado do que gozar na minha boca, mas parecia muito melhor para nós dois. Ainda assim, eu esperava que nenhuma gota do seu gozo acabasse no assento e o manchasse.

# Capítulo 45

## GRANT

Minha primeira semana de volta ao trabalho acabou sendo mais emocionante do que eu pretendia. Assim que consegui que o chefe me deixasse fazer mais do que apenas papelada, já era o terceiro dia e eu estava vestindo meu equipamento.

Minha semana foi ótima. Algo que Rigby não poderia dizer sobre seus últimos dias.

— Nós poderíamos ir ao cinema. Ou sair e jantar em um restaurante. Ou ambos — sugeri, mas cada ideia que eu dava não parecia animá-la em nada.

Eu a estava segurando em meus braços enquanto nos sentávamos no sofá e, embora a televisão estivesse ligada, nenhum de nós estava olhando para ela.

— As pessoas ainda vão ao cinema? — Rigby perguntou, com uma careta.

— Caramba, sim, elas vão. Mas você não parece interessada em assistir um filme esta noite. Que tal… — Pensei no que mais havia para fazer, porém, depois da semana estressante que Rigby teve, não achei que ela fosse gostar de nada que incluísse vestir-se bem e sair. — Que tal eu perguntar a Rooney e Wells se eles estão dispostos a uma noite divertida? Alguns jogos de tabuleiro e vinho?

Ela franziu os lábios e pensou na minha ideia por um tempo antes de responder:

— Se eles estiverem em casa e prontos para isso, com certeza.

Ela não parecia entusiasmada, mas era o suficiente para mim.

— Se bem me lembro, Wells disse algo sobre sua mãe cuidar de Ira no fim de semana. Então eles devem estar por perto.

Sentando-me, peguei meu telefone na mesa de centro e disquei o número de Wells.

Após os dois primeiros toques, ele atendeu.

— E aí, como vai?

— Vocês estão em casa? Rigby precisa de boa companhia e obviamente não sou o suficiente para ela esta noite — comentei, sorrindo para Rigby, que revirou os olhos.

— Você sabe que isso não é verdade — murmurou.

Wells riu.

— Estamos em casa. Acabei de deixar Ira na casa da minha mãe. Querem vir para cá?

— Se estiver tudo bem — falei, observando a mão de Rigby movendo seus dedos ao longo do meu peito.

— Sim, tudo bem. Talvez vá até a loja e compre alguns lanches e cerveja. Estamos na rua ainda — Wells me disse.

— Ok. Até logo então.

Depois que ele desligou, coloquei o telefone ao meu lado e beijei a testa de Rigby.

— Vá se vestir. Estamos indo.

— Agora mesmo?

— Sim, agora mesmo. Vamos.

Levantei-me do sofá e agarrei suas mãos para puxá-la comigo. Uma vez que ela estava de pé na minha frente, se deixou cair contra mim.

Eu ri.

— E agora? Você prefere ir dormir?

Ela enterrou o rosto no meu peito enquanto eu envolvia os braços em torno dela para segurá-la com força.

— Não, eu não quero dormir. Só preciso de um momento — sussurrou.

— Tudo bem? — perguntei baixinho, esperando não a estar forçando a fazer algo que ela não tinha certeza se queria.

Embora fosse apenas um encontro com nossos amigos, se Rigby não estivesse disposta, poderíamos simplesmente ficar aqui e sermos preguiçosos.

— Estou bem. Meu corpo não está cansado, mas minha mente sim — explicou.

— Do trabalho?

Ela virou a cabeça para olhar para mim e assentiu.

— Sim, mas estou bem de outra forma — prometeu, com um sorriso que não contagiou seus olhos.

Eu entendi o que ela quis dizer com estar mentalmente cansada. Especialmente quando se trabalha com crianças. Ter um filho já era cansativo, e eu não gostaria de experimentar o cansaço depois de um dia com todas aquelas crianças.

— Você é durona, sabia disso? Você é trabalhadora, amorosa, gentil, doce e atenciosa. Às vezes um pouco teimosa, mas no geral... você é incrível. E pode se sentir cansada. Está autorizada a apenas sentar aqui e não fazer nada. Tire um tempo depois de uma longa semana de trabalho.

Rigby me estudou atentamente enquanto eu falava e, quando parei, deu um suspiro pesado de forma quase aborrecida.

— Por que você tem que ser tão perfeito? — perguntou, me fazendo rir porque eu não esperava que essa fosse sua resposta.

— Isso é uma coisa ruim?

— Não, mas quando você diz essas coisas, não me sinto digna de você. Amar você é esmagador às vezes — justificou, sua carranca ainda presente.

— Isso também não é uma coisa ruim, certo? — questionei, só para ter certeza.

— Claro que não é uma coisa ruim. Não para você, pelo menos. O que devo responder agora?

Eu ri e segurei seu rosto com as duas mãos. Curvando-me, beijei seus lábios e depois olhei de volta em seus olhos.

— Você não tem que responder nada. Apenas pegue minhas palavras e guarde-as em sua mente e coração para serem lembradas. Isso é tudo que eu quero que você faça com minhas palavras.

Ela manteve os olhos nos meus e decidiu não dizer mais nada. Em vez disso, ficou na ponta dos pés e me beijou suavemente, segurando meus ombros.

Eu adorava saber que o efeito que tinha sobre Rigby às vezes era demais para ela lidar, mas o que ela não sabia era que eu sentia o mesmo às vezes. As menores coisas que ela fazia me fascinavam, mas, se eu lhe dissesse isso agora, suas bochechas ficariam ainda mais vermelhas, e eu queria poupá-la de se sentir ainda mais sobrecarregada. Não importava quão adorável fosse vê-la assim.

Seus lábios se moveram sensualmente contra os meus e, quando suas mãos se moveram para o meu cabelo, passei os dois braços em volta da sua cintura e a puxei com força contra mim.

Levaria um tempo até chegarmos à casa de Wells, porém, quando Rigby se derretia em mim assim, eu não queria soltá-la. Esperaria até que ela estivesse pronta para sair.

Movi minha mão direita para baixo para segurar sua bunda, apertando-a suavemente, sua língua empurrando em minha boca para dançar com a minha. Seus gemidos suaves faziam meu pau latejar, mas tentei me controlar porque uma noite divertida com nossos amigos a ajudaria a relaxar. Claro, foder também ajudaria, mas teríamos a noite toda para isso, e um pouco de ansiedade nunca faria mal.

— Eu deveria me trocar — murmurou no beijo, antes de roçar sua língua contra a minha mais uma vez, e então quebrou o beijo e me olhou nos olhos.

— Vá, então. Estarei esperando bem aqui.

— Posso ir de pijama? — perguntou, parecendo tão doce como sempre.

— Considerando que seu pijama consiste em uma calcinha e camisa, não. Mas você pode colocar sua calça de moletom e um suéter.

Rigby riu.

— Ok, bom. Você vai de calça de moletom também?

Eu olhei para baixo e assenti.

— Sim, tenho certeza que Rooney e Wells também estarão com roupas de ficar em casa. Agora, rápido. Temos que passar no mercado antes de irmos para lá.

Bati em sua bunda quando ela se virou e se afastou de mim, indo direto para o meu quarto. Antes que desaparecesse nele, Rigby se virou e me soprou um beijo que só fez o desejo de transar com ela mais difícil de resistir.

— Também amo você! — gritei, rindo, e então esperando que ela estivesse pronta para sair.

# Capítulo 46

## RIGBY

— Isso é incrível! — exclamei, maravilhada, enquanto Rooney me mostrava a pintura em que estava trabalhando.

— Não está pronta, mas estou orgulhosa do que está se tornando. Demorei um pouco para escolher as cores e descobrir onde queria chegar, mas até agora estou gostando.

— Você deveria estar muito orgulhosa, Rooney. É realmente incrível. E os detalhes... — Era um retrato de uma jovem família em que ela estava trabalhando, mas as únicas fotos de referência eram selfies de cada pessoa. Ela as usou para pintar os rostos exatamente como estavam nas fotos e retratar as pessoas em diferentes poses perfeitamente na tela. — Não consigo entender como você faz isso. Você seria capaz de olhar para uma pessoa uma vez e depois pintá-la em uma tela? — perguntei, interessada em saber como funcionava a mente de uma artista.

— Uma vez não seria suficiente, e eu preciso de uma referência, ou ser capaz de olhar para a pessoa várias vezes para pelo menos criar um contorno dos rostos. Gosto de ter fotos de pessoas ao meu lado quando as pinto. É mais fácil para aperfeiçoar o retrato.

Assenti com a cabeça e continuei olhando para a pintura inacabada com um sorriso.

— Você é muito talentosa. Eu gostaria de ser tão criativa quanto você.

— Você tem outros talentos. Se quiser, posso pintar um para você — sugeriu.

— Ah, de jeito nenhum. Não tenho tanto dinheiro. — Ri, nervosa.

— Eu não quero o seu dinheiro. Você é minha amiga e, para meus amigos, eu pinto de graça. Queria pintar algo para Grant antes, então talvez eu possa incluir você nisso. Sério, não me importo.

Sorri para ela e dei de ombros, porque não sabia o que dizer sobre isso. Ela era gentil demais.

— Uma pintura como essa leva muito tempo. Eu odiaria que você não usasse esse tempo para uma obra pela qual você realmente é paga.

— Você pode me pagar em chocolates e bolo. Ou um almoço no meu restaurante indiano favorito.

Eu ri novamente e assenti.

— Feito.

— Vamos voltar para os nossos homens. Tenho certeza de que eles pararam de falar sobre futebol americano — Rooney falou, com um sorriso.

Deixamos Grant e Wells na sala depois que eles não paravam de falar sobre caminhonetes e depois sobre futebol. Rooney e eu não estávamos muito interessadas nessas duas coisas, então ela sugeriu irmos ver suas pinturas.

Quando voltamos, Grant sorriu para mim e estendeu a mão.

Graças a ele vestindo sua calça de moletom, e Rooney também estando em uma roupa confortável, eu me senti relaxada o suficiente para levantar minhas pernas para cima quando me sentei ao lado de Grant.

— Sobre o que vocês ficaram conversando lá atrás? — perguntou, beijando minha têmpora antes de olhar de volta nos meus olhos.

— Sobre as artes de Rooney. Elas são incríveis. Eu gostaria de ser tão criativa quanto ela — falei.

— Rooney pode ser criativa quando se trata de pintura, mas sempre que pergunto o que ela quer fazer, ela não sabe — Wells brincou.

— Ei, eu sempre sugiro ir ao zoológico ou ao parque — Rooney reclamou, com uma careta.

— Exatamente. Ou o zoológico ou o parque. Há mais a fazer do que isso — Wells disse, rindo.

— Talvez porque esses são os lugares que eu gosto de estar e sei que Ira também adora.

— Bom raciocínio. Da próxima vez, levaremos Ira a um parque de diversões. Talvez a Disney — Wells sugeriu, depois olhou para Grant. — Vocês deveriam ir também com Benny.

— Boa ideia. Eles têm idade suficiente para saber o que está acontecendo ao seu redor e podem realmente aproveitar o parque. Não entendo esses pais que levam recém-nascidos para lá.

Eu concordei. Os três estavam bastante tranquilos sobre irem para a Disney um dia e eu já estava começando a ficar animada.

— Você já foi a um parque de diversões? — Rooney me perguntou, ao perceber como eu estava impressionada só de ouvi-los falar sobre a Disney.

— Não, nunca. Sempre quis ir quando era pequena — comentei, soando como uma garotinha.

— Então, acho que definitivamente temos que ir — Grant sugeriu, sorrindo para mim e acariciando meu ombro.

— Você já saiu de Wyoming? — Wells perguntou.

Neguei com a cabeça.

— Nunca saí de Riverton, na verdade.

— Acho que isso exige uma viagem ao rancho dos meus pais. Fica a uma hora de carro daqui e podemos levar os meninos.

— Seus pais têm um rancho?

— Sim, eles montam touros e todo esse show — Rooney explicou, não parecendo muito entusiasmada com isso.

Wells riu.

— Você já contou a ela sobre o rancho. É melhor contar tudo sobre seus pais divertidos.

Rooney suspirou e pareceu um pouco desconfortável com suas próximas palavras.

— Meus pais são palhaços. Quero dizer, eles se vestem de palhaços e montam touros para entreter seus convidados. Eu os amo, mas prefiro não ficar lá e vê-los cavalgando touros com aquelas perucas e narizes vermelhos.

Grant e Wells riram e, embora eu tentasse, não pude deixar de acompanhar a risada.

— Eles parecem pais divertidos.

— Ah, eles são. Mas ainda conseguem me envergonhar, mesmo com quase vinte e três anos.

— Rigby deveria conhecê-los — Wells sugeriu, com um sorriso.

— Eu adoraria. Nunca estive em um rancho — afirmei.

— Estávamos planejando ir em algumas semanas em um fim de semana. Vocês podem ir junto — Rooney convidou, e Grant assentiu.

— Parece bom para mim. Vou me certificar de estar com Benny no fim de semana.

Eu já estava animada.

— Nunca vi touros na vida real.

— E cavalos?

— Nunca.

— Vai ser o seu fim de semana de sorte então. Você pode até montar um dos cavalos, se quiser — Rooney propôs.

Quanto mais ela me contava, mais rápido meu coração batia.

— Mal posso esperar. — Sorri para ela.

Nossa noite foi cheia de risadas e a quantidade de vinho que bebi me deixou ainda mais confortável do que antes. Mas não importava o quanto nos divertimos, algo sempre tinha que interromper e estragar o momento.

No caso desta noite, foi Evie.

A princípio não percebi que ela estava parada na porta da sala de estar, e os outros também não, porém, quando sua voz alta ecoou pela sala, todos olhamos para nela.

Eu pulei quando me virei para olhar para Evie e a vi caminhar em minha direção; embora Grant tenha se levantado rapidamente e me protegido dela, a garota se moveu ao redor dele e continuou apontando o dedo para mim com um olhar de raiva em seu rosto.

Eu estava muito bêbada para isso, no entanto, para minha sorte, minha mente lentamente clareou, e meus olhos se concentraram no olhar raivoso de Evie.

— Você não é minha irmã — ela cuspiu para mim, e levei um segundo para perceber por que ela estava aqui.

— Evie. — Ouvi Rooney dizer. Ela bebeu tanto vinho quanto eu, mas, felizmente, Wells e Grant estavam muito mais lúcidos.

— Este não é o momento para isso, Evie. E você não pode entrar em minha casa sem minha permissão — Wells repreendeu, se levantando do sofá também.

— Fique fora disso. E você também — ela disse, olhando para Wells e depois para Grant. — Não que você tenha se importado comigo.

Eu odiava o jeito que ela falava com Grant, mas só de pensar em levantar me deixava tonta. Fiquei quieta e esperei que dirigisse suas palavras para mim novamente, querendo ver onde ela estava indo com isso.

— Eu não me importo com quem você é. Não me importo se meu pai engravidou sua mãe, mas você não é minha irmã. E ele não é seu pai.

Suas palavras foram duras, e eu poderia dizer que ela estava com raiva. Mas não importava quão dolorosas fossem suas declarações, elas não me afetaram da maneira que ela esperava.

Era o álcool. Sem isso no meu sangue, eu já estaria chorando.

— Já chega, Evie — Grant declarou, mas nem mesmo ele foi capaz de detê-la.

— Foda-se, Grant. Foda-se você e essa persona falsa que você criou para se livrar de mim. Eu entendo, sou demais para você lidar, mas pode parar com essa porra de showzinho.

— Do que diabos você está falando? — Wells perguntou, ainda parado lá protetoramente.

— Do que estou falando? Você realmente acha que ele deixou de ser um idiota para se tornar um namorado carinhoso? Ele viu uma oportunidade e aproveitou para se livrar de mim — opinou, então olhou para Grant. — Você fez isso, sim. Mas faça um favor a si mesmo e pare de agir como se estivesse apaixonado por ela. Um homem não muda de um dia para o outro.

Senti sua raiva, mas não entendi como ela podia dizer tais coisas para Grant. Quando Evie apontou o dedo para mim novamente, prendi a respiração e me preparei para o que quer que ela jogasse em mim a seguir.

— Você é uma coisinha ingênua. Eu sei que você sabe que ele me fodeu primeiro, e que estava em cima de mim antes daquele acidente idiota. Mas você não é o que pensa que é para ele. Está sendo usada por Grant da mesma forma que sua mãe usou meu pai.

— Já chega! — Grant rugiu, mas Evie não se intimidou com seu tom.

— Ela precisa ouvir a verdade! Sua mãe não era nada para meu pai. Ela o usou para engravidar, para conseguir dinheiro, e você é apenas o resultado de uma vadia garimpeira arruinando um casamento!

Eu não conhecia minha mãe. Não tinha ideia de quem ela era ou onde estava, mas suas palavras fizeram meu coração doer. Não havia muito que eu soubesse sobre meu passado além de Dan ser meu pai, agora que Evie confirmou isso. Ainda assim, tudo sobre isso me deixou entorpecida.

— Não me importo com quem você é. Não quero saber quem você é — Evie me disse, antes de se virar para olhar para Rooney. — E se você optar por mantê-la como amiga, preciso que fique longe de mim.

— Evie, este não é realmente o momento certo para isso. Você está chateada, eu entendo, mas não pode dizer coisas assim. Rigby está passando por muita coisa...

— E eu não estou? Descobri que minha mãe foi traída depois que eu nasci!

— E você acha que seu pai não queria isso? Você pode dizer não ao sexo e, quando se é casado, todo mundo sabe que não deve dormir com outra mulher — Rooney falou, dizendo exatamente o que eu estava pensando.

Não importava quem era minha mãe e como ela conheceu Dan, ele não era inocente em toda essa história.

— Aquela mulher deve tê-lo persuadido a fazer isso. Ele não é um traidor — Evie declarou, convencida de suas palavras.

— E ainda assim ele fez isso quando simplesmente poderia ter sido fiel à sua mãe. O que quer que tenha acontecido naquela época, não é certo que você coloque toda a culpa em Rigby. Ela não sabia sobre isso, assim como você também não — Grant disse a ela. Ele manteve a voz baixa desta vez, tentando colocar algum juízo nela.

Mas Evie era... *Evie*, e não importava o que lhe dissessem, ela não queria ouvir.

Seus olhos voltaram para mim.

— Você não é minha irmã. Meu pai não é seu pai. Ele nunca será. E você nunca será uma Rockefeller.

Com isso, ela saiu furiosa e nos deixou lá em silêncio.

# Capítulo 47

## GRANT

Rigby estava em choque e, enquanto ficávamos em silêncio e a observávamos atentamente, eu sabia que suas lágrimas logo viriam.

Sentei-me ao seu lado e coloquei a mão em sua bochecha, segurando-a suavemente e passando meu polegar ao longo de sua pele. Eu queria dar a ela todo o tempo que precisava, mas sabia que era difícil com todo o vinho que tinha ingerido.

E com Evie chegando sem avisar, isso mexeu com sua cabeça. Eu não conseguia entender como ela estava se sentindo, mas queria estar ao seu lado para ajudá-la.

— Gatinha — sussurrei, tentando fazê-la olhar nos meus olhos.

Ela franziu a testa quando olhou para mim e, a princípio, pensei que estava com raiva de mim. Felizmente, ela disse algo que nos fez rir.

— Que ridícula...

Rindo, puxei-a para mais perto e beijei sua cabeça, envolvendo meus dois braços em volta de seu corpo com força.

— Isso é o álcool falando? — perguntei.

— Não. Não sei. Puxa, como você aguentou ela?

— Eu me fazia a mesma pergunta todos os dias — Wells murmurou.

— Sinto muito por Evie, Rigby. Vou falar com ela sobre isso — Rooney se desculpou.

— Não é sua culpa, amor — Wells lhe garantiu. — Aquela garota é louca. Isso era de se esperar. Não pensei que ela invadiria aqui assim. Mas, melhor agora conosco do que Evie gritando com Rigby em público.

Conhecendo Evie, ela não teria se contido se visse Rigby sozinha em algum lugar. Ela aproveitaria todas as chances que tivesse para envergonhar e chatear alguém.

— Você está bem? — indaguei, acariciando suas costas.

— Estou bem. Estou apenas um pouco... oprimida. E confusa. Acho que preciso de um pouco de água para ficar sóbria.

Eu vi as lágrimas em seus olhos, mas não importava quão intensos tenham sido os últimos cinco minutos, ela não iria chorar. Pelo menos não agora.

— Eu pego para você. — Wells se levantou e foi para a cozinha; enquanto ele estava fora, Rooney veio sentar-se do outro lado de Rigby.

— Não importa o que Evie disse, quero que saiba que você não tem culpa em nada disso. Quando ela está infeliz, ataca as pessoas para fazê-las se sentirem como ela. É a forma de Evie se vingar das pessoas, sem que elas tenham feito nada para prejudicá-la.

Rigby olhou para Rooney e assentiu com a cabeça, entendendo o que ela estava dizendo. Ainda assim, ela não se sentiu bem com o que Evie disse.

— Evie disse que não quer mais ser sua amiga. Não quero arruinar sua amizade com ela.

Rooney revirou os olhos.

— Sou a única amiga de verdade dela. Evie já disse essas mesmas palavras para mim muitas vezes. Ela não falou isso a sério, apenas queria que eu soubesse quão zangada estava. Ela vai superar isso e voltar para mim em dois segundos.

Eu sabia que isso era verdade, porque já havia testemunhado Evie "acabar a amizade" com Rooney várias vezes antes, mas nunca era real.

Rigby respirou fundo e se encostou em mim, deixando Rooney segurar suas mãos.

— Eu esperava descobrir de uma forma diferente. Talvez com Dan sendo honesto comigo. Precisava de tempo para pensar sobre o que aconteceu naquela noite no clube de campo e não queria confrontar Dan sobre isso, e não tenho certeza se quero fazer isso agora. — Ela parou e respirou fundo outra vez. — Se ele é meu pai, por que não foi ele quem veio até mim? Para me explicar tudo?

— Não sei. Ele pode estar lhe dando o tempo que você precisa. Ou está apenas sendo um idiota ignorante. De qualquer forma, você precisa estar pronta para essa conversa — Rooney disse a ela.

Eu queria ajudar também. Dizer a Rigby que tudo acabaria bem. Mas tudo o que sentia era raiva daquele homem e não queria piorar as coisas. Ainda assim, eu tinha que fazer alguma coisa.

— Aqui. — Wells voltou com um copo d'água e, depois de pegá-lo, Rigby bebeu.

— Achei que estava pronta para enfrentá-lo, mas depois disso preciso de mais um tempo. Quer dizer... eu tenho uma irmã. Uma irmã rude, mas ainda assim.

— Com certeza é muita coisa para assimilar — Wells disse a ela.

Ficamos sentados em silêncio por mais um tempo, então Rigby se virou para olhar para mim com um sorriso cansado.

— Sei que você não está apenas fingindo como Evie disse. Você me ama. Eu sei disso — sussurrou, sua mão segurando meu rosto.

— Ela pode estar bêbada, mas com certeza é romântica — Rooney comentou, com uma risada.

Eu ri e me inclinei para beijar os lábios de Rigby.

— E ela está certa. Eu a amo mais do que tudo na vida. Além de Benny, é claro.

O sorriso de Rigby se alargou e, embora ela tivesse que ouvir Evie chamá-la de todo tipo de coisas, não perdeu o humor.

— Você abandonou essa fachada de durão idiota só por mim. Mas ainda estou chateada por você ter me comparado a um guaxinim por causa do meu nome.

— Isso realmente não foi legal — Rooney opinou, com um aceno de cabeça.

Olhei para ela e dei de ombros.

— Nunca conheci alguém com o nome de Rigby antes. Era novo para mim.

Rigby riu e obviamente superou o comentário idiota que fiz no primeiro dia em que a conheci.

— Você tem sorte que ela não guardou rancor depois disso, mas aceitou ser sua namorada.

— Sim, eu sou um maldito sortudo — concordei com Rooney.

O que quer que Rigby decidisse fazer com essa nova informação sobre Dan ser seu verdadeiro pai, eu estaria ao seu lado e a apoiaria. Por enquanto, eu lhe daria o tempo que ela precisava.

Dormir o dia todo ontem não foi suficiente para Rigby; depois que peguei Benny na manhã de domingo, ela estava bebendo sua quarta xícara de café para tentar manter os olhos abertos.

— Desculpe, estou tão ausente esses dias — começou, e a puxei em meus braços enquanto Benny brincava no chão da sala com Woodstock, que estava começando a se sentir em casa ultimamente.

Nunca imaginei ter um cachorro por perto, porém, vendo como ele era bom para o Benny, me acostumei com aquele bicho rapidinho.

Esfreguei as costas de Rigby e beijei o topo de sua cabeça.

— Sua mente está cansada. Você passou por muita coisa nesses últimos dias. Está tudo bem se sentir assim.

Ela respirou fundo, passou os braços em volta da minha cintura e inclinou a cabeça contra o meu peito. Continuei esfregando suas costas e dando-lhe o tempo necessário para se recompor; enquanto ela fazia isso, pensei no que poderíamos fazer hoje sem sair do apartamento.

— Que tal nos aninharmos no sofá e assistir a um filme com Benny? Ele está pedindo para assistir *Toy Story* há algum tempo. Desde que Ira mencionou que Woodstock tem o mesmo nome de Woody.

Rigby sorriu para mim e assentiu.

— Parece bom. Ele vai adorar esse filme.

Assenti com a cabeça.

— Ele vai. E depois, vamos almoçar. Podemos pedir comida ou sair e comer alguma coisa. O que você quiser.

Ela gostou dessa ideia. Segurei suas bochechas com as mãos e a beijei suavemente nos lábios, então aprofundei o beijo para provar sua doçura roçando minha língua sobre a dela.

Seu gemido suave me fez querer pegá-la e levá-la para o quarto, mas, com ela tão cansada, eu não queria esgotá-la ainda mais.

Quebrei o beijo e olhei em seus olhos.

— Vá dizer a Benny que vamos assistir um filme e vou cortar algumas frutas.

Ela assentiu e pressionou mais um beijo em meus lábios antes de se virar e ir para a sala de estar.

Assim que me juntei a eles no sofá com uma pequena tigela de amoras e água para Benny, entreguei a ele e fiquei confortável esticando meu braço nas costas do sofá e sobre os ombros de Rigby.

Benny estava sentado entre nós, mas logo se moveria de qualquer maneira.

— Ira gosta deste filme — ele nos disse, enquanto eu apertava o play.

— Significa que você pode contar a ele tudo sobre o filme quando o vir de novo, hein?

Ele acenou com a cabeça e começou a comer sua fruta, mantendo os olhos na televisão e, em seguida, foi sugado para o filme.

Segurei a parte de trás da cabeça de Rigby e passei meus dedos por seu cabelo, sabendo que isso só a deixaria mais cansada. Ela estava se esforçando para manter os olhos abertos, mas eu sabia que em apenas alguns segundos ela voltaria a dormir.

Estávamos na metade do filme e tanto Rigby quanto Benny se acomodaram. Eu ainda estava sentado no mesmo lugar, com a sua cabeça deitada no meu colo e Benny enrolado em seus braços na frente dela.

Eu já os vi assim muitas vezes antes e sempre derretia meu coração.

Mas, enquanto Rigby dormia profundamente, Benny estava bem acordado, ainda assistindo ao filme. Ele adorou e, toda vez que algo engraçado acontecia, ria e fazia questão de que eu visse.

Com o tempo, passei a observá-los mais do que ao filme, e me peguei sorrindo sempre que Rigby o puxava para mais perto dela ou quando Benny estendia o braço por trás dele para colocar a mão na lateral da cabeça de Rigby. Era adorável, e algo que ele costumava fazer sempre que dormia na minha cama quando era ainda mais novo.

Benny se sentia confortável perto dela e, embora eu nunca tenha deixado nenhuma mulher se aproximar dele antes, fiquei feliz por ter deixado isso acontecer com Rigby. Ela abriu seu coração para o meu filho e ele se aconchegou, encontrando um local seguro em que sempre poderia confiar.

E eu tinha feito exatamente a mesma coisa.

# Capítulo 48

## GRANT

Voltar ao trabalho foi bom para Rigby, mas conversamos muito sobre Dan e o que ela queria fazer sobre tudo o que Evie lhe disse na noite de sexta-feira passada.

Esta manhã, no café da manhã, Rigby concordou em me deixar ir falar com Dan no clube de campo e ver em que pé ele estava em toda essa situação; embora ela estivesse nervosa, eu sabia que isso só esclareceria as coisas entre ela e Dan.

Contei a Wells sobre isso antes de dirigir até o clube de campo dos Rockefellers, e ele se ofereceu para me apoiar por via das dúvidas, mas não queria envolvê-lo nisso.

Quando cheguei ao clube, sentei no carro por alguns minutos para organizar meus pensamentos. Eu sabia o que diria a ele, o que perguntaria, mas precisava manter a calma o tempo todo. Tinha que ser respeitoso, por Rigby.

Assim que saí do carro, fui direto para a entrada e até a recepção, pedindo para falar com o senhor Rockefeller. Já que fui seu convidado antes como um dos bombeiros que ajudou um de seus novos complexos de apartamentos quando pegou fogo, meu nome estava no sistema do clube.

— O senhor Rockefeller está esperando por você em seu escritório — a mulher atrás do balcão disse, depois de fazer uma ligação rápida.

Assenti e agradeci, então caminhei pelo corredor para chegar ao lado mais privado do clube, onde ficava o escritório do homem.

Pigarreei e bati na porta dele; assim que ouvi Dan me chamar para entrar, abri a porta. Ele se levantou e apontou para as grandes cadeiras em frente à sua mesa.

— Não estava esperando um visitante esta manhã — comentou.

E eu não esperava que ele estivesse trabalhando no sábado, mas aqui estava ele.

— Eu trabalho na próxima semana e quero tirar isso do meu peito. É por isso que estou aqui.

Ele assentiu e, depois de um rápido aperto de mão, nos sentamos.

— Eu sei porque você está aqui. Não vou negar que estou nervoso para falar sobre isso, mas preciso que saiba que é difícil para mim também.

Ele estava na defensiva sem que eu dissesse uma palavra, o que não era um bom sinal.

— Não deveria ter demorado tanto para revelar esse segredo em primeiro lugar. Não estou aqui para dizer quantas coisas você fez de errado como pai. Acho que você já sabe. Estou aqui para falar em nome de Rigby. Ela ainda não está pronta para enfrentá-lo, mas pensou muito.

Dan assentiu. Surpreendentemente, havia arrependimento em todo o rosto.

— Eu entendo — foi tudo o que ele conseguiu dizer.

Observei-o por um momento.

— Não vou lhe dizer quão estúpido foi fazer tudo tão publicamente. Seus convidados podem ter achado engraçado como você falou sobre todos os erros que cometeu quando era mais jovem, e não tenho certeza se entenderam o que você quis dizer quando revelou que sua esposa teve que perdoá-lo várias vezes antes. Eles podem não ter entendido, mas Rigby sim. Ela é inteligente e soube que no segundo em que notou o mesmo homem em suas fotos era o mesmo que nas dela. — Parei e deixei minhas palavras pairarem antes de continuar: — Rigby entendeu que você é o pai dela, mas como você não foi claro sobre isso, ainda havia incertezas.

— Eu queria contar a ela — começou, mas não deixei que me interrompesse.

— Não há necessidade disso agora. Evie já soltou a bomba. Invadiu o apartamento de Rooney e gritou com Rigby, admitindo que você é o pai dela.

Dan suspirou e esfregou a mão na testa.

— Eu tentei esconder isso dela, mas Fleur insistiu em contar a Evie.

— Evie saber não é uma coisa ruim. Ela tem uma irmã e deveria estar ciente. O único problema é que Evie odeia Rigby. E eu não vou ficar parado e vê-la chamar minha garota de todos aqueles nomes desagradáveis.

Dan parecia sem palavras. Eu poderia entender um pouco que isso pode ter sido difícil para ele, mas era ele quem poderia ter evitado toda confusão.

— Eu errei — Dan murmurou.

*Ah, jura?* Pelo menos ele admitiu.

Deixei que reunisse seus pensamentos e, enquanto o fazia, fiquei orgulhoso de mim mesmo por permanecer calmo.

Eu amava Rigby com todo o meu coração, ficaria com ela para sempre, e vê-la tão chateada me irritou. Ela merecia ser feliz e ter boas pessoas ao seu redor, mas antes de deixar Dan se aproximar, precisava ter certeza de que ele não a machucaria mais.

— Eu quero fazer as pazes com ela. Sei que vai ser difícil, mas preciso que ela me ouça, que confie em mim. Quero falar com ela — declarou, me fitando com olhos esperançosos.

— Não é tão fácil. Ela estava pronta para vê-lo antes de Evie abrir a boca, mas mudou de ideia logo depois.

Ele assentiu e esfregou os dedos ao longo da barba por fazer, pensando em como consertar isso.

— Quero convidá-la para jantar. Só ela e eu para termos uma conversa tranquila e descontraída.

— Não — respondi, acabando com sua ideia em segundos. — Se quiser falar com ela, *eu* estarei junto. Rigby não vai se sentar com você a sós. Ela é uma mulher forte, mas isso não é algo que ela deveria passar sozinha.

— Tudo bem — Dan aceitou, com um aceno de cabeça. — Então você também está convidado. Vou limpar minha agenda para esta noite.

Eu queria dizer a ele que esta noite era muito cedo e que Rigby precisava de mais tempo, porém, vendo como Dan se sentia mal com tudo isso, eu tinha certeza que isso faria Rigby se sentir melhor.

— Oito está bom? — perguntou, e eu assenti.

— Sim.

— Vou arrumar a sala dos fundos para nós, para que possamos ficar sozinhos. Existe alguma coisa que Rigby adora comer? Ou uma sobremesa que ela gosta?

Se ele fosse o pai dela em vez de um estranho, saberia.

— Ela come qualquer coisa, mas adora mousse de chocolate.

Dan assentiu.

— Vou pedir para prepararem para esta noite. Estou feliz por você ter vindo e sinto muito por Evie.

— Não é comigo que você tem que se desculpar. Eu sou capaz de lidar com Evie; Rigby, nem tanto. Pelo menos ainda não.

— Eu entendo. Ainda assim estou feliz por você ter vindo.

Ele parecia esperançoso, mas impotente ao mesmo tempo. Eu também ficaria, se soubesse que minha filha mora na mesma cidade, mas escondi ser seu pai por vinte anos. Ele sabia que estava errado e causou muitos problemas, e agora tinha que compensar tudo isso.

# Capítulo 49

## RIGBY

Eu estava nervosa.

Enfrentar o homem que fingiu que eu não existia durante toda a minha vida era difícil e, quando Grant me disse que isso aconteceria hoje, eu não tinha certeza se conseguiria lidar no começo.

Mas quando, se não agora?

Escolhi um vestido bonito e fiz meu cabelo e maquiagem, mas sem exagerar, porque estaria conhecendo meu pai pela primeira vez.

Nada demais.

— Estou bem aqui — Grant sussurrou, parando o carro no estacionamento do clube de campo. Ele estava segurando minha mão e acariciando a pele com o polegar, me assegurando que eu não tinha que passar por isso sozinha.

Sorri para ele.

— Eu sei. Amo você — sussurrei.

Ele se inclinou e beijou meus lábios.

— Eu também amo você. E, se começar a se sentir desconfortável ou de saco cheio, me avise e iremos embora.

Assenti com a cabeça e respirei fundo.

— Ok.

Entramos no clube de campo e fomos recebidos pela mulher da recepção. Ela nos mostrou a parte de trás do clube, onde estava muito mais silencioso do que o esperado, e quando chegamos a uma enorme porta de vidro, a mulher parou.

— Por aqui. O senhor Rockefeller está esperando por vocês.

— Obrigado — Grant agradeceu.

Antes de abrir a porta, ele olhou para mim novamente para se certificar de que eu estava bem, e sorri para ele para garantir que estava.

— Estou pronta.

Grant empurrou a porta e nós viramos o corredor onde Dan estava parado ao lado de uma grande mesa redonda. Suas mãos estavam enfiadas nos bolsos, e ficou claro para mim que eu não era a única nervosa esta noite.

Deixei Grant ir primeiro, observando-o apertar a mão de Dan antes de olhar para mim com um sorriso inseguro.

— Rigby, estou feliz por finalmente conhecê-la. Você cresceu tanto.

Eu não sabia o que dizer. Ou como agir.

Já estive na frente dele antes, no evento beneficente de Rooney, porém, naquela época, eu não tinha ideia de que esse homem era meu pai.

Grant colocou a mão na parte inferior das minhas costas, mostrando-me que estava aqui comigo.

— Olá — cumprimentei, gostando de como ele manteve distância.

Dan sorriu para mim e puxou uma cadeira.

— Por favor, sente-se. O jantar será servido em breve.

Olhei para Grant, que acenou com a cabeça para me encorajar; quando sentei, os dois fizeram o mesmo. Eu imediatamente peguei a mão de Grant debaixo da mesa, me sentindo protegida sempre que ele segurava minha mão.

— Tenho certeza de que há muito que você deseja perguntar e saber, mas gostaria de me desculpar primeiro. A maneira como você descobriu não foi correta, e eu deveria ter feito de outra maneira. Fiz você pular em água fria e sinto muito por isso.

Observei Dan atentamente para descobrir se ele estava sendo honesto e, embora ele estivesse tendo problemas para falar essas palavras, eu sabia que ele falava sério de todo o coração. Ainda assim, não havia palavras saindo da minha boca, então eu simplesmente assenti.

Para minha sorte, fomos interrompidos por um garçom que trouxe o jantar e, quando ele saiu, imediatamente peguei meu garfo para começar a comer. Era um pouco indelicado começar sem esperar pelos outros, mas a comida era reconfortante, e era disso que eu precisava.

— Rigby tem se perguntado por que cresceu em um orfanato quando você estava aqui na mesma cidade, criando outra filha.

Eu estava grata por Grant. Ele me prometeu ser solidário e definitivamente manteve sua promessa.

— Achei que essa seria a primeira pergunta. Eu tenho todas as respostas — Dan afirmou, sorrindo gentilmente.

Assenti com a cabeça novamente para deixá-lo continuar.

— Eu tinha vinte e poucos anos quando Evie nasceu. Estava animado para me tornar pai e amava minha esposa. Minha vida era perfeita. Não há como negar isso. Eu tinha tudo que um homem sempre quis. Uma família, negócios, muito sucesso. Mas com tudo isso vem uma certa reputação. E, sendo jovem, nem sempre segui as regras. Com todo o sucesso, veio muita atenção, e às vezes me permiti colocar minhas necessidades antes da minha família. Não é meu momento de maior orgulho, mas, enquanto Fleur estava em casa com Evie, eu ia a bares.

Eu já imaginava o que viria a seguir, porém, antes de criar os cenários mais loucos em minha cabeça, continuei ouvindo sua história e apertando com mais força a mão de Grant.

— Eu saía quase todas as noites, gastando meu dinheiro em champanhe caro e conversando com mulheres com quem não deveria estar falando. Uma noite, conheci sua mãe — ele me disse, sem tirar os olhos de mim.

Dan estava prestes a falar sobre minha mãe, a mulher sobre a qual eu não sabia nada. Era assustador, mas, ao mesmo tempo, eu estava planejando absorver cada pequeno detalhe sobre ela.

— O nome de sua mãe era Alicia. Ela era garçonete naquele bar e ocasionalmente conversávamos. Ela era maravilhosa. Calorosa e gentil, sempre interessada nos outros. Não queria atenção, como suas colegas de trabalho ou as outras mulheres no bar, e era óbvio por que todos os homens queriam ter uma chance de falar com ela.

Quando ele parou de novo, Grant pigarreou e se endireitou.

— Era. Você está falando dela no passado, mas posso dizer que não é porque você a conhecia.

Não me ocorreu perguntar se ele ainda estava em contato com minha mãe, mas, quando Grant mencionou isso, vi algo brilhar nos olhos de Dan.

Mas ele não respondeu à pergunta de Grant ainda.

— Uma noite, decidi ficar no bar mais tempo do que o normal e, quando Alicia terminou seu turno, ela me convidou para ir a sua casa. Ela não sabia que eu era casado ou que tinha uma filha. Mas, burro como era, eu a segui até em casa. Sua mãe era atraente, por dentro e por fora, e embora eu amasse Fleur, era difícil resistir a Alicia. E assim, aconteceu. — Dan respirou fundo e deixou a respiração penetrar por um momento antes de continuar. — Aqueles nove meses em que ela estava grávida de você, eu vivi duas vidas. Trabalhei muito, mas a apoiei o máximo possível.

"Fiz o possível para escondê-la do mundo, para os outros não saberem que engravidei outra mulher enquanto era pai e marido de outra família. Claro, manter esse segredo não durou muito. Quando Fleur descobriu tudo, pedi perdão a ela. Cometi um erro estúpido e ainda não tenho certeza de como ela foi capaz de me perdoar. Mas ela o fez e guardou meu segredo todos esses anos. Claro que também não consegui esconder meu segredo de Alicia."

Fiquei sem palavras, confusa e oprimida. Eu não tinha certeza de que tipo de homem Dan realmente era. Mas sabia que ele esteve ao lado de minha mãe quando ela mais precisou. Então, em vez de questionar sua infidelidade e deslealdade para com Fleur, deixei-o continuar.

— Como eu disse antes, sua mãe era gentil. Seu coração era grande o suficiente para mais pessoas em sua vida e, no dia em que contei sobre Fleur, ela quis conhecê-la. Era um pedido estranho, mas, com a concordância da minha esposa, me senti menos nervoso com o encontro das duas. Elas realmente se deram bem, mas, depois da primeira vez que se viram, nunca mais se falaram.

— Por que elas se tornariam amigas? — Grant perguntou, e achei que era uma pergunta válida. No entanto, eu não conseguia falar.

— Para Fleur, era uma forma de manter essa fama de esposa perfeita. Aquela que nunca foi traída. E, para Alicia, era uma forma de não ser retratada como uma destruidora de lares. Foi um pacto silencioso que elas fizeram para se manterem a salvo dos julgamentos de outras pessoas.

— E assim você também estava seguro — Grant acrescentou, não parecendo feliz com isso.

Eu também não. Não importava o pacto que minha mãe e Fleur fizeram, não era certo que Dan fosse protegido daquele jeito. Foi ele quem traiu a esposa e foi ele quem engravidou minha mãe.

— Sim, e naquela época, eu não achava que estava errado. Eu me culpo por tudo o que aconteceu e deveria ter assumido a responsabilidade. Eu era um covarde e, se pudesse voltar no tempo, teria lidado com tudo de maneira diferente.

Assenti com a cabeça porque concordei, e agora que ele se abriu mais, eu finalmente estava pronta para falar.

— Onde minha mãe está agora?

# Capítulo 50

## GRANT

Comecei a massagear as costas de Rigby quando ela perguntou a Dan onde estava sua mãe. Eu estava imaginando, mas não tinha certeza se tinha acertado.

Dan demorou um pouco para responder, e ficou claro que dizer a Rigby onde sua mãe estava hoje era difícil para ele.

— Houve complicações após o seu nascimento. Os médicos fizeram tudo o que podiam, mas sua mãe sofreu um tipo raro de insuficiência cardíaca. — Dan parou para deixar Rigby entender que sua mãe não estava mais conosco.

Senti seu corpo ficar tenso e, quando olhei para ela, vi o terror em seus olhos. Ela nunca conheceu a mãe, mas eu só podia imaginar seus pensamentos e sentimentos neste momento.

— Sinto muito — sussurrei, apertando sua cintura e puxando-a para mais perto. Ela não estava me afastando. Em vez disso, me mostrou que precisava de mim por perto.

Dan deu a ela um minuto para aceitar a notícia, embora eu não achasse que Rigby pudesse superar rapidamente o fato de que sua mãe morreu no parto.

— Você estava com ela? — Rigby então perguntou, querendo saber mais sobre seu nascimento.

— Eu estava ao lado dela. Segurei a mão dela enquanto ela deu à luz a você, mas, quando os médicos te levaram para outro quarto, eles me mandaram sair, dizendo que tinham que cuidar de sua mãe. Eu não sabia o que estava acontecendo no começo, porém, quando te colocaram em meus braços, me disseram que Alicia não sobreviveu.

Era uma história horrível e, claro, me senti mal por ele. Mas saber que Rigby nunca conheceria sua mãe era pior. Ela estava quieta de novo, com a cabeça baixa e os olhos fixos no colo. Cobri suas mãos com as minhas e, quando seu lábio inferior começou a tremer, a puxei contra o meu lado.

— Está tudo bem — sussurrei, deixando-a saber que não havia problema em chorar.

Sua respiração arfou, só que, por mais que tentasse manter todos os seus sentimentos dentro de si, ela não conseguia. Tudo o que ouviu esta noite foi muito para assimilar, mas, por outro lado, foi bom, pois ela finalmente descobriu o que aconteceu vinte anos atrás.

Havia mais em sua história, mas Dan esperou para continuar, dando a Rigby o tempo que ela precisava.

Beijei o topo de sua cabeça e a segurei em meus braços; quando ela virou a cabeça para me olhar, sorri para encorajá-la. Ela estava sendo forte.

— Pode-me dar um pouco de água, por favor?

Assenti e enchi seu copo com água, então lhe entreguei e continuei esfregando suas costas enquanto ela tomava alguns goles.

Depois de colocar o copo na mesa, ela enxugou as lágrimas e olhou para Dan. Rigby estava pronta para fazer mais perguntas, mas fiquei surpreso com o que ela questionou a Dan em seguida.

— Se Fleur sabia sobre mim, por que você não ficou comigo? Por que me colocou em um orfanato?

Uma pergunta muito válida e importante.

Dan olhou nos olhos de Rigby, mas nenhuma resposta saiu de sua boca. Ele suspirou e esfregou a barba por fazer.

— Nenhuma explicação que eu tenha será boa o suficiente. Nada justifica as razões pelas quais não a levei para casa. Eu gostaria de ter uma resposta aceitável para sua pergunta, Rigby, mas não tenho.

Eu sabia que ela não estava satisfeita com isso; eu o teria forçado a me dar um motivo válido, mas Rigby simplesmente assentiu.

— Talvez porque você não quisesse arruinar sua reputação de marido e pai perfeito.

*Essa era a minha garota.*

Nos momentos menos esperados, ela colocava os outros em seus devidos lugares.

Segurei um sorriso quando vi a expressão de Dan se desfazer.

— Sim, porém, como eu disse, isso não é uma desculpa. Sinto muito, Rigby, sinto mesmo. Não posso voltar no tempo, mas posso dizer o quanto estou orgulhoso de você. Você se tornou uma jovem incrível.

Suas palavras podem ter significado muito, mas Rigby ainda não estava satisfeita. Havia mais coisas que ela queria saber e, para a sorte de Dan, ela deu a ele uma última chance.

— Quem me deu o nome de Rigby?

Isso é algo que me pergunto desde o segundo em que ela me disse seu nome e, embora eu tenha zombado disso no começo, seu nome era tão único quanto ela.

Dan sorriu com essa pergunta.

— O nome completo de sua mãe era Alicia Rigby. Quando descobri que ela não sobreviveu, soube que queria dar à filha um nome que a honrasse. Escolhi o sobrenome dela.

Eu esperava que a reação de Rigby fosse feliz, mas ela nos surpreendeu quando riu.

— Então... teoricamente, meu nome verdadeiro é Rigby Rigby?

Levei um momento para entender e, quando entendi, arqueei uma sobrancelha para Dan.

— Você pensou bem no que estava fazendo? — indaguei.

— Sim. E tecnicamente você está certa, já que nunca fui casado com sua mãe, e você deve ter adotado o sobrenome dela. Foi um pouco complicado, porém, na sua certidão de nascimento, seu sobrenome ficou o mesmo que o meu.

Rigby era uma Rockefeller, isso era certo. Mas Dan acabou de oficializar.

— Usei o sobrenome dos meus pais adotivos durante toda a minha vida, e o sobrenome deles está em todos os meus documentos — Rigby afirmou.

— Isso é porque eles escolheram mudar para o sobrenome deles e, já que você era criança, eles tinham o direito de fazer isso.

— E posso imaginar que eles queriam mudar o sobrenome dela para impedir que outras pessoas nesta cidade se perguntassem por que era Rockefeller — acrescentei.

Além de Dan, não havia outro Rockefeller na cidade.

— Sim, esse é outro motivo — Dan respondeu e olhou para Rigby. — Sei que é muita coisa para assimilar, mas estou aqui para qualquer dúvida que você tiver. Não espero que me perdoe, porém, quero que saiba que estou aqui sempre que precisar de mim.

Rigby concordou com um aceno de cabeça. Ela levaria um tempo para decidir o que queria fazer com todas aquelas informações recém-descobertas, e definitivamente ficaria longe de Dan depois disso até que seus pensamentos clareassem.

— Você tem uma foto da minha mãe?

Dan enfiou a mão no bolso interno de seu terno e tirou uma fotografia; antes de mostrá-la a Rigby, olhou para ela com um sorriso.

— Você se parece com ela.

Rigby se endireitou ao ouvi-lo dizer aquilo. Não havia muita semelhança entre ela e Dan, então eu tinha certeza de que ela herdou toda a beleza de sua mãe.

Quando Dan entregou a foto a ela, não pude acreditar que a mulher não era Rigby.

— Nossa — ela sussurrou, pegando a fotografia de sua mãe. Um sorriso surgiu em seus lábios. Esse foi o ponto alto da conversa, e vi como Rigby estava feliz por finalmente ver sua mãe pela primeira vez.

— Ela era tão bonita quanto você — falei para ela baixinho.

— Ela realmente era. Quando vi você no evento beneficente, não pude acreditar no que via.

Rigby olhou para Dan, mas não respondeu às suas palavras. Em vez disso, pressionou a fotografia contra o coração.

— Pode ficar com ela. E se quiser outras, me avise — ele disse a Rigby.

Por ora, aquela fotografia bastava. Rigby olhou para mim com um sorriso suave e olhos brilhantes. Eu beijei sua testa, então sorri de volta.

— Você está bem?

— Sim, um pouco melhor do que antes — respondeu sussurrado, se inclinando para mim.

Isso era tudo com o que me importava. E apenas isso.

# Capítulo 51

## RIGBY

Eu estava aconchegada sob as cobertas na cama de Grant e não conseguia tirar os olhos da fotografia de minha mãe. Definitivamente podia me ver nela, mas havia algo sobre Alicia que eu não conseguia entender. Toda a sua aura era diferente, e ela despertou algo que me fez desejar conhecê-la.

— Não acho que seja justo — falei, quando Grant voltou para o quarto vestindo apenas sua cueca boxer.

— O que não é justo, gatinha?

Ele deitou na cama ao meu lado e me aconcheguei no seu corpo enquanto ele passava os braços em volta de mim e beijava o topo da minha cabeça.

— Que uma mãe não possa ver seu bebê após o nascimento por causa de complicações. Sei que ninguém jamais poderia prever isso, mas ainda não é justo.

Grant entendeu o que eu estava dizendo.

— Eu sei. A mesma coisa aconteceu com a mãe de Ira. Você sempre ouve falar de coisas assim, mas nunca imagina isso acontecendo com alguém que conhece. Lamento que ela não esteja aqui com você — sussurrou.

Nós dois estávamos olhando para a fotografia agora.

— Acha que eu pareço com ela também?

— Sim, sem dúvida. Ela tem os mesmos olhos, o mesmo nariz fofo e o mesmo cabelo.

— O dela é um vermelho mais brilhante — argumentei.

— Um pouco. Você ainda se parece muito com ela, e acho que isso é algo de que você pode se orgulhar.

— E me orgulho. Só queria que houvesse uma maneira de conhecê-la. Realmente conhecê-la e descobrir como ela era.

Grant acariciou meu braço.

— Quando estiver pronta, você pode perguntar a Dan tudo sobre ela. Sei que vai demorar para você querer enfrentá-lo novamente, e tudo bem, mas ele não vai afastá-la de você como antes. Ele vai falar sobre ela se você pedir.

Eu tinha certeza disso. Dan havia me prometido que estaria aberto para outro jantar, ou almoço, ou o que quer que eu desejasse para falar sobre minha mãe.

Simplesmente assenti e coloquei a fotografia dela na mesa de cabeceira antes de me virar em seus braços e encará-lo.

— Obrigada por estar lá comigo. Eu não poderia ter feito isso sem você.

— Estarei ao seu lado não importa o que aconteça, Rigby.

— Mesmo se eu for uma Rockefeller? — perguntei, querendo melhorar meu humor.

— Sim, mesmo se você for uma Rockefeller. — Grant riu.

— E mesmo se eu for a irmã de Evie?

— Meia-irmã. Mas sim. Mesmo assim. Eu definitivamente escolhi a irmã certa — afirmou, apertando seus braços em volta do meu corpo.

— Acha que ela vai me odiar para sempre?

— Ela terá que superar o pai ter traído a mãe quando era bebê, mas isso pode levar algum tempo. Evie não é uma pessoa fácil, mas tudo porque ela dificulta as coisas para si mesma. Continue vivendo sua vida com essas novas informações sobre seu passado e, se um dia ela decidir que quer conhecer a irmã, sei que você vai deixar.

Eu poderia deixar. No final, tínhamos o mesmo pai.

Respirei fundo e me aconcheguei mais contra ele com os olhos fechados.

— Eu tenho você e Benny.

— Sim, você tem. Nós somos sua família — sussurrou, fazendo meu coração bater mais rápido.

Virei minha cabeça para olhar para ele novamente e senti as lágrimas ardendo em meus olhos por causa de suas palavras. Nosso amor cresceu rapidamente, mas eu não tinha dúvidas de que duraríamos.

— Tudo o que resta a fazer é casarmos — declarou e, por um breve momento, prendi a respiração.

A simples ideia de casamento me deixou desconfortável.

Grant riu.

— Eu estava brincando, gatinha. Mas agora estou interessado em saber por que você reagiu dessa maneira. Por minha causa ou por causa da ideia de casamento?

— Definitivamente por causa da parte do casamento.

— Conte-me mais sobre isso — insistiu, e eu explicaria com prazer.

— Eu só... nunca tive vontade de me casar com alguém. Eu amo você e quero ficar com você para sempre, mas não preciso de um pedaço de papel para me lembrar que somos um casal. Além disso... não gosto de joias, e a ideia de ganhar um anel um dia me dá arrepios.

Grant riu, mas eu sabia que ele entendia.

— Bom saber.

— Você também não parece muito entusiasmado com a ideia de casamento — comentei, mantendo meus olhos nos dele.

— Não, e eu concordo com você. A maioria das pessoas da minha idade se casou por causa de suas crenças religiosas, porque era o que todo mundo fazia naquela época. Alguns se casaram porque queriam provar seu amor ao outro. Não acredito que casar seja o que fortalece o amor de alguém.

Assenti para concordar com ele, então acrescentei:

— Mas eu gostaria de ir a um casamento um dia. Só vi casamentos em filmes, mas nunca na vida real. Quero saber se é realmente uma coisa emocionante, grandiosa e louca.

— Talvez tenhamos sorte e sejamos convidados para o casamento de Wells e Rooney. — Grant riu.

— Acha que eles vão se casar?

— Provavelmente, embora eu saiba que Rooney tem a mesma opinião sobre casamento que você. Mas, conhecendo-a, ela faria isso por Wells.

Eu poderia imaginar Rooney em um lindo vestido de noiva, mas não a conhecia bem o suficiente para julgar se ela realmente gostaria de se casar.

— Me beija. — Cansei de falar sobre casamentos e segredos de família; felizmente, Grant também.

Ele se levantou para se inclinar sobre mim e, quando sua boca cobriu a minha, eu imediatamente separei meus lábios para beijá-lo apaixonadamente.

Eu tinha tantas emoções dentro de mim que precisavam sair, e o sexo ajudaria.

Movi as mãos pelas suas costas e em seu cabelo, onde o agarrei com força e puxei até que ele rosnou. Com a mão direita, Grant abriu mais minhas pernas para se posicionar entre elas e empurrou seus quadris contra os meus. Senti sua ereção pressionar contra minha boceta. Meu clitóris já estava latejando; rebolando meus quadris, eu não apenas agradei a mim mesma, mas a ele também.

Um gemido escapou de mim quando ele moveu a mão entre nós, e prendi a respiração logo que Grant começou a esfregar meu clitóris através da minha calcinha.

— Sei que você gosta muito, mas deixe-me mostrar um lado diferente de mim.

Eu queria dizer a ele que não. Eu precisava disso. No entanto, deixá-lo assumir o controle sobre mim e fazer o que quisesse não parecia tão ruim, afinal.

— Ok — sussurrei, permitindo-o fazer o que quisesse.

Relaxei meu corpo enquanto ele me beijava novamente, empurrando sua língua dentro da minha boca e movendo-a sensualmente ao redor da minha. Grant continuou a esfregar meu clitóris, fazendo-o pulsar com cada movimento de seu dedo.

Meu gemido foi apenas um som abafado por causa do nosso beijo, mas o suficiente para fazer seu pau pulsar contra a parte interna da minha coxa. Fiquei surpresa por ele ainda não ter me deixado nua, mas sua paciência me excitava.

Depois de um beijo longo e apaixonado, ele se levantou e me fitou com olhos ardentes. O desejo neles era difícil de não notar, e eu sabia que eles refletiam o mesmo que eu estava sentindo.

Meu corpo estava em chamas e meu coração batia rápido no peito. Grant não precisava de muito para me fazer sentir assim. Ele simplesmente tinha que estar ao meu lado.

Eu sorri para ele e movi meus dedos ao longo de seu braço.

— O que está em sua mente?

— *Você*. Você está em minha mente. Será você amanhã e para sempre.

A felicidade era difícil de encontrar, e algumas pessoas esperavam a vida inteira para saber como era ser verdadeiramente feliz. No meu caso, posso dizer com segurança que encontrei minha felicidade em Grant e na pessoa maravilhosa que ele era.

Eu ficava sem palavras; sempre ficava quando ele dizia essas coisas. Por mais simples que fossem, significavam muito para mim.

Estendendo a mão para segurar sua bochecha, o puxei para mais perto e beijei seus lábios profundamente para mostrar a ele que seus sentimentos refletiam os meus.

Eu não tinha que provar isso a ele. Grant sabia que eu o amava com cada fibra do meu ser.

E eu sempre o amaria.

# Capítulo 52

## RIGBY

*Um mês depois...*

Enquanto eu lentamente aceitava que Dan era meu pai e sabia que nunca conheceria minha mãe nesta vida, houve alguém que tentou de tudo para me ignorar.

Eu não existia aos olhos de Evie e, sempre que nos cruzávamos, o que não era muito frequente, ainda era o suficiente para eu perceber que ela agia como se eu não existisse. Eu estava bem com a maneira como ela reagiu a mim, sabendo que tudo o que ela precisava era de tempo.

Eu também precisava de tempo, mas apenas quando se tratava dos Rockefeller.

No mês passado, as coisas entre Grant e eu mudaram rapidamente e, como passávamos um tempo no apartamento um do outro todos os dias, tomamos a decisão rápida de morar juntos. Todas as minhas coisas foram transferidas para o apartamento dele e, como logo encontrei alguém para se mudar para o meu antigo apartamento, não havia problema em eu sair tão cedo. O apartamento de Grant era grande o suficiente para três, e até Woodstock tinha mais espaço agora.

Para comemorar minha mudança, convidamos Rooney, Wells e Ira para jantar conosco.

Saímos para visitar o rancho dos pais de Rooney pela manhã, o que não só os meninos estavam entusiasmados, mas também eu.

— Woody vai ao rancho amanhã? — Ira me perguntou. Virei-me para olhar para ele parado ao meu lado na cozinha, os outros ainda na sala.

— Você gostaria que ele fosse? — perguntei, sabendo que ele ainda não tinha muita certeza sobre Woodstock.

Ira o observava muito, mas era bom ver como estava ficando corajoso ao deixar Woodstock cheirar sua mão.

— Não sei — ele me disse. — Talvez não.

Eu adorava sua honestidade.

— Ele pode ficar aqui amanhã. Woody nunca viu animais grandes antes e tenho certeza de que tem um pouco de medo deles.

Ira torceu o nariz.

— Ele é grande. Por que teria medo de outros animais grandes?

Boa observação, porém, sabendo disso agora sobre Woodstock, vi Ira se sentir mais confiante com ele por perto.

— Quer ouvir um segredo? — questionei.

Ele assentiu com a cabeça, de olhos arregalados.

Inclinei-me para mais perto e segurei minha mão ao lado do meu rosto.

— Woodstock tem medo de gatos.

Esse segredo fez Ira rir de gargalhar.

— O que há de tão engraçado por aqui?

Ergui os olhos quando Wells entrou com um sorriso no rosto.

— Contei a Ira um segredinho. Ele pode compartilhar se quiser — eu disse, olhando para Ira, que estava segurando a mão sobre a boca com um brilho travesso nos olhos.

Ver como as crianças lidam com segredos sempre foi fascinante para mim. Alguns os mantinham para si mesmos e outros tinham que compartilhá-los com o mundo.

E como meu segredo sobre Woodstock não era grande coisa, ele poderia contar a quem quisesse.

— Segredo, né? Parece bom também — Wells comentou.

— Woody tem medo de gatos — Ira sussurrou, alto o suficiente para nós dois ouvirmos.

Wells riu.

— Sério? Isso é impossível!

— Rigby me contou! — Ira anunciou, apontando para mim.

— Sem chance! Woody é um cachorro tão grande e tem medo de gatos? — Wells perguntou, com falsa descrença em sua voz para tornar isso mais divertido para seu filho.

— Aham! É verdade! — Ira disse a ele e, em uma fração de segundo, algo mudou em seus olhos. Houve um súbito lampejo de confiança em seu rosto. — Se Woody tem medo de gatos, talvez tenha medo de mim.

Um pouco confiante demais, mas vejo onde ele estava indo com isso.

— Ele quer ser seu amigo. Assim como é amigo de Benny — falei, para encorajá-lo.

Ira pensou em minhas palavras, então olhou para a sala onde Benny estava deitado no chão ao lado de Woody, brincando com seus brinquedos.

— Eu quero brincar também. Pode vir comigo, papai?

Wells o pegou e beijou a bochecha de Ira.

— Não há realmente nada que você tenha que ter medo, ok? Mas se mudar de ideia, podemos fazer outra coisa.

Ira assentiu com a cabeça e, depois que Wells sorriu para mim, eles voltaram para a sala de estar.

Eu os segui com a pequena tábua de frios que montei e coloquei na mesa de centro para que todos pudessem desfrutar.

— Agora é oficial — Rooney disse para mim com um sorriso quando me sentei ao lado dela no sofá.

— Sim, acho que sim — respondi, sorrindo de volta para ela e, em seguida, movendo meu olhar para Grant, que estava na varanda cuidando da churrasqueira.

— É uma sensação boa, né? Lembro do dia em que finalmente fui morar com Wells. Não fez muita diferença, já que acabei me mudando para um andar abaixo do meu apartamento anterior, mas ainda assim foi emocionante entrar no apartamento dele e perceber que também era meu.

Eu sentia a mesma emoção sempre que saía do trabalho para voltar para casa e tinha que virar à esquerda em vez de à direita no grande cruzamento.

— Mamãe, olha! Estou acariciando Woody!

Viramos nossas cabeças para olhar para Ira, que estava parado ao lado das patas traseiras de Woodstock, acariciando suas costas e o mantendo a uma pequena distância.

— Ah, meu Deus! Olhe para você, Ira! Como é a sensação? — Rooney perguntou.

— Ele é macio — o menino respondeu, afastando a mão, decidindo se iria acariciá-lo novamente.

— Você pode acariciá-lo aqui, Ira. Ele gosta disso — Benny sugeriu ao amigo, acariciando a cabeça de Woody.

Ira parecia inseguro, mas com um sorriso encorajador de Wells, se aproximou de Benny e alcançou a cabeça de Woody.

— Eles são adoráveis — Rooney sussurrou.

Eu concordei. Os meninos eram tão doces um com o outro, e estava claro que seriam melhores amigos para sempre.

— Olha, Grant! — Ira exclamou, com orgulho, quando Grant voltou para a sala, e seu rosto surpreso disse tudo.

— Uau, amigão, você acabou de se tornar melhor amigo de Woody também?

Ira assentiu e sorriu quando percebeu o que estava acontecendo; para mostrar o quão corajoso ele era, até se ajoelhou ao lado de Woody para continuar acariciando-o.

— Meu coração está derretido — Rooney choramingou, com lágrimas ardendo em seus olhos.

Eu ri baixinho com a reação dela, embora entendesse quão grande era esse passo para Ira.

— Alguém está emocionada — Grant observou, zombando de Rooney.

— Me desculpe, são os hormônios da gravidez.

A sala ficou em silêncio quando meus olhos se arregalaram; Wells parecia quase horrorizado e Rooney ficou chocada com as palavras que acabou de dizer.

Ela cobriu a boca com as duas mãos, murmurando algo inaudível.

— Não creio! — Grant foi o primeiro a dizer algo e, quando Rooney olhou para Wells com olhos de desculpas, ele riu.

— Não há necessidade de esconder isso agora — garantiu, um sorriso orgulhoso aparecendo em seus lábios.

— Parabéns! — exclamei, abraçando Rooney de lado. — Estou tão feliz por vocês!

Ela riu baixinho quando o choque inicial de revelar seu segredo se foi.

— Eu sabia que acabaria falando. Ah, Wells, sinto muito.

— De qualquer maneira, queríamos contar a todos amanhã no rancho — Wells explicou. Ele não estava bravo, mais divertido do que qualquer coisa.

— Parabéns, cara. Eu estava me perguntando por que ela não tem bebido vinho ultimamente — Grant brincou, abraçando Wells e dando tapinhas em suas costas.

— Quanto tempo você está? — perguntei.

— Quase quatro meses. Eu era capaz de esconder minha barriga bem o suficiente até agora — afirmou e se recostou, levantando o moletom.

Coloquei a mão suavemente em sua barriga e sorri ao sentir algo faiscar em meu peito.

— Eu estou tão feliz por você! — disse a ela, sentindo meus olhos lacrimejarem também; quando me voltei para Grant, esperei que ele não lesse meus pensamentos.

# Capítulo 53

## GRANT

Não fiquei tão surpreso ao descobrir que Rooney estava grávida quanto eles imaginaram que eu ficaria. Havia muitos sinais de que ela estava grávida, embora pequenos.

E, desde que nos contaram, Rigby estava mais quieta do que nunca.

No caminho para o rancho, ela lia um livro ou conversava com Benny para mantê-lo entretido, mas sempre que eu perguntava alguma coisa, ela me dava respostas rápidas e curtas. Não levei para o lado pessoal e achei que ela estava agindo de forma estranha porque também queria engravidar. Embora não tivéssemos falado sobre bebês antes, eu podia imaginar o que ver uma mulher grávida fazia com uma mulher não grávida.

— Você está animado para ver os cavalos? — perguntei a Benny.

— Sim, e os touros, as vacas e os palhaços!

Eu ri.

— Você sabe quem são os palhaços, amiguinho?

— Eles são palhaços.

Eu não tinha certeza se revelar o segredo de os pais de Rooney serem os palhaços era uma boa ideia, considerando que ele nunca tinha visto palhaços na vida real antes e eu me lembrava de ter medo deles quando tinha sua idade.

Dizer a Benny que eles eram os pais de Rooney que ele conheceu antes pode ajudar a afastar seu medo.

— Sim, mas você sabe quem são as pessoas vestidas de palhaço?

— Não.

— São os pais de Rooney. Você se lembra de Louise e Devon?

— Talvez — meu filho respondeu, o que foi uma resposta boa o suficiente na minha opinião. Ele se lembraria de quando os visse novamente, porque não fazia muito tempo desde que os encontrou.

Chegamos ao rancho depois de uma hora de carro e, antes de sair de dentro, me virei para olhar para Rigby e peguei a mão dela.

— Você está bem? Esteve quieta esta manhã.

— Estou bem, só um pouco cansada — ela me disse.

— Certeza?

Ela apertou os lábios em uma linha fina e assentiu.

— Sim, tenho certeza. Estou animada por estar aqui — Rigby acrescentou para se certificar de que eu acreditava nela.

Não fiquei satisfeito com a sua resposta, mas deixei passar por enquanto.

— Quando você estiver pronta para conversar, estarei bem aqui.

Ela me deu um aceno de cabeça e sorriu; antes de sair do carro, beijei seus lábios suavemente.

— Eu amo você.

— Também amo você — sussurrou.

Dei um tapinha em sua coxa e saí para desafivelar Benny de seu assento.

— Tudo bem, amiguinho. Fique por perto. Tem muitos animais por aqui e não queremos assustá-los, ok?

Benny acenou com a cabeça e, quando o coloquei no chão, olhou em volta e imediatamente gritou de felicidade.

— Olha!

— Você sabe o que são?

— Touros!

— Eles são grandes, né? Tenho certeza de que podemos vê-los de perto mais tarde. Vamos dizer olá aos pais de Rooney primeiro.

Louise e Devon estavam esperando por nós na varanda da frente, vestindo roupas normais em vez de suas roupas de palhaço. Ira já estava correndo em direção a eles, e parei com Rigby e Benny ao lado de Wells, que deixou Rooney ser a primeira a cumprimentar os pais.

— É tão bom ver você de novo, Ira. E vejo que trouxe Benny — Louise falou.

— Sim, ele também está aqui porque também gosta de animais — Ira explicou.

— Lembra-se deles agora? — questionei a Benny, o levantando em meus braços, e ele assentiu. — Você pode dizer olá para Louise e Devon?

— Olá — cumprimentou, com um aceno.

Enquanto o segurava com um braço, coloquei a outra mão na parte inferior das costas de Rigby.

— Esta é Rigby. Rigby, estes são Louise e Devon, os pais de Rooney.

Eles se cumprimentaram com um abraço, e eu poderia dizer que ela já estava confortável em estar aqui.

— Prazer em conhecê-los — saudou, com um sorriso.

— Igualmente. Não esperava que Grant trouxesse uma garota. Vejo que a idade não passa de um número em Riverton. Não me importaria se minha esposa fosse alguns anos mais nova — Devon brincou, fazendo Wells e eu rirmos.

— Tivemos sorte — meu amigo comentou.

— Entrem. Preparei um brunch para todos nós e depois mostraremos o rancho para as crianças — Louise sugeriu.

Uma vez lá dentro, nos sentamos à grande mesa e começamos a comer de imediato, porque ainda não tínhamos tomado café da manhã.

— Primeira vez em uma casa dessas? — perguntei à Rigby.

Ela sorriu e assentiu.

— Sim, e é ainda mais bonita do que tinha esperado. Eu gosto daqui.

— Ainda bem que vamos ficar uma noite. Há tanto para ver por aqui — prometi a ela.

Seu humor parecia estar mudando lentamente. Ela estava perdida em pensamentos profundos em nosso caminho até aqui, mas parecia que o que quer que a estivesse incomodando estava desaparecendo.

Ainda assim, esperava que ela se abrisse comigo para que eu pudesse ajudar.

— Se divertindo? — perguntei, ao envolver Rigby com meus braços, enquanto ela assistia ao show de montaria em touros que os pais de Rooney estavam fazendo em suas fantasias de palhaço.

Eles abriram o rancho para visitação anos atrás, e todo fim de semana permitiam que os visitantes viessem com os filhos para se divertirem em família.

Rigby se inclinou contra mim e colocou as mãos em meus braços.

— É divertido observá-los, mas gosto um pouco mais do rosto de Rooney.

Olhei para onde Rooney estava com Wells, Benny e Ira, e o constrangimento em seu rosto era imperdível.

Eu ri e beijei sua nuca.

— É uma pena seus pais serem palhaços. Vire-se, gatinha.

Rigby se virou em meus braços e olhou para mim com um sorriso gentil.
— Tudo bem?
— Tudo perfeito — assegurei-lhe, pressionando um beijo em seus lábios. — Tenho algo planejado para nós.
— Você tem? O que é?
— Um piquenique nos campos.
Seus olhos estavam brilhando.
— Agora mesmo?
— Se você estiver pronta, podemos ir agora. Os outros sabem e cuidarão de Benny. Está animada?
— Você está brincando? Claro que estou animada!
Eu ri.
— Vamos então.
Louise me ajudou a preparar tudo e também me mostrou onde era o local perfeito para assistir ao pôr do sol. Quando ela precisou vestir sua fantasia de palhaço para o show, tive que terminar de preparar o piquenique sozinho, mas fiquei satisfeito com o resultado ao voltar lá com Rigby.
Ela estava maravilhada e teve dificuldade em encontrar palavras.
— É lindo aqui, não é?
Ela assentiu e olhou para o piquenique, então ela moveu seu olhar através dos campos à nossa frente.
— É incrível — Rigby suspirou, seus olhos encontrando os meus novamente.
Eu sorri e a puxei em meus braços.
— Estou feliz que gostou. Você teve muito em que pensar o dia todo. Eu esperava animá-la com isso.
Seu sorriso não encontrou os olhos e pude ver a tristeza neles.
— Me desculpe — sussurrou, com a voz embargada.
— Pelo que você está se desculpando?
— Por agir de forma tão estranha. Sei que você notou, mas fui fria com você. Eu só... — Rigby suspirou e baixou o olhar para o meu peito, onde ela estava puxando minha camisa com os dedos.
— Quer falar sobre isso? — indaguei baixinho, não querendo pressioná-la se ela não quisesse.
Rigby deu de ombros.
— Não tenho certeza de como falar sobre isso.
Parecia mais sério do que eu esperava.

— Tudo bem. Que tal comermos primeiro e apreciarmos a paisagem?

Segurei seu rosto nas mãos depois que ela assentiu e a beijei suavemente. O que quer que a estivesse incomodando, eu faria o possível para ajudá-la.

# Capítulo 54

## GRANT

A comida estava ótima e, embora eu não fosse o tipo de cara romântico, já estava planejando outro piquenique.

Rigby ainda estava bastante quieta, mas parecia mais relaxada enquanto comíamos e aproveitávamos a noite. Depois de colocar os pratos e copos de lado, deitei no cobertor e a puxei comigo para abraçá-la.

— Devíamos vir aqui com mais frequência. O que acha? — questionei, olhando em seus olhos.

— Eu adoraria. Este lugar é incrível, e Benny também adora. Você viu como ele ficou feliz quando fomos ver os cavalos?

— Ele com certeza ficou. Benny nunca gostou muito de animais, mas estou feliz que ele esteja aproveitando o tempo aqui.

— Rooney disse que poderíamos montar os cavalos amanhã.

— Você quer?

— Só se você montar também — ela disse, em uma tentativa de me provocar.

— Caramba, sim, eu vou montar um maldito cavalo. Está brincando? Eu serei o cowboy mais gostoso de todos os tempos!

Ela ria com a cabeça inclinada para trás e os olhos fechados, expondo o pescoço e me convidando a trilhar beijos por ele.

— Mal posso esperar para ver isso — Rigby brincou, meus beijos a fazendo se contorcer em meus braços.

Chupei sua pele e movi a mão até sua cintura, puxando seu vestido para expor suas coxas. Ela não estava me afastando no começo, porém, quando passei meus dedos ao longo de sua fenda, ela agarrou meu pulso e me parou.

— Grant — suspirou. Ela manteve os olhos fechados por um momento, mas quando olhou nos meus, vi as mesmas emoções neles que vi esta manhã.

— O que foi, gatinha?

Ela ficou quieta novamente e seu rosto ficou sério. Para deixá-la mais confortável, ajustei seu vestido e sentei para lhe dar mais espaço, a observei atentamente enquanto se deitava e lentamente desaparecia em seus pensamentos novamente.

Havia algumas razões em que eu conseguia pensar por que ela estava agindo daquele jeito, mas todas as que eu inventava não eram nada sobre as quais já não tivéssemos conversado. Nos conhecíamos por dentro e por fora, e sempre que havia um problema, resolvíamos juntos, conversando. Fosse o que fosse desta vez, era fácil de resolver.

Continuei a observá-la pentear as mechas de seu cabelo para trás, colocando-as atrás das orelhas para poder observar seu lindo rosto. Ficamos em silêncio por alguns minutos e, somente quando seus olhos encontraram os meus, as palavras finalmente saíram.

— Você sabe que não gosto de ser o centro das atenções. Bem, só se eu estiver muito confiante sobre alguma coisa, ou se tiver bebido álcool — justificou, sua voz suave e gentil.

Eu sorri e assenti com a cabeça, sabendo exatamente o que ela queria dizer, mas estava confuso sobre por que mencionou isso.

Então a deixei continuar.

— Ontem à noite, quando Rooney nos contou que estava grávida — Rigby parou e suspirou, e parecia que ela estava se xingando silenciosamente. — Estou feliz por ela. Realmente estou e não consigo imaginar como eles estão felizes por se tornarem pais. Por Wells se tornar pai pela segunda vez e Ira virar um irmão mais velho. Estou tão feliz por eles — afirmou, a voz falhando.

Portanto, o silêncio dela tinha a ver com o fato de Rooney estar grávida. Eu ainda estava tentando descobrir aonde ela queria chegar com isso, então tentei ajudá-la a ir direto ao ponto.

— Mas você estava chateada ao mesmo tempo. É porque eu nunca falo sobre ter mais filhos?

Não estávamos juntos há muito tempo, mas avançamos muito rapidamente em nosso relacionamento e ficamos sérios mais rápido do que a maioria dos casais que namoraram por mais de um ano antes de se comprometerem um com o outro. Rigby e eu éramos diferentes. Queríamos nos comprometer. Caramba, nos comprometemos há muito tempo, mas não ter conversado sobre bebês pode ter sido um erro. Principalmente do meu lado.

— Acho que sim — respondeu. Ela estava sendo honesta, o que eu apreciava e me fez entendê-la melhor. — Não sei se você quer mais filhos. E se quiser, quer comigo? Eu poderia ter perguntado a você, mas não sabia como iniciar esse tipo de conversa. Achei que um dia isso viria naturalmente, assim como nossa conversa sobre casamento. E sei que ainda é cedo. Poucas pessoas têm filhos tão rapidamente em um relacionamento.

Embora eu soubesse que ela estava tentando me dizer algo, não entendi exatamente o que era. Mas havia uma coisa da qual eu tinha mais certeza.

— Quero mais filhos. E os quero com você; se me disser que está pronta para ter um bebê, terei prazer em colocar um em você — prometi, rindo, porque a maneira como me expressei parecia engraçado. — Caramba, vou colocar um em você agora mesmo, se é isso que deseja.

Ela riu baixinho, seus olhos lacrimejando, mas sua risada morreu quando seu lábio inferior começou a tremer.

— Acho que é um pouco tarde demais para isso agora.

Um arrepio fez todos os pelos do meu corpo se arrepiarem quando ela disse essas palavras e, logo depois, um calor avassalador encheu meu peito. Meus lábios se separaram e tentei formar palavras. O que ela disse antes começou a fazer sentido, mas eu precisava que ela falasse novamente.

Sua respiração arfou, então prosseguiu com uma voz trêmula:

— É por isso que fiquei em silêncio depois que Rooney nos disse que estava grávida. Eu não queria tirar aquele momento dela. Estava planejando contar a você ontem à noite, porque estava muito feliz por termos nos mudado e pensei que era o momento certo, mas parecia errado ofuscar o momento especial de Rooney e Wells.

— Você está grávida — foi tudo que minha mente conseguiu reunir, e quando ela percebeu que eu ainda estava em choque, ela simplesmente assentiu. — Você está grávida do meu bebê — falei, e foi mais uma afirmação para eu finalmente perceber isso.

Quando a notícia se instalou, a puxei para cima e para o meu colo para abraçá-la, pressionando seu corpo firmemente contra o meu, enquanto derramávamos lágrimas.

— Por favor, diga alguma coisa — ela sussurrou, na curva do meu pescoço, sem perceber que eu a estava torturando por não lhe dizer como me sentia.

Inclinei-me para trás para olhar em seus olhos e segurei seu rosto com as duas mãos, depois limpei as lágrimas que escorriam por seu rosto.

— Estou tão feliz, gatinha. É um pouco chocante e veio inesperadamente, mas eu não poderia estar mais feliz. Eu quero este bebê. É o nosso bebê! — celebrei, sorrindo para ela.

— Mas aconteceu tão rápido — Rigby murmurou. — E se realmente for muito cedo?

Ela precisava de muito mais segurança.

— Mesmo se você estivesse grávida depois de um mês de estarmos nos conhecendo, eu iria querer aquele filho. E teria te apoiado do jeito que vou apoiar agora. Rigby, isso é o que eu queria; ter uma família com você.

Por mais claras que fossem minhas palavras, minha mente não estava. Mas, felizmente, Rigby confiou em mim e acreditou no que eu disse.

Ela baixou o olhar para evitar meus olhos, como sempre fazia quando estava nervosa, mas não havia nenhuma razão real para isso.

— Eu descobri na semana passada. Não sei de quanto tempo estou, mas não acho que tenha acontecido há muito tempo.

— Você ainda tem o teste de gravidez?

— Sim, todos os seis. Todos positivos — confirmou.

Eu ri.

— Você fez muitos testes. Não acreditou na primeira vez?

Ela negou com a cabeça e olhou para mim novamente.

— Ainda não consigo acreditar, mas estou animada. Também estou com medo. Não pensei que ficaria grávida tão jovem.

Eu entendia suas preocupações, mas não havia nada que ela tivesse que temer.

— Estarei bem ao seu lado, você sabe disso. Irei a todas as consultas, garantirei que você tenha a melhor primeira gravidez de todas e farei com que você e nosso bebê se sintam amados todos os dias. Além disso, você está grávida ao mesmo tempo que Rooney. Sabe o quanto isso será divertido para vocês duas? Podem aprender tudo sobre gravidez juntas, ajudar uma à outra, trocar dicas. Vocês darão muito apoio uma à outra.

Rigby relaxou no meu colo e finalmente olhou nos meus olhos.

— Podemos manter isso em segredo por enquanto? Até termos certeza de que estou realmente grávida?

Aqueles seis testes de gravidez que ela fez eram prova suficiente, mas, de novo, ela precisava de garantias.

— Claro, o que quiser, gatinha.

Beijei seus lábios, ela passou os braços em volta do meu pescoço e

movi minhas mãos até seus quadris para mantê-la perto.
    Em momentos como este, tudo que eu queria era lhe mostrar o quanto eu a amava, mas nós dois já estávamos em puro êxtase que nem mesmo o sexo poderia tornar esse momento maior.

# Capítulo 55

## RIGBY

Grant facilitou tudo. Sempre que eu tinha dúvidas sobre alguma coisa, ele estava lá para afastar essas dúvidas de mim e tornar as situações bem mais suportáveis.

Passamos a noite abraçados na toalha de piquenique, nos beijando e conversando sobre nosso futuro, que já parecia tão emocionante. Quando voltamos para o rancho, não pude deixar de sorrir. Meus dedos estavam entrelaçados com os de Grant e ele parecia satisfeito com a grande notícia.

Toda mulher merecia alguém como ele e estar grávida aos vinte anos não parecia muito estressante agora que eu tinha todo o seu apoio.

— Olha quem voltou — Rooney disse, enquanto caminhávamos para os fundos da casa, onde todos estavam sentados em volta de uma fogueira.

— Papai! — Benny exclamou, quando viu Grant, e soltei sua mão para que ele pudesse pegá-lo.

— Oi, amiguinho. O que é isso? — indagou, apontando para o galho que Benny estava segurando.

— Estamos comendo marshmallows!

— Uau! Sem Rigby e eu?

— Posso dividir este galho com vocês — Benny ofereceu, mas não parecia muito feliz com isso. Ele gostava quando não tinha que compartilhar, percebi isso na creche, mas, se realmente precisasse, o faria sem problemas.

— Tudo bem, amiguinho. Pegaremos nossos próprios galhos. Este é seu. Você se divertiu enquanto eu estava fora?

Benny assentiu, mas não queria falar sobre seu dia.

— Eu quero mais marshmallows.

— Quantos ele já comeu? — Grant perguntou a Wells com uma risada.

— Não muito. Eu dei a ele mais sem açúcar.

— Marshmallows sem açúcar? — questionei, surpresa.

— Sim, nós os compramos para Ira nesta nova loja na cidade, mas Benny não parece se importar com eles. São pegajosos e gostosos, isso é tudo que importa — Wells informou, rindo.

— Eu quero os verdadeiros — Grant falou, me puxando para um dos bancos ao redor do fogo; depois que nos sentamos, Rooney nos entregou o saco de marshmallows.

— Como foi seu encontro? — indagou, sorrindo para nós.

— Foi incrível — respondi, meu corpo todo formigando só de pensar no tempo que passei com Grant.

— Parece que sim. Vocês dois parecem ter se divertido muito por aí — comentou, com uma risada.

Senti minhas bochechas esquentarem e, embora o que Rooney pensasse não fosse o caso, deixei-a acreditar que transamos loucamente nos campos do rancho dos pais dela.

Isso provavelmente teria acontecido se eu não tivesse jogado a bomba em Grant sobre estar grávida.

— Papai, viu? Está derretendo!

Olhamos para Benny, que estava segurando seu galho sobre o fogo, com Ira ao lado.

— Cuide para que o seu marshmallow não queime — Grant instruiu.

— Papai, eu sou profissional. Assim como Ira.

Nós rimos e eu arqueei uma sobrancelha para Grant.

— Ele sabe exatamente o que está fazendo.

— Com certeza. — Ele colocou o braço em volta dos meus ombros e me puxou para mais perto, beijando minha têmpora.

Grant havia prometido manter nosso segredo por um tempo, mas já planejava marcar uma consulta médica na próxima semana.

Enquanto Grant segurava dois marshmallows sobre o fogo, Ira se aproximou de mim.

— Você sabia que mamãe tem um bebê na barriga? — perguntou.

Eu sorri e assenti.

— Eu sei. E você vai ser um irmão mais velho. Está animado?

— Sim, terei um novo amigo. E Benny também pode ter um novo amigo. Você também tem um bebê na barriga?

Eu sabia que era uma pergunta inofensiva e, ao ouvir sobre sua mãe ter um bebê na barriga, era óbvio que as crianças perguntavam a outras mulheres se elas tinham o mesmo.

Percebi Grant olhando para mim quando Ira fez essa pergunta, e nós dois ficamos em silêncio por um momento antes de eu pigarrear. Porém, nenhuma palavra saiu.

— Acha que Benny adoraria ser um irmão mais velho? — Grant perguntou a Ira, evitando que eu revelasse meu segredo.

— Sim. Ele será o melhor irmão mais velho de todos, assim como eu — Ira afirmou, com confiança.

Eu sorri e acariciei suas costas.

— Talvez um dia Benny seja um irmão mais velho também.

— Talvez em breve?

Puxa vida, Ira estava realmente dificultando para mim.

Grant riu, e como todos ao nosso redor ficaram muito quietos desde que Ira iniciou essa conversa sobre eu ter um bebê na barriga, olhei em volta e vi os olhares de compreensão de Rooney e Wells.

Quando movi meu olhar de volta para Grant, ele notou também e ficou claro que esconder isso era impossível. Eles eram nossos amigos e, embora ainda fosse cedo e eu não estivesse nem perto do tempo de Rooney, mudei de ideia sobre manter em segredo. Pelo menos deles.

Eu ri, porque toda essa situação era divertida. De Ira me perguntar se eu estava grávida a Rooney e Wells descobrirem apenas de olhar para o meu rosto.

Olhei para Ira com um sorriso.

— Sim, talvez em breve.

Rooney gritou de felicidade ao ouvir minhas palavras e, enquanto Ira corria para contar a Benny sobre ele também se tornar um irmão mais velho, olhei para Grant para ver o que ele estava pensando. Ele sorria, e como era eu quem queria manter isso em segredo, parecia satisfeito com o fato de Rooney e Wells agora saberem.

— Ah, meu Deus! Há quanto tempo você sabe? — Rooney perguntou.

Levantei-me quando ela se aproximou de mim para deixá-la me abraçar.

— Há pouco tempo. Mas com certeza não estou tão adiantada quanto você — garanti.

— Isso é uma grande surpresa! Você contou ao Grant hoje?

Assenti, mas não revelei o plano que eu tinha na noite passada.

— Ele está animado — falei, sorrindo.

— Meu Deus, isso é tão emocionante! Estamos grávidas ao mesmo tempo! Vamos passar muito mais tempo juntas.

Eu já estava ansiosa por isso. Depois que Wells parabenizou Grant com um abraço apertado, ele se virou para mim e sorriu antes de me puxar para si.

— Parabéns, Rigby. Você vai ser uma mãe maravilhosa. Grant é sortudo.

— Tenho sorte também — afirmei, deixando-o me abraçar por mais um tempo antes de dar um passo para trás e esfregar meus braços.

O apoio que recebi deles era tão avassalador que meus olhos começaram a lacrimejar e, segundos antes de eu desabar e deixar meus sentimentos me dominarem, Grant me puxou para seus braços. Uma risada baixa o deixou e ele estava esfregando minhas costas e beijando minha cabeça.

— Você está feliz — Grant me assegurou, e eu assenti para concordar com ele.

Eu tinha aceitado o fato de estar grávida ainda jovem, porém, com tantas pessoas ao meu redor que me apoiavam, não importa o que fosse novo para mim. Claro, eu tinha Maddie, mas não éramos mais do que colegas de trabalho e não havia família em quem eu pudesse confiar. Até que conheci Grant.

— Isso é o mais feliz que já estive — respondi, olhando em seus olhos.

Ele sorriu para mim e enxugou as lágrimas do meu rosto.

— A maneira como você se sente agora é como me sinto desde que soube que amava você. E vou continuar me sentindo assim pelo resto da minha vida.

Chorar parecia ser a coisa mais fácil do mundo agora, mas eu tinha que parar antes que Benny começasse a se preocupar ainda mais comigo. Ele estava com uma careta, sem entender por que eu estava chorando. No entanto, sendo o menino doce que era, ele tentou me animar.

Agachei-me para encontrar seus olhos enquanto ele se aproximava de nós e, depois de me observar por alguns segundos, colocou suas mãos nas minhas.

— Não fique triste, Rigby. Ainda temos marshmallows — Benny me disse, em uma tentativa de me animar.

Sem dúvida ele conseguiu fazer isso, e uma risada sincera borbulhou em meu peito. Os outros começaram a rir também e, com Benny tentando entender o que estava acontecendo, o puxei para meus braços e o abracei com força contra mim.

— Eu adoraria alguns marshmallows, amiguinho — sussurrei.

Com Rooney, Wells e Ira ao nosso lado, e Grant apertando e acariciando meu ombro, continuei a abraçar Benny pelo tempo que ele permitiu. Ele não era meu filho e tinha uma mãe, mas o vínculo entre nós era forte e só ficaria mais forte agora que ele estava se tornando o irmão mais velho do meu primeiro bebê.

E eu não poderia desejar um garoto melhor para assumir esse papel.

## RIGBY

*Dez meses depois...*

Casamentos eram uma coisa linda.

Foi a primeira vez que participei, mas tinha certeza de que o casamento de Rooney e Wells foi um dos mais lindos de todos os tempos. Eles transformaram o rancho dos pais dela em um local incrível, com os convidados podendo passear pela propriedade e explorar.

Depois da cerimônia, dançamos a noite toda e definitivamente comemos demais, mas não importava o quão tarde estivesse ficando, a festa ainda estava acontecendo.

Saí para ir ao banheiro na casa dos pais de Rooney e, quando voltei ao celeiro onde os convidados estavam dançando, fui parada no caminho.

— Se divertindo? — Evie perguntou, com os braços cruzados sobre o peito. É claro que ela foi convidada para o casamento de Rooney e, embora geralmente gostasse de ser o centro das atenções, não a vi muito hoje.

— Sim, estou me divertindo muito. E você? — devolvi, tentando ser o mais educada possível. Depois de tudo que nosso pai expôs, não nos víamos muito.

— Casamentos são sempre divertidos. Especialmente quando é sua melhor amiga se casando — declarou. Evie estava tentando provocar algo em mim, mas eu não iria reagir a isso.

Podemos ser irmãs, *meias-irmãs*, mas não poderíamos ser mais diferentes.

— Como está o Dan? — indaguei.

— Ele está bem. Trabalhando muito como sempre — ela me disse, então suspirou. — Ele perguntou sobre você.

— Ah, bem... isso é bom.

Evie assentiu e aprofundou o vinco entre suas belas sobrancelhas.

— Se importa se eu lhe perguntar uma coisa... pessoal?

Eu estava pronta para o que quer que fosse.

— Fique à vontade.

— Entendo que nunca teremos o melhor relacionamento, mas por que você não o está conhecendo? Afinal, ele é seu pai e, se bem entendi, você não tem nenhum outro familiar por perto.

Eu tinha uma família. Eu tinha Grant, Benny e o mais doce pacotinho de alegria que recebemos neste mundo há apenas um mês.

Pensei muito sobre isso, então respondê-la foi fácil.

— Neste ponto da minha vida, não sinto que conhecê-lo fará uma grande diferença para mim. Passei a vida inteira sem ter um pai e agora é tarde demais. Estou completamente bem com isso.

Evie me observou de perto, minhas palavras pairando entre nós. A princípio, eu não tinha certeza de como ela aceitaria minha resposta, mas esta era Evie parada na minha frente. Ela não dividiria Dan comigo e, aos olhos dela, era a única filha dele.

— É melhor não mudar de ideia depois de me dizer isso. Não vou aceitar isso bem — avisou, fazendo soar como uma ameaça.

— Não vou — assegurei-lhe, esperando que entendesse que não importava quanto DNA nós compartilhávamos, eu não ficaria entre ela e Dan.

Evie me olhou de cima a baixo com sua crítica habitual.

— Que bom.

Como eu não tinha mais nada a dizer, sorri para ela e voltei ao celeiro.

Meu sorriso aumentou quando vi Rooney dançando em seu lindo vestido de noiva, com Wells abraçando-a e balançando para frente e para trás. Ira e Benny estavam dançando ao lado deles e deixaram todos com inveja com seus movimentos.

— Eles são insanamente adoráveis, não são? Não param de dançar.

Eu me virei e olhei para Louise, que estava sentada em uma mesa, segurando seu neto mais novo no colo.

— Eles vão dançar a noite toda — assegurei, com uma risada. — Como está Neo?

O filho de Rooney e Wells tinha cinco meses e era o garotinho mais calmo de todos. Ele estava bem acordado e seus grandes olhos azuis observavam tudo ao seu redor com cuidado.

— Ah, ele é maravilhoso. Sorri para todos e ri sempre que sua mãe e seu pai olham para ele. Que é a cada dez segundos.

— Ele é tão amado por eles — falei, acariciando gentilmente a bochecha de Neo com as costas dos meus dedos.

— Ah, não estou negando isso. Mas eles poderiam confiar um pouco mais em mim. Eu sou a avó do garoto.

seven rue

Eu sabia que ela não estava tão chateada quanto parecia, e Neo estava claramente confortável nos braços da avó.

— Como está a sua pequenina? — perguntou, sorrindo para mim.

Minha pequenina.

Movi meu olhar para a mesa onde Grant estava sentado, observando-o paparicar nossa doce menina em seus braços. Ele era o pai mais carinhoso que havia e, por mais lindo que fosse o casamento, só tinha olhos para Sunny.

— Ela é incrível. É tudo o que poderíamos desejar e muito mais.

— Vejo que ele não está deixando ninguém nem remotamente se aproximar — Louise observou.

Eu ri.

— Ele é muito protetor com ela. É adorável. E sempre que ela chora à noite, ele é o primeiro a abraçá-la e acalmá-la.

Como se pudesse me ouvir falando sobre ele, Grant se virou e olhou para mim com um sorriso gentil. Meu batimento cardíaco acelerava sempre que ele olhava para mim daquele jeito.

— Com licença — eu disse a Louise e, antes de sair, acariciei a cabeça cheia de cabelos loiros de Neo.

Quando alcancei Grant, ele se levantou da cadeira, segurando Sunny perto do peito.

— Ela acabou de adormecer — sussurrou, embora não houvesse necessidade de ele ficar quieto, já que a música estava muito alta de qualquer maneira.

Eu sorri para nossa filha e beijei sua bochecha suavemente. Ela tinha o narizinho mais fofo e olhos grandes com cílios longos, mas seus cachos pretos eram o que eu mais amava. Ela tinha apenas um mês de idade, mas tinha muito cabelo. Sunny ainda era pequena e, nos braços protetores do pai, parecia uma boneca.

Quando olhei para Grant, ele se inclinou para beijar minha testa.

— E a mãe dela também parece cansada.

— Não estou tão cansada. Na verdade, eu esperava que você me convidasse para dançar.

— E deixar Sunny com um estranho? — perguntou, com um olhar horrorizado em seu rosto antes de sorrir. — Não sei se consigo lidar com isso.

Eu ri e me inclinei contra seu lado, então olhei para Sunny, que estava dormindo.

— Ela nem vai notar que saímos. Além disso, Rooney pediu para segurá-la e acho que ela parou de dançar por enquanto.

Grant suspirou e pressionou beijos gentis por toda a bochecha de Sunny, dando-lhe todo o amor do mundo.

— Tudo bem, mas apenas Rooney vai segurá-la.

Eu ri de novo e me afastei quando a noiva se aproximou de nós.

— Grant finalmente realizou meu desejo de dançar comigo, mas tem que ser você a segurar Sunny até que voltemos — expliquei.

Seus olhos se arregalaram de entusiasmo e ela rapidamente se aproximou de Grant, movendo os braços sob os dele.

— Dê essa menina para mim. Vão dançar. Divirtam-se — incentivou.

Assim que Sunny estava segura nos braços de Rooney, peguei a mão de Grant.

— Ela não vai a lugar algum — prometi.

— E ela também tem companhia — Wells acrescentou, caminhando até nós com Neo em seus braços e, alguns segundos depois, Benny e Ira correram até nós.

— Sunny está dormindo? — Benny perguntou. Ele era o mais doce com a irmã e, sempre que ela chorava, ele perguntava se poderia ajudar a "deixá-la feliz de novo".

— Sim — eu disse a ele, deslizando meus dedos por seus cachos. — Você se divertiu dançando?

Ele assentiu e subiu na cadeira para pegar seu copo d'água; enquanto bebia, olhou para Sunny nos braços de Rooney, depois para Neo nos de Wells.

— Por que Neo não está dormindo?

— Boa pergunta, hein? Talvez, se cantarmos uma música, ele também adormeça — Wells sugeriu.

Ira e Benny imediatamente se aproximaram quando Wells se sentou e, em meio à decisão de que música queriam cantar, Grant passou o braço em volta da minha cintura.

— Nossos filhos estão em boas mãos. Então... posso ter esta dança?

Eu sorri e coloquei a minha na dele; quando chegamos no meio da pista de dança, passei os dois braços em volta do seu pescoço. Ele colocou as mãos na parte inferior das minhas costas e me puxou para mais perto de si, fazendo meus quadris pressionarem contra os dele.

— Diga-me, gatinha, como está indo a sua primeira vez em um casamento?

— É incrível. É melhor do que já vi nos filmes e na televisão, e já vi muitos — admiti.

Grant riu.

— E sua opinião sobre se casar ainda é a mesma de antes?

— Sim. Por mais que eu ame fazer parte deste casamento, nunca me daria bem com toda a atenção que a noiva recebe.

— Então temos que casar apenas com nossos filhos e amigos por perto — sugeriu.

— Você não quer se casar — rebati, lembrando-o de todas as vezes que ele concordou comigo que o casamento não era para nós.

— Ok, você está certa. — Ele riu, enquanto nos movíamos lentamente com a música; quando sua risada parou, seus olhos passaram de divertidos a sérios. — Ainda amo você incondicionalmente, e sempre a amarei, com ou sem uma aliança em seu dedo.

— Eu sei — sussurrei, movendo as mãos em seu cabelo e puxando-o para mais perto até que meus lábios roçassem os dele. — Eu também amo você. Incondicionalmente e para sempre.

Às vezes doía o quanto eu o amava e, a cada minuto que passava, eu o amava ainda mais do que antes.

Não tinha ideia de como isso era possível e, às vezes, ainda não conseguia acreditar que tive a sorte de ser amada por um homem como Grant.

A The Gift Box é uma editora brasileira, com publicações de autores nacionais e estrangeiros, que surgiu no mercado em janeiro de 2018. Nossos livros estão sempre entre os mais vendidos da Amazon e já receberam diversos destaques em blogs literários e na própria Amazon.

Somos uma empresa jovem, cheia de energia e paixão pela literatura de romance e queremos incentivar cada vez mais a leitura e o crescimento de nossos autores e parceiros.

Acompanhe a The Gift Box nas redes sociais para ficar por dentro de todas as novidades.

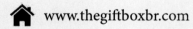 www.thegiftboxbr.com

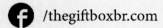 /thegiftboxbr.com

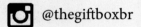 @thegiftboxbr

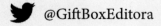 @GiftBoxEditora